Madame B

Madame B

Sandrine Destombes

Traducción de Julia Calzada García

R

ROJA Y NEGRA

Para ti... sin duda... ¡ahora y siempre!

1

Una última revisión general y Blanche Barjac podría cerrar la puerta del piso. Ya había acabado con las manchas que quedaban y estaba impaciente por volver a casa. Le dolían los hombros y estaba convencida de que se le habían pelado las rodillas de estar toda la noche agachada. Había tenido que cambiar la alfombra y la disposición de los adornos, pero en general se sentía bastante satisfecha.

Tenía que empezar a hacer deporte cuanto antes. Todos sus músculos se lo pedían a gritos. Adrian ya la había advertido. A partir de cierta edad, ese trabajo se convertía básicamente en un desafío físico. Pero Adrian tenía setenta y seis años, y todo lo que decía parecía en mayor o menor medida un consejo de sabio, así que Blanche se había acostumbrado a escuchar solo lo que le interesaba. Tendría tiempo para pensar en la artrosis y el reumatismo. Iba a cumplir treinta y nueve a finales de año. Lo único que necesitaba era hacer un poco de ejercicio.

Desde hacía unos meses, Blanche había empezado a separar residuos. Ella misma llevaba las bolsas de basura, recicladas y reciclables. Era su toque personal. Implicaba algunas gestiones más, pero al fin y al cabo cada uno debía poner un poco de su parte. Por supuesto, siempre quedaban algunos desechos inclasificables, sobre los que Blanche no había encontrado ninguna indicación en internet o que simplemente no podía tirar. Por lo general, dejaba que Adrian se ocupase de ello. Con cuarenta años de experiencia a sus espaldas, la eficacia de sus métodos había quedado más que demostrada. Él había intentado transmitirle todo su saber, pero Blanche prefería que se reservase algunos secretos. Sabía que, mientras aún tuviera cosas que enseñarle, el viejo hombre permanecería a su lado.

Blanche cerró con cuidado para no dar un portazo al salir. El propietario le había asegurado que en esa planta no vivía nadie más, pero la discreción siempre era de rigor, sobre todo a altas horas de la noche. Por más que llevase ropa neutra y fuese con la cabeza gacha en todo momento, la carretilla plegable llena de bolsas de colores era lo bastante llamativa para que alguien pudiera recordarla, llegado el caso. Sin embargo, tenía un punto a su favor. Nadie se fijaba en una señora de la limpieza. A lo sumo, algún testigo podría recordar la estatura o su aspecto a grandes rasgos, pero jamás sería capaz de describir su rostro con precisión.

En el ascensor que la llevaba al aparcamiento, Blanche reflexionó sobre su vida y su profesión. Hasta el momento su trabajo era irreprochable, pero ¿por cuánto tiempo más? Adrian ya no era joven, y sin él tendría que dejarlo. Con el dinero que había ahorrado podría mantenerse unos cuantos años, pero ¿qué haría en su día a día? Su madre habría sabido encontrar las palabras para calmarla, pero ya no estaba, y desde hacía un tiempo la echaba muchísimo de menos.

Apretó las mandíbulas varias veces. No era el momento ni el lugar para ponerse a dudar del futuro o rememorar el pasado. Aún tenía un arsenal de cosas por hacer antes de enviar las fotos del resultado.

Le llevaría como mínimo una hora de viaje llegar a casa de Adrian, sin contar la parada en el vertedero. Después tendría que examinar la información que contenían el ordenador y el móvil que había rescatado en el piso y hacer capturas de pantalla de lo que considerase relevante antes de destruir a conciencia ambos dispositivos. Y aún faltaría quemar los últimos indicios y su propia ropa antes de poder disfrutar de un desayuno en familia bien merecido.

Ser limpiadora requería cierto rigor y Blanche Barjac era una de las mejores.

2

Hacía una semana que Blanche esperaba pacientemente un nuevo encargo. Había vuelto a su estudio de la rue Hallé, en el distrito XIV de París. En cualquier otra parte se habría pasado los días caminando arriba y abajo, pero allí el techo abuhardillado no le permitía dar más de cinco pasos seguidos. Había aprovechado el obligado descanso para poner sus documentos en orden.

Oficialmente, Blanche se comprometía a eliminar todo rastro de sus intervenciones. Una vez cumplida la misión, los clientes no tenían nada que temer. Estaba en juego su propia reputación. Adrian incluso le había dejado una frase preparada por si le preguntaban sobre el tema. Pero Adrian también la había advertido acerca de la precariedad laboral del sector y la necesidad de tomar ciertas precauciones. Aparte de obligarla a abrir un plan de ahorro al inicio de su carrera profesional, el viejo hombre le había enseñado cómo cubrirse las espaldas. No se trataba de chantajear a nadie, sino de tener un seguro de vida. Si llegasen a detener a uno de sus clientes, Blanche necesitaba poder recordarle hasta qué punto era imprudente implicarla. Por eso conservaba con sumo cuidado un souvenir más o menos incriminatorio de cada misión: el arma del crimen, una fotografía, un mensaje... No era una decisión premeditada, pero hasta la fecha sus grandes limpiezas siempre le habían permitido hacerse con algún elemento inculpador. Los objetos los almacenaba Adrian en su cobertizo, y Blanche se encargaba de digitalizar y archivar lo demás en su ordenador.

Una base de datos le facilitaba tener los expedientes actualizados. Blanche acababa de rellenar la ficha 92 y se preguntaba qué sentiría cuando llegase a la número 100. Puede que se regalase un viaje para celebrarlo. Soñaba con conocer Argentina, pero siempre encontraba alguna excusa para posponerlo. En realidad, Blanche era incapaz de alejarse de Adrian. Era un pilar para ella, su protector. Desde hacía un tiempo la animaba a que se distanciase un poco, a que pasase unos días sin contactar con él. Sin embargo, el resultado era poco convincente. Blanche había vuelto a morderse las uñas y se olvidaba a menudo de tomar la medicación. Este último argumento había sido más efectivo que ningún otro, así que Adrian la esperaba a última hora del día. Mientras tanto, Blanche ocupaba el tiempo como podía.

Catalogar el último encargo que había hecho no le llevó más de media hora. Era un caso clásico de limpieza que no había exigido demasiado trabajo. A un hombre de negocios casado y con dos niños se le había ido la mano con el trabajador sexual que había recibido en casa mientras su pequeña familia disfrutaba de la nieve en Courchevel. Su primera reacción fue llamar a su abogado, quien le aconsejó los servicios de RécureNet & Associés.

Al principio, Blanche se había ayudado de los contactos de Adrian. Después había ampliado la lista considerablemente.

Había acudido durante semanas a los tribunales para observar cómo los abogados defendían a sus clientes. Cuanto más tendenciosos eran sus argumentos, mejor posición alcanzaban en su lista. Una vez concluida esta primera fase de reconocimiento, Blanche había contactado uno por uno con los que le habían parecido menos íntegros. Por supuesto, los había abordado como es debido, con un discurso plagado de sutilezas. En el caso de que alguna conversación fuese grabada, nada de lo dicho podía incriminar a ninguna de las partes. Y si se cerraba el acuerdo, en realidad el abogado solo se comprometía a recomendar una buena empresa de limpieza a domicilio en caso de necesidad. La principal ventaja de la compañía era que estaba disponible veinticuatro horas al día, siete días a la semana, sin necesidad de contrato oficial. De esta manera Blanche Barjac había duplicado su volumen de negocios en tres años.

De ahí que Monsieur R hubiera marcado el número de RécureNet & Associés a las once de la noche, mientras el cuerpo de un joven yacía sobre la alfombra barata de su dormitorio. Monsieur R, que al principio había entrado en pánico, recobró la compostura en cuanto Blanche le anunció sus tarifas. Por algo había comprado aquella alfombra en una gran cadena de tiendas suecas. A Monsieur R le gustaba que la gente supiese que era rico, pero no creía que mereciese la pena gastar dinero en lo que no se veía. Así que Blanche le había propuesto una solución muy económica. Sabía variar las ofertas en función del cliente. Si Monsieur R se ocupaba él mismo del cuerpo, ella solo le cobraría un tercio del precio total. Recabó el máximo de información por teléfono, evitando decir nada que pudiese inculparlos, y escogió los productos y accesorios más apropiados.

Una vez en el lugar, Blanche tomó posesión del móvil de la víctima y el ordenador de su cliente. Este último había admitido que lo usaba para cazar a sus presas por internet. Contactaba con ellas a través de las redes sociales, siempre bajo el mismo seudónimo, y a veces conservaba fotos de sus retozos. A Blanche ya no le sorprendía lo tontos que podían llegar a ser algunos de sus clientes. Cuanto más alta era su posición social, menos se protegían. La vanidad parecía nublarles el sentido común. Adrian opinaba que justamente ese riesgo era lo que los excitaba. Entretanto, Blanche tenía una amplia variedad de elementos comprometedores donde elegir.

Llevaba a cabo una buena docena de encargos similares al año. Eran, por así decirlo, su sustento. Servían para pagar las facturas y el importe recibido era bastante fácil de justificar. Pero esas intervenciones no eran sus preferidas. Durante los primeros años las acometía con el entusiasmo de una principiante deseosa de perfeccionar su técnica, pero ya hacía tiempo que ese tipo de encargos no le despertaban ninguna emoción. Al fin y al cabo, ¿qué mujer de la limpieza se regocija con el trabajo bien hecho tras quince años de profesión? Quince años y noventa y dos misiones. Eso representaba apenas seis actuaciones por año, aunque era un cálculo erróneo. Había tardado casi cinco años en hacerse un nombre. Cuando Adrian anunció a sus clientes que pasaba el relevo y que su sucesora sería una mujer de veinticuatro años, obtuvo una respuesta más bien tibia. Algunas limpiezas quedaban claramente fuera del alcance de una mujer.

Blanche tuvo que demostrar su valía. Aceptó encargos mal pagados, realizó tareas que se salían de su campo de acción. Tuvo que recorrer un largo camino antes de conseguir que nadie pudiera cuestionar su trabajo. En la actualidad era un referente en el sector, e incluso habría podido permitirse rechazar el acuerdo con Monsieur R. Si seguía aceptando desplazarse por tan poco era únicamente para conservar su reputación. La empresa tenía buena fama, pero las intervenciones que le asegurarían una jubilación de oro obviamente no podía declararlas.

Así pues, Blanche archivó el expediente de Monsieur R sin sentir ni un ápice de emoción. Se disponía a apagar el ordenador cuando apareció un mensaje entrante en la parte superior de la pantalla. La apatía de Blanche se esfumó al instante.

3

Recibir un correo electrónico del Sabueso siempre le producía el mismo efecto. Sentía una descarga eléctrica y se le aceleraba el corazón. Más que esperarlos, Blanche anhelaba sus mensajes, pues el hecho de que el Sabueso se pusiese en contacto con ella ya era gratificante de por sí.

El Sabueso había sido el primer cliente importante que confió en ella. Adrian había trabajado para él una veintena de años, y Blanche se preguntaba a veces qué aspecto tendría. Sin embargo, no quería que Adrian se lo dijese. Prefería imaginárselo. Aparte de Adrian, nadie lo había visto nunca ni sabía nada de su vida privada. No obstante, todo el mundo estaba de acuerdo en que era el mejor. Recurrir al Sabueso era garantía de tranquilidad absoluta. Dicho de otro modo, siempre cometía el crimen perfecto. Blanche envidiaba su reputación. Era una autoridad en su campo. Después de cada colaboración, porque así era como el Sabueso llamaba a esos encargos, Blanche compraba la prensa durante una semana para buscar alguna información al respecto. Nunca había encontrado una frase que hiciera referencia a un asesinato, un accidente o incluso una desaparición inquietante. El único rastro que dejaba el Sabueso eran sus víctimas. Si Blanche no hubiera estado en sus cabales, habría podido dudar de su propia intervención. Intervención que, en esos casos, no se limitaba a una simple limpieza general. El Sabueso tenía otras exigencias y siempre pagaba el precio sin discutir.

Hacer desaparecer un cuerpo era bastante más complicado que eliminar una mancha de sangre. La corpulencia del sujeto, el sitio en que se encontrara o el tiempo del que dispusiera eran factores que Blanche debía tener en cuenta antes de ejecutar la tarea. No se puede disolver un cuerpo con sosa cáustica en cualquier bañera, del mismo modo que no se puede transportar a un hombre de ciento veinte kilos sin echar mano de una carretilla apropiada. Blanche debía todos sus conocimientos a Adrian, su padrastro. La había entrenado durante meses con cadáveres salidos directamente de la morgue. Cuando le preguntó de dónde los sacaba, él mencionó una deuda, sin más detalles. Fue entonces cuando Blanche comprendió que las pruebas que iba almacenando podían servir para otros propósitos además de protegerla.

El Sabueso era con mucho el asesino a sueldo con quien más le gustaba trabajar. Con él no había margen de error. Todo estaba atado. Le proporcionaba la hora, la fecha y el sitio exacto del crimen con varios días de antelación. Si el Sabueso afirmaba que el cuerpo estaría tumbado sobre las baldosas de una cocina, no tenía motivos para dudar de ello. Así que Blanche abrió el correo con la misma alegría con que abriría el mensaje de un viejo amigo.

La misión tendría lugar el lunes por la noche. Eso le dejaba el fin de semana para prepararse. La futura víctima era un hombre de sesenta y dos años que pesaba noventa y seis kilos y medía un metro ochenta. El Sabueso precisaba que el individuo iba en una silla de ruedas de la que también habría que deshacerse. Por supuesto, el mensaje no estaba escrito con tanta claridad, pero Blanche había aprendido a descifrar las instrucciones de sus clientes regulares. Cada uno tenía su propio código. El del Sabueso le resultaba tan familiar que no necesitaba transcribirlo. Blanche no sabría nunca qué había hecho ese hombre condenado ni quién le deseaba la muerte, y mejor así. Solo se había impuesto una regla al empezar su profesión: jamás se encargaría del cadáver de un niño. Nada le aseguraba que las demás víctimas merecieran su suerte, pero en las noches en las que le remordía la conciencia, por lo menos podía inventarse una historia.

Su intervención sería a la una de la madrugada y a tres horas de París. El Sabueso abatiría al hombre de un tiro en la nuca y estimaba que no habría casi ninguna o ninguna salpicadura de sangre. Habría una bolsa de viaje en la entrada. Blanche debería recogerla y destruir su contenido. El Sabueso se había tomado la molestia de elaborar un inventario y Blanche ya estaba clasificando mentalmente los residuos. Había una serie de medicamentos que en circunstancias normales habría depositado en una farmacia, pero sabía que no lo haría. Era un riesgo demasiado grande; su conciencia ecológica tenía un límite. En cualquier caso, el cuerpo, la bolsa y la silla de ruedas la obligaban a utilizar la furgoneta, de modo que unas cuantas pastillas no serían lo más grave que dejaría su huella de carbono.

Como de costumbre, el Sabueso acababa el correo con un saludo cordial y añadía que quedaba a su disposición para cualquier información complementaria. En otras palabras, esperaba su confirmación para efectuar el primer ingreso; el resto del pago solía hacerse una semana después del servicio. Blanche no necesitaba pensárselo demasiado. Hacía semanas que esperaba una misión de esa índole.

Al llegar a Mortcerf, Blanche se preguntó una vez más por qué Adrian habría decidido instalarse allí. El hombre mayor no compartía ningún vínculo con esa zona y siempre había proclamado su amor por la ciudad. Era una casa aislada en medio del campo y el vecino más cercano debía de estar a más de un kilómetro. Cada vez que aludía al tema, él replicaba que justamente allí estaba la clave de una buena jubilación. Esa noche tendrían la misma conversación, y solo de pensarlo Blanche esbozó una sonrisa.

Adrian la esperaba en la puerta. Aunque todavía no era de noche, había encendido la luz de la terraza. Sabía que a Blanche le daba miedo el anochecer. Un miedo infantil que no la había abandonado nunca. Ese hombre la conocía perfectamente, de modo que en cuanto Blanche puso un pie en el suelo supo que tenía algo que contarle.

Blanche esperaba que se alegrase, que la felicitase por su perseverancia, pero el hombre no había abierto la boca después de que ella se dejase caer en el sofá del salón. Al contrario, su expresión era hermética.

—¡Pensaba que te haría ilusión! Siempre me has dicho que las misiones del Sabueso son todo un honor.

—Y lo son —respondió Adrian atizando el fuego de la chimenea.

—Entonces, ¿qué pasa?

—Apenas te has tomado una semana para descansar.

—¿Descansar? —repitió Blanche desconcertada—. ¿Y desde cuándo se supone que tengo que descansar entre encargo y encargo?

—¿No me dijiste que estabas teniendo malos pensamientos?

Blanche entendió enseguida por dónde quería ir su padrastro, pero se negó a seguirle el juego.

—¡Estoy bien! Te lo prometo.

—No es la impresión que me ha dado últimamente.

Blanche soltó un fuerte resoplido antes de exponer su defensa.

—Sabes perfectamente que siempre me da un bajón en esta época. Es así. No hay nada que hacer. Por más que intente no pensar en ello, es superior a mí. ¡Así que déjame decirte que un encargo interesante es lo mejor que podía pasarme!

—Tenemos dos días por delante para ver si es verdad.

—¡Ya he aceptado el trabajo! —protestó Blanche—. No voy a renunciar ahora.

—Ya sabes cuál es el trato —respondió Adrian con firmeza.

4

—Puño, canto, palma —repitió Adrian por quinta vez mientras Blanche agitaba la mano alzando los ojos al cielo—. Una vez más, ¡y concéntrate! Puño, canto, palma.

—¿No crees que ya lo he hecho suficientes veces? ¡Acabará doliéndome la mano!

—Pararemos cuando te tomes en serio los ejercicios.

—¡Llevamos así dos horas, Adrian! ¿No podríamos hacer una pausa?

El hombre la conocía lo bastante bien para saber que ya no conseguiría nada más de ella.

—Entonces haz algo útil y pon la mesa —dijo a modo de claudicación—. El pollo debe de estar listo.

A Blanche le costó reprimir una sonrisa. Llevaban años con ese jueguecito, y aunque cada día le molestaba más, era la prueba de que no estaría sola cuando las cosas se pusieran difíciles, porque ese momento llegaría y ella lo sabía.

—¿Quieres que hablemos de ello? —preguntó Adrian, que sabía lo que estaba pensando.

—¿De qué? —contestó ella secamente—. ¿De mi condición? ¿De mi madre? ¿Del tiempo que hace hoy?

—Todo está un poco relacionado —le respondió el hombre con calma—. Excepto lo del tiempo, claro. Sé que hay fechas más dolorosas que otras. Veinte años es un número importante.

—¡Miremos el lado positivo! Hace veinte años que te ocupas de mí y aquí sigues. ¡Al final habrás aguantado más tiempo que ella!

—Deja el cinismo un rato, ¿quieres? Tu madre no te abandonó, Blanche. Lo que hizo no tuvo nada que ver contigo.

—Si me hubiese querido un poquito más, ¡no se habría suicidado! —respondió con rabia.

—Sabes perfectamente que no es tan sencillo. Yo creo que lo hizo justamente porque te quería más que a nada. Quería protegerte.

—¡Todavía le quedaba mucho tiempo!

—No lo sabes. Además, ¿de verdad habrías querido eso? ¿Ver como enloquecía poco a poco?

—Todos los estudios demuestran que puede tardar años.

—Todos esos estudios no existían en aquella época. Los propios médicos tenían dudas sobre su diagnóstico. Tu madre estaba perdiendo facultades. No quería acabar siendo una carga para ti.

—Podría haber cuidado de ella.

—¡Tenías diecinueve años!

—¿Y tú? Tú podrías haberla cuidado.

—Ella no quería —respondió Adrian con frialdad.

Blanche había ido demasiado lejos. Había tocado un nervio sensible y lo sabía. La historia entre su madre y él no le pertenecía. Era algo entre ellos dos y ella no tenía nada que decir al respecto. Como mucho habría podido preocuparse por cómo lo llevaba él; a fin de cuentas, ambos compartían esa fatídica fecha.

Blanche le cogió la mano y se la apretó suavemente. Era su código. Un simple gesto tan poderoso como cualquier palabra. Adrian asintió con la cabeza. El asunto quedaba zanjado.

Durante la comida el ambiente fue mucho más distendido. Adrian tenía algunos proyectos para su terreno y Blanche se reía al ver como disfrutaba de su jubilación. El hombre quería cultivar un huerto, a pesar de que la única planta verde que Blanche había visto en su casa era artificial. También quería convertir el desván en un taller, aunque todavía no se había parado a pensar qué disciplina artística ejercería.

No abordaron el tema de la futura tarea para el Sabueso hasta la hora del café. Adrian había desplegado un mapa de carreteras sobre la mesa. Con un Bic de cuatro colores en la mano, iba marcando círculos en rojo, verde o negro sobre distintas zonas. Blanche no necesitaba ninguna leyenda. Sabía que las primeras eran las que había que evitar, mientras que el resto eran lugares seguros por orden de preferencia. Nunca se estaba a salvo de algún imprevisto, por lo que era indispensable contar con un refugio en caso de necesidad. Había intentado modernizar el método de su padrastro proporcionándole un ordenador de última generación, pero Adrian no cedía. «Así tenemos el panorama completo», replicaba. Blanche habría podido responderle que esos mapas debían de estar obsoletos, pero prefería dejarlo pasar. La noche anterior a cada misión esperaba pacientemente a que él se fuese a dormir para verificar si la información seguía siendo válida.

Enseguida se pusieron de acuerdo acerca de los productos que debía utilizar y las habitaciones que tendría que revisar antes de irse. El Sabueso era de lejos su cliente más precavido, pero una segunda revisión nunca estaba de más.

La silla de ruedas representaba una ventaja considerable. Blanche podría sacar el cuerpo rápidamente. Sin embargo, debía prepararse para cualquier imprevisto. Si la víctima no se encontraba en la silla de ruedas, sino que había caído al suelo, haría falta un equipamiento especial. Levantar un peso muerto de noventa y seis kilos con su estatura era todo un reto. Cuando le empezaron a doler las articulaciones, Adrian invirtió en una grúa como las que se usan para levantar enfermos. Luego enseñó a Blanche a manejarla de manera que su baja estatura nunca volviera a ser un problema. Así pues, cargarían la máquina en la furgoneta junto con los cubos, las bolsas de basura y los productos de limpieza. Solo faltaba decidir qué haría con el cuerpo.

—¿Tienes alguna preferencia? —le preguntó Adrian mientras le servía otro café.

—Hay un lago a cincuenta kilómetros.

—Demasiado arriesgado. Es una zona muy frecuentada, incluso en esta época del año.

—Pensaba atarle un peso al cuerpo y tirarlo en medio del lago. Me sorprendería mucho que la gente nadara tan adentro con el agua a diez grados.

—Hay pescadores. Y además, ¡a principios de primavera el cuerpo todavía no habrá desaparecido!

—Quería cambiar de técnica. Dejar que el cuerpo se descompusiera durante unas semanas para no tener que deshacerme más que de los huesos.

—Eso no quita que alguien pueda encontrarlo antes de que lo vayas a buscar. Es arriesgado y dudo que al Sabueso le guste.

—¿Qué se te ocurre a ti?

—Hacer un Lafarge. Clásico pero eficaz.

Hacer un Lafarge consistía en encontrar un lugar donde estuviesen haciendo una obra y dejar que cubrieran a la víctima con hormigón. Cuanto más grande fuese la obra, más sencilla sería la operación. Bastaba con averiguar en qué punto del proceso se hallaba la construcción y esperar a que en el programa figurase cuándo se harían los cimientos. Blanche no tenía más que guardar el cuerpo hasta la fatídica fecha. Unas horas antes de la llegada de los obreros, arrojaba a la víctima a la cavidad, la recubría con algún material específico que se utilizase en esa obra y listo. Hasta el momento nadie se había quejado nunca de que faltara un metro cúbico por rellenar.

A Blanche no le gustaba demasiado ese método. Implicaba manipular el cuerpo varias veces, porque de ninguna manera podía dejarlo unos cuantos días en la furgoneta. El tiempo de trayecto no suponía ningún problema. Blanche había encargado construir una especie de cofre metálico en la parte trasera del vehículo, lo suficientemente largo y hondo para ocultar a un hombre de noventa y seis kilos. Una vez cerrado, colocaba todos los utensilios encima y parecía que el diseño venía de fábrica. Sin embargo, todavía quedaba un problema: el olor de un cuerpo en descomposición era difícil de disimular. La mejor solución era depositarlo en el congelador que había en el cobertizo de Adrian hasta que pudiera deshacerse de él.

—¿Sabes de alguna obra por aquí cerca? —preguntó finalmente.

Adrian frunció el ceño. Blanche tuvo la sensación de que estaba buscando las palabras adecuadas. Respetó su silencio hasta cierto momento.

—¿Sabes de alguna o no?

—Sí, sé de una.

5

Adrian sabía que acababan de demoler el edificio en el que se había criado Blanche con su madre para convertirlo en un centro deportivo. La obra ya había empezado. Dudó un buen rato antes de contárselo. Blanche estaba nerviosa últimamente y temía que esa opción fuese demasiado para ella. Así que propuso hacer él mismo esa parte de la tarea. Hacía tiempo que había dejado el oficio, pero deshacerse de un cuerpo todavía entraba dentro de sus posibilidades. Blanche se negó tajantemente. Le aseguró que sabría gestionarlo.

Ahora que estaba sola en la furgoneta, esperando pacientemente a que fuera la una de la madrugada para entrar en casa de la futura víctima del Sabueso, se preguntaba si no se había sobrestimado. Enterarse de que las paredes que habían cobijado su infancia acababan de sufrir la embestida de un buldócer fue como recibir un puñetazo. Blanche no había conservado casi nada de su madre. En aquel momento su enfado no le permitió pensar con claridad. Catherine Barjac se pegó un tiro en la sien el 31 de diciembre de 1999, dejándola sola ante el nuevo milenio. Fue Adrian quien le dio la noticia. Blanche se había ido a celebrar la Nochevieja fuera de París, a casa de unos amigos. Al volver, tenía un nudo tan grande en la garganta que le resultó imposible soltar un sollozo o pronunciar palabra. Había tirado todo lo que encontró a mano que pudiera recordarle, aunque solo fuera por un instante, que alguna vez había sido feliz. Blanche se secó una lágrima con un gesto brusco y exhaló varias veces. Era la una de la madrugada.

Según lo convenido, la puerta no estaba cerrada con llave y había una bolsa de viaje en la entrada. Blanche se dirigió al salón. El hombre de sesenta y dos años seguía en la silla de ruedas. Se encontraba frente a la chimenea, con la cabeza inclinada hacia delante. Cualquiera que lo hubiese visto podría haber pensado que el propietario de aquella pequeña casa de campo acababa de dormirse apaciblemente, acunado por el calor de las brasas. Solo el orificio en la nuca confirmaba que el Sabueso había ejecutado su plan al pie de la letra.

A Blanche no le llevó más de una hora limpiar a fondo la escena del crimen. Hizo una inspección rápida de todas las habitaciones, pero, tal como esperaba, el Sabueso no había dejado ningún rastro. Se detuvo a mirar una foto enmarcada que presidía la mesita de noche del dormitorio. El hombre, cuyo cuerpo a esas alturas ya estaba frío, aparecía rodeado de un grupo de niños de edades que debían de ir de los seis a los doce años. El más joven estaba sentado en sus rodillas, incómodo sobre aquella silla de ruedas. Tenía una mirada teñida de tristeza. Blanche reprimió una náusea. Dada su posición, no tenía ningún derecho a sacar conclusiones a partir de una fotografía, aunque estaba firmemente convencida de que la desaparición de ese hombre sería una bendición para muchas personas. Si Adrian hubiese estado a su lado, le habría dicho que no se sugestionase, habría insistido en que ya era hora de superar su moral. Blanche sabía que en esa profesión era una debilidad, pero no estaba segura de querer deshacerse de ella. No quería ser como sus competidores, personas que actuaban como autómatas sin juicio ninguno. Así que sí, Blanche prefería creer que las víctimas que hundía en hormigón se lo merecían. Imaginar, por el contrario, que ese hombre pudiera ser un benefactor que se hacía cargo de niños en situación de necesidad o que todas esas criaturas fueran en realidad sus nietos no era lo que Blanche necesitaba.

A las seis de la mañana ya estaba de vuelta en Mortcerf y preparaba café. Adrian no tardaría en levantarse y querría saber cómo había ido todo antes de que ella se metiera en la cama. Sin duda era su hora del día favorita. Blanche tenía la sensación de compartir un momento de complicidad, como cualquier otra familia. Por supuesto, para que la estampa fuera perfecta Adrian debía esperar un rato antes de empezar a hacer preguntas. El mejor tema de conversación para un desayuno no era precisamente saber si las manchas de sangre se habían resistido o no.

Mientras hacía tiempo, Blanche fue vaciando la bolsa de viaje. Como era de suponer, contenía ropa, además de un neceser y un libro con un marcapáginas: elementos, en definitiva, cuya ausencia indicaría que el hombre se había ido por voluntad propia. Como siempre, el Sabueso había previsto lo que sucedería al cabo de unos días. Al ver que el hombre no regresaba, algún pariente trataría de averiguar lo sucedido. Puede que hasta fuese a una comisaría. Ahí residía la destreza del Sabueso. Blanche no sabía cómo lo hacía, pero estaba segura de que no se llevaría a cabo ninguna investigación. Sin duda, el engaño requería una gran habilidad, ya que no era habitual que un hombre en silla de ruedas se evaporase de la noche a la mañana sin avisar a nadie. Pero el Sabueso lo conseguiría. Estaba convencida.

Casi había terminado de examinar la bolsa cuando un accesorio en concreto llamó su atención. Un fular de seda blanco manchado de sangre. Lo deslizó entre sus dedos durante largo rato, en un estado casi hipnótico.

—Es imposible —consiguió pronunciar en voz baja.

—¿Qué es imposible?

Blanche se sobresaltó. Adrian estaba de pie detrás de ella, con el pelo revuelto. A pesar de que los peldaños crujían, no le había oído bajar las escaleras. Tardó un rato en responder y se afanó en limpiar el café que había vertido, esquivándole la mirada.

—¡Qué cara! —dijo Adrian mientras se sentaba—. Parece que has visto un fantasma. Todavía no me he muerto, ¿eh?

—¡Muy gracioso!

—¿Te ha sorprendido mi bata, quizá? La compré la semana pasada en el mercadillo.

—¡No le pasa nada a tu bata! —respondió nerviosa Blanche mientras le sacaba brillo a una mesa que no lo necesitaba.

Adrian se sirvió una taza de café con calma, dio unos cuantos tragos y al fin agarró la muñeca de Blanche que continuaba moviéndose frenéticamente.

—¿Me cuentas qué es lo que pasa o ya que estamos te doy una escoba?

La intervención tuvo el efecto deseado. Blanche se sentó frente a él, con los ojos al borde de las lágrimas. Sin pronunciar palabra, sacó el fular que había escondido en el bolsillo y lo dejó sobre la mesa con delicadeza. Adrian acercó una mano temblorosa sin atreverse a tocarlo.

—¿Dónde lo has encontrado? —preguntó con voz apagada.

—En la bolsa de la víctima.

—¡Es imposible! —dijo ahora enojado—. Has estado rebuscando en el cobertizo, ¿no?

—Te juro que no, Adrian. Estaba ahí. En la bolsa.

—¡No mientas, por favor! Sabes que no lo soporto.

—Tienes que creerme —gritó Blanche entre sollozos—. No sé cómo es posible, pero te juro que es verdad. No estoy loca. ¡Tienes que creerme!

Adrian se levantó sin mediar palabra. Blanche no necesitaba preguntarle adónde iba. Tampoco intentó retenerlo. Había que verificarlo. Tanto por él como por ella.

6

El fular que sostenía Blanche entre las manos era sin lugar a dudas el de su madre, el que llevaba el día que decidió quitarse la vida. Adrian había vuelto del cobertizo con las manos vacías y una mirada penetrante. Se había sentado frente a ella en silencio, pero Blanche seguía sumida en la contemplación de ese accesorio tan caro de su madre. Esa sangre era la suya. Había circulado por sus venas. Blanche se repetía lo mismo una y otra vez mientras pasaba los dedos por la tela. Cada mancha era una agresión sensorial en comparación con la suavidad de la seda. Hundió el rostro en el pañuelo, pero el perfume de su madre había desaparecido hacía tiempo. En su lugar quedaba un olor agrio. Una mezcla de polvo y humedad.

Blanche salió por fin de su trance y afrontó la mirada de su padrastro. Intuía lo que estaba pensando. Enderezó los hombros, retándolo a que lo dijera en voz alta. Adrian, por su parte, permanecía impasible. Blanche fue la primera en ceder.

—¡Tienes que creerme, Adrian! El pañuelo estaba en la bolsa que recogí en casa de la víctima del Sabueso.

Al parecer el viejo no esperaba que la conversación empezase así. Se frotó la cara con las manos antes de plantar las palmas en la mesa. Parecía agotado.

—De acuerdo, supongamos que dices la verdad...

—¡Es la verdad! —lo cortó Blanche con vehemencia.

—Déjame hablar, ¿quieres? Imaginemos que el pañuelo estaba en la bolsa. Según tú, ¿quién lo puso ahí? ¿La víctima o el Sabueso?

—Sabes tan bien como yo que la víctima no preparó esa bolsa. Fue el Sabueso quien se encargó de ello.

—¡Muy bien! Entonces, si entiendo lo que quieres decir, el Sabueso preparó la bolsa, guardó el pañuelo dentro y luego te pidió que te deshicieras de todo. ¿Voy bien?

—¡Sabes que odio que te pongas condescendiente conmigo!

Adrian levantó las manos en señal de disculpa y con un gesto la instó a que respondiera.

—Sé que suena extraño, pero es lo que creo, sí.

—De acuerdo —dijo él en tono conciliador—. Ahora dime cómo y por qué haría una cosa así. ¡Es más! ¡Dime cómo podía saber que ese pañuelo era de tu madre!

—Lo creas o no, ¡no tengo respuestas para todo!

Adrian perdió la paciencia. Dio un manotazo a la mesa y replicó furioso:

—¡Fui yo quien recogió ese pañuelo! ¡Yo lo desaté del cuello de tu madre! ¿Me oyes? ¡Yo y solo yo! ¡Ese recuerdo me pertenece!

Blanche se echó atrás instintivamente, pegando la espalda a la silla. Nunca había visto a Adrian en ese estado. A veces se enfadaba, como es natural, pero nunca hasta ese punto y sobre todo nunca con ella. Trató de calmarlo, pero Adrian todavía no había acabado.

—Ese pañuelo lleva en la misma caja veinte años. Una caja muy pequeña en medio de muchas otras.

—Lo sé. Me lo enseñaste cuando empecé en esta profesión. Me dijiste que era el único recuerdo de la estancia que nunca te aportaría nada que no fuera un poco de nostalgia.

—¡Exacto! Entonces, ¿cómo pudo saber el Sabueso que tenía que robar justamente esa caja? Por no hablar de que ha tenido que localizarme y entrar en el cobertizo sin que me dé cuenta.

—Saber dónde vives no debe de ser demasiado complicado para alguien como él —respondió Blanche con descaro—. Y no estás siempre en casa. ¡Ni has instalado ninguna alarma que yo sepa!

—Vale, ya que tienes respuesta para todo, explícame cómo sabía de la existencia de esta caja.

Blanche se mordió una uña mientras ponía en orden sus pensamientos. Tenía algo en mente, pero quería exponerlo de manera clara para que la entendiera.

—Dices que la caja de mamá era una caja entre tantas otras.

—Sí, ¿y qué?

—Pues que no es del todo exacto —dijo prudentemente.

Adrian no entendía adónde quería ir a parar, pero esperó a que se explicase.

—Todas nuestras cajas están etiquetadas. Con un código que solo nosotros conocemos, pero todas tienen esa particularidad.

—Pero la de tu madre no —continuó él con voz inexpresiva—. Es la única que no clasifiqué.

Por fin parecía dispuesto a creerla. Blanche, que había ido con pies de plomo hasta el momento, prosiguió con renovado vigor.

—Supongamos que el Sabueso sabe que guardamos objetos comprometedores y decide recuperar los que pudieran incriminarlo. Espera a tener vía libre, empieza a rebuscar en el cobertizo, pero se da cuenta de que no tendrá tiempo de abrir todas las cajas. Mira a su alrededor y se conforma con elegir la única distinta a las demás. Debió de pensar, y no sin razón, que esa caja tenía un significado especial, aunque no supiera lo que representaba para nosotros el pañuelo. Simplemente decidió mandarnos un mensaje.

—Coincidirás conmigo en que esa teoría está un poco cogida con pinzas.

Adrian no parecía en absoluto convencido y dirigió una mirada a Blanche que ella conocía muy bien.

—¡No hagas eso, por favor!

—Que no haga ¿qué?

—¡Lo sabes perfectamente! Esa mirada... ¿Crees que no sé lo que estás pensando?

—No sé de qué me hablas.

—Crees que soy como ella, ¿no?

—Cálmate, Blanche.

Pero Blanche no estaba dispuesta a calmarse. Todo lo contrario. Hacía tiempo que el asunto flotaba en el ambiente y ya era hora de afrontarlo.

—Piensas que fui yo quien cogió el pañuelo. ¡Crees que me estoy volviendo loca! Venga, ¡admítelo!

Adrian se dirigió lentamente hacia la cafetera y esperó a estar de espaldas para responder.

—No creo que estés loca, Blanche. Igual que no pensaba que tu madre lo estuviera. Estaba enferma, eso es todo.

—Y crees que ahora ha llegado mi turno.

—Todavía eres joven —respondió dándose la vuelta—, pero debemos ser prudentes. Hay que estar atentos al menor síntoma.

—Pero ¿qué síntoma? —gritó—. ¡He pasado todas las pruebas!

—Duermes mal. Lo ves todo negro.

—¡Siempre me pasa en esta época! El mes que viene estaré mejor.

—Tienes cambios bruscos de humor...

—Soy una mujer, ¡por si se te ha olvidado!

—No estoy bromeando, Blanche.

Falta de argumentos, se hundió y se quedó callada. Un silencio pesado se cernió sobre ellos. Adrian se alejó de la encimera arrastrando los pies, como si a pesar de todo quisiera remarcar su presencia. Dio la vuelta a la mesa y se puso detrás de ella. En cuanto empezó a masajearle los hombros, a Blanche se le empañaron los ojos. Comenzó a temblarle la espalda cada vez con más violencia. Adrian le acarició el pelo hasta que cesaron los espasmos.

—Imaginemos que tienes razón —dijo con suavidad—. Imaginemos que el Sabueso realmente quiere enviarnos un mensaje. ¿Qué piensas contestarle?

Blanche echó la cabeza hacia atrás hasta alcanzar a mirarle a los ojos. Se secó la nariz con la manga y esbozó una sonrisa. Cuando Adrian le guiñó un ojo, Blanche tuvo la sensación de tener nueve años de nuevo. Se acordó de la primera vez que lo vio. Del día en que su madre invitó por primera vez a un hombre a su pequeño piso. Blanche no lo recibió con los brazos abiertos, pero Adrian supo ser paciente. Ignoró sus pataletas y soportó las ofensas sin decir nada. Al marcharse, le guiñó un ojo para demostrarle que no le reprochaba nada y que volvería. El mismo guiño de ojos que acababa de dedicarle y que había bastado para calmarla.

Blanche se concentró y pensó seriamente en la pregunta.

—Si ha sido él, significa que sabe que tenemos material para chantajearlo. No podemos quedarnos de brazos cruzados.

—Estoy de acuerdo. Además, no me gusta demasiado la idea de que el Sabueso se pasee por mi casa a sus anchas.

—Tenemos que demostrarle que nuestras intenciones son buenas.

—¡No te sigo!

—Si le devolvemos todas las pruebas que tenemos contra él, quizá acepte hacer borrón y cuenta nueva.

—¿Todas las pruebas?

—Sí, ¡todas!

Adrian se rascó la cabeza, gesto que revelaba sistemáticamente que estaba en un aprieto.

—Todas, puede que sea difícil...

7

Adriano Albertini había empezado su carrera de limpiador a los treinta y un años. Nada lo encaminaba a ese oficio. Nacido en Italia pocos meses antes de que acabase la guerra, tenía apenas seis años cuando su familia se trasladó a Francia, y acabaron durmiendo todos, los padres y sus cuatro hijos, en una sola habitación. Nunca entendió semejante decisión. Puede que en Lombardía no fuesen ricos, pero estaban en su casa. Las escombreras mineras del norte de Francia nunca podrían reemplazar sus colinas, aunque no era eso lo que más le dolía. Su madre había perdido la sonrisa que desde siempre había iluminado su día a día. Le pedía a Adriano que hablase en voz baja si lo hacía en italiano, le recriminaba que no se integrara lo suficiente. Él, que había sido siempre su mayor orgullo, tenía ahora la sensación de avergonzarla. Por esas razones y muchas otras, Adriano creció con el sentimiento de no pertenecer a ninguna parte.

Cuando diez años más tarde su padre le dijo que era momento de empezar a trabajar en la mina con él, Adriano abandonó el domicilio familiar para no volver jamás. Desde entonces, bajo el nombre de Adrian, fue encadenando trabajos precarios. Esa inestabilidad le convenía, de algún modo le garantizaba cierta libertad. Vigilante nocturno, camarero u operario de almacén, poco importaba el oficio mientras le permitiera ganarse la vida.

A pesar de que se había negado a acompañar a su padre a las entrañas carboníferas, Adrian no veía la luz del día mucho más que él. Escogía tareas que le permitían vivir la noche, pues prefería la desenfrenada fauna nocturna y los sonidos amortiguados. Las compañías noctámbulas que frecuentaba lo llevaron poco a poco a variar su fuente de ingresos. Durante un tiempo creyó que se enriquecería gracias al juego y las apuestas, pero las deudas que pronto contrajo no le dejaron más remedio que asumir faenas para las que nunca se habría creído cualificado. Para cuando su acreedor aceptó borrar la cuenta pendiente, Adrian ya se había labrado una buena reputación como limpiador.

Sin embargo, las normas que había transmitido a Blanche no siempre habían sido las suyas. Las pruebas que fue recogiendo los primeros años no estaban destinadas a servirle de seguro de vida, sino a proteger a su empleador.

—¿Quieres decir que en aquella época ya trabajabas para el Sabueso? —quiso saber Blanche cuando entendió adónde quería llegar Adrian.

—El Sabueso se ponía en contacto con mi jefe, que me llamaba a mí —la corrigió—. Yo solo seguía órdenes.

—Entonces es ese hombre quien guarda los objetos que podrían incriminar al Sabueso...

—Solamente una parte. Y ni siquiera sé si sus herederos la habrán conservado.

—¿Está muerto?

—¡Tenía como mínimo treinta años más que yo!

—Vale, no podremos devolver algunas piezas al Sabueso,

pero supongo que esos delitos habrán prescrito, ¿no? ¿Hace cuánto de esos encargos? ¿Treinta, cuarenta años?

–Un poco más, incluso.

–¡Seguro que no será un problema! –concluyó Blanche, decidida a zanjar el asunto.

Se instaló en la mesa de la cocina para redactar el mensaje que enviaría al Sabueso. Le llevó más de dos horas. Blanche estaba acostumbrada a descifrar códigos, no a crearlos. Generalmente se limitaba a contestar con un «entendido» o un simple «OK». Ahora le resultaba difícil la mera formulación de las palabras. Blanche se obligó a sopesar cada una de ellas. No era cuestión de echar piedras sobre su propio tejado pidiendo disculpas directamente. Eso supondría admitir que había cometido un error, y si quería tener alguna posibilidad de seguir colaborando con el Sabueso debía asegurarse de mantener un equilibrio de poder. En esa profesión, más que en ninguna otra, uno no depositaba su confianza en los débiles.

Tras numerosas vacilaciones, Blanche se decidió por un discurso respetuoso pero fáctico. Lo esencial se resumía en dos frases. Había recibido su mensaje y quedaba a la espera de saber cuáles eran sus intenciones. Cuando firmó el correo y le dio a «enviar» fue como quitarse un peso de encima. La pelota ya no estaba en su tejado; ahora podía acostarse tranquila. La respuesta llegaría a su debido tiempo.

Las pastillas le permitieron dormir, pero en ningún caso descansar. Desde hacía algunas semanas, Blanche se enfrentaba a nuevos miedos en cuanto cerraba los ojos. No eran los de su infancia, no se trataba del hombre del saco escondido bajo su cama ni tampoco de la imagen de su madre yaciendo en el ataúd. No, ahora lo que hacía que Blanche se estremeciera era el futuro, ese porvenir incierto al que cada día temía un poco más. Cuando lograba controlar sus pensamientos, Blanche se imaginaba en un mundo sereno. Fantaseaba con distintas vidas, la mayoría alejadas de la sociedad. Se veía feliz, en un jardín soleado. A veces un niño jugaba a su lado. Otras noches, era un hombre quien le sujetaba la mano con ternura. Pero fuese cual fuese el escenario, el final era siempre el mismo. Un arma en la sien, lágrimas en los ojos y Blanche apretando el gatillo.

A las seis de la tarde, cuando acababa de oscurecer, Blanche se despertó con un sobresalto. Tenía el flequillo húmedo y la camiseta empapada.

Adrian estaba leyendo en el salón, delante del fuego de la chimenea. No hizo ningún comentario al ver el rostro desencajado de su hijastra, quien fingió una sonrisa, pero no pudo engañarlo. El olor a ajo y aceite de oliva había inundado la casa.

—¿Has cocinado?

—Supuse que tendrías hambre cuando te despertases.

Blanche corrió hacia los fogones. Una salsa de tomate se estaba cociendo a fuego lento. La probó con una cuchara de madera, quemándose la punta de la lengua.

—Hay cosas que nunca cambian. —Adrian rio a sus espaldas—. Siéntate. Todavía le faltan diez minutos.

Blanche esbozó una gran sonrisa esta vez.

—Tú no me dejarás nunca, ¿verdad?

—Serás tú quien me deje —respondió Adrian atareado—, ¡en cuanto encuentres a un hombre que sepa preparar los ñoquis tan bien como yo!

Mientras esperaba, Blanche aprovechó para revisar el correo en el ordenador. La dirección del Sabueso aparecía en la lista de mensajes por leer. Sorprendentemente, ahora que estaba tan cerca de leer la respuesta, retrasó el momento manteniendo el dedo levantado sobre la tecla. Más asombroso aún: se dio cuenta de que no quería compartir esa información con Adrian. Él estaba a dos metros y tan a la expectativa como ella. ¿Desde cuándo tenía la necesidad de ocultarle ciertas cosas? Nunca lo había hecho antes.

Con los nervios a flor de piel, Blanche hizo clic en el mensaje y lo descifró mentalmente. No tardó ni un minuto. Un escaso minuto que sin embargo bastó para desestabilizarla.

8

Blanche Barjac había tenido tiempo suficiente para especular sobre la respuesta del Sabueso. Entre pesadilla y pesadilla había anticipado toda suerte de escenarios. Un encuentro al anochecer en una nave abandonada; la dirección de un apartado de correos al que enviar los objetos propiedad del Sabueso. Había imaginado su propia reacción y preparado un discurso adecuado a cada una de las opciones. Nunca había visto al Sabueso ni a ninguno de sus clientes, pero estaba dispuesta a hacer una excepción. Ahora que tenía delante el mensaje real, Blanche no sabía qué pensar.

Le costaba concentrarse. Su ritmo cardiaco se había acelerado tanto que solo oía el eco de sus pulsaciones. Adrian no se había dado cuenta de nada. Estaba de espaldas a ella frente a los fogones y continuaba dándole conversación, o más bien hablando solo.

Blanche se obligó a releer el mensaje. Quizá había malinterpretado al Sabueso. Cogió un papel y un lápiz, y transcribió la respuesta palabra por palabra. Descifró el código con atención, metódicamente, como hacía en sus primeros años. Obtuvo el mismo resultado. El Sabueso no entendía sus tres últimos correos, pero sobre todo no le gustaba cómo había llevado a cabo su último encargo. «No era necesario quemar la casa, no hará más que llamar la atención. La he visto más afinada en otras ocasiones. Esta vez ha escogido la comodidad, y en consecuencia su sueldo se verá reducido a la mitad. Le agradeceré que no vuelva a contactarme.»

Adrian gritó «A tavola» y Blanche dio un respingo. Alegó que tenía que ir al baño para evitar cruzar la mirada con él. Necesitaba calmarse antes de decir cualquier cosa. Se mojó la cara con agua fría y respiró varias veces antes de mirarse al espejo. Aquello no tenía ningún sentido. Blanche se acordaba perfectamente de haber echado una última ojeada antes de cerrar la puerta de la calle. Había apagado todas las lámparas y recogido los productos inflamables. ¿Cómo era posible que el Sabueso creyera que había prendido fuego a la casa a propósito? Debería saber que ella nunca arruinaría el trabajo de una manera tan vulgar. Blanche era una profesional y se lo había demostrado en muchas ocasiones. Es cierto que no había vertido agua en las brasas antes de irse, pero el fuego estaba casi extinguido. Una chispa tendría que haber saltado a más de dos metros para caer en una de las superficies desinfectadas. Parecía poco probable, teniendo en cuenta que Blanche se había deshecho de las escasas manchas de sangre solo con la ayuda de un paño empapado en amoniaco diluido a la mitad. Y aunque se hubiera desencadenado un incendio accidental, todavía quedaba un detalle por esclarecer. El Sabueso decía que había recibido tres correos de su parte. Blanche no había enviado más que dos, el primero únicamente para confirmar el encargo. Algo se le escapaba, pero le resultaba imposible concentrarse dentro de ese aseo minúsculo.

El dilema que la atormentaba en ese momento era si debía compartir esa información con Adrian. Le había costado mucho convencerlo de que ella no tenía nada que ver con el fular, y ahora el Sabueso ni siquiera se dignaba mencionar el tema. Si su intención primera había sido enviarle un mensaje, lógicamente habría aprovechado el intercambio de correos para exponerlo. No se habría conformado con esas críticas, por muy duras que fueran. ¿Y qué opinaría Adrian de semejante trabajo? Si era cierto que la casa había ardido por un descuido suyo, volvería a cuestionar sus capacidades, y Blanche ya estaba cansada de pelearse por ese tema. Se notaba inestable desde hacía un tiempo y el correo del Sabueso no hacía más que incrementar esa sensación. Un destello de sospecha en la mirada de Adrian bastaría para hundirla, estaba segura.

Blanche decidió concederse unas horas de descanso. Al fin y al cabo, no había necesidad de mantener al corriente a Adrian en todo momento. De hecho, a ella misma le había sorprendido la rapidez con que el Sabueso había respondido. En general no reaccionaba tan pronto. Blanche prefirió consultarlo con la almohada. Más que un consejo, confiaba en que la noche le aclarara un poco la mente. Primero debía informarse sobre el incendio. La prensa local habría enviado sin duda a un reportero al lugar de los hechos y, aunque todavía no se hubiera publicado ningún artículo, seguro que encontraría alguna información. También revisaría las redes sociales. Puede que algún vecino curioso hubiese grabado lo ocurrido. Blanche no sabía mucho de combustión y no se hacía ilusiones pensando que averiguaría por dónde empezó el fuego, pero contaba con encontrar algún dato que la ayudase.

Por otra parte, tenía que resolver el asunto de los correos. Blanche no podía recurrir al Sabueso. Ya no. El final del mensaje era categórico. Así que tendría que arreglárselas sola.

Si el asesino a sueldo estaba convencido de que había recibido tres mensajes suyos, significaba que alguien le había pirateado la cuenta. No había otra explicación. Blanche no sabía demasiado de informática. La única persona que tal vez podía ayudarla era un ingeniero de unos cuarenta años que le debía una. Sin su intervención, el hombre estaría hoy pudriéndose en una celda de seis metros cuadrados.

Para Blanche solo había supuesto una pequeña limpieza, una tarea que en realidad no figuraba en su catálogo. La aceptó únicamente porque la petición venía de Maître Barde, uno de los abogados que más encargos le proporcionaba. El hombre en cuestión era su sobrino. El abogado había despertado a Blanche a la una de la madrugada. Acababa de enterarse de que a primera hora de la mañana registrarían el domicilio de su sobrino, pero no había manera de localizarlo. Blanche no preguntó más. Treinta minutos más tarde estaba abriendo la puerta del domicilio del ingeniero. Cédric Collin, que parecía un surfista recién salido de la adolescencia, estaba de pie en el pasillo con unos auriculares en las orejas y un bol de cereales en la mano. No le sorprendió en absoluto la aparición de una desconocida en su piso de tres habitaciones del distrito VII, escuchó distraídamente las explicaciones de Blanche y le dejó vía libre. Mientras ella se afanaba en sacar las plantas de marihuana y borrar cualquier rastro de THC antes de que dieran las seis de la mañana, Cédric Collin pensó que lo más adecuado era preparar el desayuno. El resultado fue un hombre en calzoncillos y una señora de la limpieza con delantal invitando a los agentes de policía a un té de jazmín y tostadas. La casa olía mucho a lejía, pero como eso no era ningún delito, Cédric Collin pudo retomar tranquilamente su cultivo. Esa historia debía de remontarse a un año atrás, pero Blanche dudaba que la hubiera olvidado.

46

Rechazó cualquier tipo de compensación por el trabajo. No fue ni por bondad ni porque el hombre le pareciese atractivo. A veces sabía ser pragmática. Tener a un ingeniero informático entre sus deudores podría serle útil en algún momento, y ese momento había llegado.

9

Blanche se sirvió ñoquis tres veces a pesar de que le había costado muchísimo acabarse el primer plato. No encontró mejor solución para evitar que se alargara la charla. No quería mentir a Adrian. Procuró tener la boca llena durante toda la cena, dejando que su padrastro llevase el hilo de la conversación. Después de dos bostezos que apenas tuvo que fingir, se escabulló a su habitación como una adolescente reacia a todo tipo de contacto social. Adrian no se disgustó; había conocido periodos mucho más difíciles de gestionar.

Tumbada en la cama y con el ordenador encima del vientre, Blanche esperaba desde hacía una hora la respuesta del ingeniero. Iba actualizando la bandeja de entrada e incluso se había enviado un correo para verificar la conexión, pero al parecer Cédric Collin tenía mejores cosas que hacer que pasarse la noche frente a una pantalla. Mientras tanto, escudriñó la red en busca de alguna información sobre el incendio. El Sabueso había dicho la verdad. La casa de campo había quedado reducida a cenizas poco después de su marcha, es decir, veinticuatro horas antes.

Un conductor se había detenido al borde de la carretera para filmarlo. La imagen estaba tan aumentada que era imposible distinguir algo y el contraste de las llamas con la negrura de la noche no hacía más que incrementar el efecto de saturación. En Twitter, un periodista había dedicado ochenta y dos caracteres a describir el empeño de los bomberos. La foto que ilustraba el texto no añadía detalles a la información. Había una ambulancia aparcada no muy lejos de la casa, y Blanche se contuvo para no dejar algún comentario sobre su inutilidad. Lo poco que encontró lo habían publicado en el momento de los hechos y daba lugar a conjeturas y suposiciones, sin ningún artículo de fondo. En cuanto al nombre del propietario, no aparecía por ningún lado.

Sin embargo, Blanche dudaba que esa constatación aplacara la ira del Sabueso. La ausencia de víctima había alejado a la plebe sedienta de sangre, pero se llevaría a cabo una investigación y la desaparición de la persona que vivía en la casa daría lugar a muchas pesquisas.

A las tres de la mañana, en medio del duermevela, Blanche oyó por fin el característico sonido que indicaba la entrada de un correo.

Durante su primer y único encuentro había podido comprobar que Cédric Collin era un hombre de pocas palabras, así que había emulado esa peculiaridad usando un lenguaje lacónico en la redacción del correo. No obstante, esperaba una respuesta un poco más elaborada que «llama cuando quieras».

En circunstancias normales, Blanche habría esperado a una hora decente para llamar por teléfono, pero ese hombre era un ave nocturna y la situación no era en absoluto normal. Cédric descolgó al primer timbrazo.

Blanche, que siempre trataba de anticiparse a cualquier situación, al imaginar su conversación con el informático había supuesto que se desarrollaría a través del correo electrónico, sin contemplar ni por un instante la posibilidad de que su voz fuera a ponerla nerviosa. Había olvidado lo cálido que era su timbre, o puede que simplemente no se hubiera fijado. Es cierto que su interacción se había limitado a cuestiones logísticas, y sacar brillo a los muebles de un apartamento no incitaba a prestar atención a los matices fónicos.

—¿Le molesto? —dijo ella al fin, consciente de lo estúpida que era su pregunta.

—¿Ya no nos tuteamos?

—Lo siento —rectificó enseguida—. Estoy un poco dormida.

—Pues has tardado menos de un minuto en llamarme.

El tono era bromista, lo que no hacía más que aumentar la incomodidad de Blanche. Había sido concisa al exponer su petición, pero aun así había insistido en que se trataba de un tema serio. Cédric se había creído que iban a charlar, como si fueran viejos amigos o dos enamorados en una noche de insomnio. Blanche se aclaró la garganta, intentó recobrar el aplomo sentándose al borde de la cama y adoptó un tono mucho más tajante.

—Necesito tus servicios.

—Ya lo suponía.

—Es importante.

—Ya me lo imagino, teniendo en cuenta que me llamas a las tres de la mañana...

—¿Estás drogado?

La pregunta le había salido disparada. Apretó los labios. No era muy buena idea atacar al único hombre que podía ayudarla. Esperó nerviosa su reacción.

—No estoy drogado, estoy relajado —matizó divertido—. Deberías probarlo alguna vez. Tengo la impresión de que te iría bien.

—Si quieres que me relaje, ¡solo tienes que decirme que me ayudarás!

—¡Te estás poniendo un poco pesada! —dijo con la misma despreocupación—. No soy de los que dejan sola a una mujer en apuros. Además, si así consigo volver a verte...

—¡Frena el carro! No hace falta que nos veamos, ni siquiera que hablemos. Lo que necesito son tus conocimientos de informática.

Cédric Collin resopló en el auricular, pero Blanche estaba decidida a no entrar en su juego. No tenía muchas normas, pero no flirtear en el trabajo era una de ellas.

—¿Podemos hablar en serio, sí o no?

—Si me invitas a cenar, ¡soy todo tuyo!

—En primer lugar, ¡eres tú quien me debe una y no al revés! Y segundo, que sepas que no soporto el chantaje.

—Y decir que te debo una no tiene nada que ver con el chantaje, ¿no?

—¡Es trabajo! —respondió Blanche descaradamente.

—Ah..., ¡si es trabajo...! —replicó él con socarronería.

—Mira, ¿sabes qué?, olvida que te he llamado. ¡Ya se me ocurrirá algo!

—¡Espera, espera! De acuerdo, ningún tonteo entre nosotros, y nada de humor. Valía la pena intentarlo. Dime qué problema tienes.

Blanche quería decirle que se reservaba el sentido del humor para sus amigos, pero se mordió la lengua: la verdad era que no tenía ninguno aparte de Adrian y que su llamada desesperada en plena noche era una triste prueba de ello. Se tragó la frustración y se concentró en el motivo de su llamada.

Intentó resumir la situación sin exponerse demasiado. Cédric no sabía hasta dónde alcanzaba su campo de acción y era mejor así. No es que se avergonzara de su profesión, pero, por así decirlo, no conocía a ese hombre.

—Si lo he entendido bien, crees que alguien utiliza tu cuenta de correo.

—¡Es la única explicación lógica! —dijo ella pensando que Adrian habría sido menos categórico a la hora de responder esa pregunta.

—¿Y has consultado los mensajes enviados?

—¿Tan tonta parezco?

—En serio, ¡deberías fumarte un porro de vez en cuando! O si no prueba el yoga, sé que las tías de tu edad prefieren eso.

—¿Las tías de mi edad? —replicó Blanche sin saber realmente por qué, puesto que su edad nunca había sido un problema.

—Vale, admito que el comentario sobraba, porque debemos de tener más o menos la misma edad.

Blanche se preguntaba si se estaba riendo de ella abiertamente o si era siempre así. Desde luego, Cédric Collin tenía un don para restarle dramatismo a las situaciones.

—Esos correos —continuó más serio—, ¿puedes enviármelos?

—No los tengo.

—Entonces, ¿cómo sabes que existen?

—Digamos que he acabado deduciéndolo a partir de un mensaje de uno de mis clientes.

—Cuando dices cliente, ¿quieres decir un tío al que has sacado de un apuro como a mí?

—Más o menos, sí.

—Entonces vas a tener que pedirle que te los reenvíe.

—Va a ser complicado...

—Pues sin eso no puedo hacer mucho por ti. Cualquier persona puede haber entrado en tu correo. Basta con que tenga tus datos de acceso.

—¿Y cualquiera puede conseguir mis datos de acceso?

—¿Los tienes encriptados?

—No.

—¡Entonces sí! Cualquiera no, pero alguien que sepa un poco de informática sí que puede hacerlo. ¿Tu ordenador tiene contraseña?

—¡Claro!

—Bien. Por lo menos sabemos que no se trata de alguien cercano. Pero si quieres que te dé más información tienes que conseguir esos correos. No te prometo nada, pero al menos podría intentar saber desde qué dirección IP han sido enviados. Eso podría darte alguna pista.

Blanche ya no le escuchaba. No era la terminología que Cédric estaba utilizando lo que la había hecho desconectar, sino algo que había dicho.

10

Blanche notó que el corazón se le aceleraba y tuvo que colgar precipitadamente. No era su primer ataque de pánico, así que sabía que lo único que podía hacer era respirar hondo y vaciar la mente.

Lo que la había hecho perder el control no era la frase en sí. Al fin y al cabo, Cédric se había limitado a exponer un hecho. No, lo que la había conmocionado por un instante, apenas una fracción de segundo, era haber visualizado a Adrian delante de su ordenador. Sí, su ordenador tenía contraseña. No podía ser de otra forma teniendo en cuenta lo que almacenaba. Pero sí, por supuesto que Adrian conocía la contraseña. Nunca habían tenido secretos. Y por último, sí y otra vez sí, ¡Blanche dejaba el ordenador en casa de Adrian cuando iba a hacer algún encargo! Todo eso era de lo más normal para ella. Adrian no era solo su padrastro. Era su mentor, su amigo, su confidente, su única familia. Entonces, ¿por qué le había venido esa imagen cuando Cédric Collin mencionó que alguien cercano podía haberle pirateado el ordenador? No tenía ningún sentido. Desde hacía unas semanas, Blanche tenía la sensación de no controlar sus propios pensamientos. Si comenzaba a dudar de la única persona en la que podía confiar, corría el riesgo de desmoronarse.

Blanche siempre se había negado a ver a un médico. Aunque Adrian se lo había propuesto más de una vez, ella nunca había accedido. Si iba a heredar la enfermedad de su madre, prefería saberlo lo más tarde posible. Además, los especialistas nunca pudieron determinar con precisión qué fue lo que hizo enloquecer a Catherine Barjac. Mientras algunos sugerían un alzhéimer precoz, otros apuntaban a la enfermedad de Pick. Adrian había leído el informe de la autopsia, pero no había obtenido ninguna respuesta. Al dispararse en la sien, Catherine Barjac impidió que los expertos examinasen su cerebro. Durante los diez años que siguieron al suicidio de su madre, Blanche se estuvo documentando. Leyó todos los estudios que abordaban la degeneración frontotemporal, hasta el día en que tuvo que admitir que no podría influir sobre el veredicto final. Desde entonces había decidido no preocuparse. Un psicoanalista habría dictaminado sin duda que experimentaba una fase de negación, pero el resultado era el mismo. Blanche no había querido leer o escuchar nada más sobre el tema. Estaba decidido. Adrian había respetado su decisión y le había prometido que estaría a su lado pasara lo que pasase. Le propuso implementar su propio protocolo y ella aceptó. De manera regular, la sometía a pruebas de eficiencia y a secuencias motrices. Últimamente había aumentado la frecuencia y, aunque hablaban lo menos posible del tema, Blanche se daba cuenta de que Adrian estaba preocupado. Estaba convencida de que tanta sobreprotección contribuía a su estrés. ¿Cómo podía llevar una vida normal abriendo y cerrando el puño o asociando frutos con colores dos veces a la semana? Lo único que hubiera podido tranquilizarla es que Adrian le prometiese que estaría ahí llegado el momento, pero no para sostenerle la mano, sino para ayudarla a partir, tal como había hecho su madre. Adrian se había negado hasta la fecha a pronunciar esas palabras.

Mientras intentaba recobrar el aliento, Blanche recogió el fular que había dejado sobre la mesita de noche. Debería haberlo guardado otra vez en su caja, pero ese pedazo de tela la tenía hipnotizada. Solo lo había visto una vez, y nunca habría imaginado que le causaría semejante impresión después de tantos años. Una sonrisa se dibujó en su rostro involuntariamente cuando la seda se deslizó entre sus dedos. Si le hubieran dicho a Catherine Barjac que su hija se ganaría la vida frotando, cepillando y desechando los residuos de los demás, no habría dado crédito. Solía gritar a los cuatro vientos que su hija era muy sucia. Que ni siquiera los chicos la igualaban en dejadez. Blanche había tardado en entender que no se trataba de un reproche. Todo lo contrario. Catherine Barjac lo decía con orgullo. Era una mujer de espíritu libre que no quería que su hija reprodujese modelos que consideraba desfasados. Ser un ama de casa ejemplar era uno de ellos. Ella misma había decidido un buen día criar sola a su hija y nunca aceptó compartir ni un metro cuadrado con nadie que no fuera Blanche. Por eso Adrian la había amado locamente y había sufrido a partes iguales.

Blanche se secó una lágrima y soltó una larga exhalación. El ataque de pánico había pasado.

Las últimas veinticuatro horas la habían dejado exhausta y Blanche acabó cayendo en un sueño profundo. Al despertar, los pensamientos que la habían alterado no eran más que un viejo recuerdo. El olor a café inundaba la casa y se colaba por todos los resquicios de su habitación. Adrian estaba levantado y sin duda la esperaba para preparar el desayuno. Blanche seguía desconcertada por el correo del Sabueso, pero el malestar de la noche anterior le había dejado algo claro: tenía que compartir su inquietud con alguien de confianza, y esa persona solo podía ser Adrian. Estaba dispuesta a que dudase de su palabra e incluso a consultar a un médico si era lo que él deseaba. En aquel momento lo único que importaba era que estuviera a su lado.

Adrian silbaba mientras cortaba rebanadas de pan. La recibió con una sonrisa y Blanche tuvo la sensación de que le quitaban un inmenso peso de encima. Cuando era adolescente, estaba convencida de que ese hombre podía leerle el pensamiento incluso desde otra habitación. Era una especie de sexto sentido que le daba escalofríos, como un vínculo de sangre que sin embargo no existía. Esa mañana, mientras bajaba la escalera, su mayor temor era que Adrian supiera que había dudado de él, aunque solo fuera por un instante. Se sintió tan aliviada al verlo que se abalanzó sobre él para abrazarlo.

—¡Caramba, jovencita! —exclamó divertido Adrian—. ¿Quién es usted? Y ¿qué ha hecho con la pequeña cascarrabias que vive normalmente aquí?

—¡No soy ninguna cascarrabias!

—¿Gruñona?

—¡Tampoco!

—¿Ni siquiera por las mañanas?

Blanche sonrió y se sentó a la mesa sin replicar. Llevaba con ella el ordenador y lo abrió de forma ostensible para desbloquearlo.

—¿No puedes esperar? —preguntó sorprendido Adrian.

Blanche se encogió de hombros, como quitándole importancia. En realidad era un gesto cuidadosamente calculado. Para que Adrian confiara en ella, quería introducir el asunto como por casualidad. Pensaba hacerle creer que el Sabueso había respondido durante la noche y que descubría el mensaje justo en ese momento, al mismo tiempo que él. Y todo eso implicaba hacer un poco de teatro, fingir sorpresa e incomprensión, pero no era nada comparado con el sentimiento de traición que sentiría Adrian si se enteraba de que no se lo había contado.

Cuando se disponía a ejecutar su plan, Adrian la sorprendió sentándose frente a ella. Su sonrisa había desaparecido por completo.

—Si piensas ponerte a trabajar, primero vamos a hablar. ¡Creo que tenemos un problema!

11

Blanche contuvo la respiración a la espera de que Adrian hablase. En una milésima de segundo revisó todas las emociones que sería capaz de mostrar. Sorpresa, miedo e incluso ira. Debía estar lista para elegir, en función de lo que dijese Adrian, la más adecuada. La solución más sencilla era, por supuesto, confesarlo todo, pero Blanche no se sentía con fuerzas para hacerlo.

Cuando Adrian comenzó finalmente a hablar, a Blanche no le costó mucho mostrarse sorprendida. Nunca habría imaginado que se pondría tan dramático por un simple problema doméstico. Se había ido la luz en el cobertizo; no entendía por qué era tan importante.

—El problema, querida, es que te estás olvidando de que tenemos un producto delicado en el congelador.

—¡Mierda, el cuerpo!

Adrian la reprendió con la mirada. No toleraba las palabrotas bajo su techo. «Si no quieres que te traten como a una limpiadora de tres al cuarto —decía a menudo—, tu comportamiento debe ser siempre irreprochable. ¡Uno no se labra un nombre diciendo palabrotas!» Blanche no veía relación entre una cosa y otra, pero hacía tiempo que había abandonado esa lucha.

—¡El cuerpo, sí! —continuó Adrian muy serio—. Ya se ha empezado a descongelar. No podemos esperar mucho más. Hay que deshacerse de él hoy mismo.

—Pero ¡aún no he tenido tiempo de mirar los planes de la obra! Además, ¡no puedo hacerlo en plena tarde!

—Lo sé. Tenemos que encontrar otra solución. Ya le he estado dando vueltas.

—¿Estás seguro de que no puede esperar hasta la noche?

—No sería prudente. He intentado restablecer la electricidad, pero no lo he conseguido. En un rato cualquier perro podría husmear el olor a descomposición. No pasa mucha gente por aquí, desde luego, pero ¡es arriesgado!

—Y ¿el generador?

—Lleva estropeado varias semanas. No he tenido tiempo de ponerme con ello.

A Blanche le extrañó esa respuesta. Adrian era previsor, justamente por eso había comprado el aparato. No insistió más, aunque tampoco se dio por vencida.

—Lo mejor será que me vista y vaya a comprar otro. Será lo más fácil.

—No te molestes —respondió Adrian con la mirada perdida—. Nos saldría bastante más caro que una reparación. No, lo mejor es que nos deshagamos del cuerpo lo antes posible, créeme.

A estas alturas, Blanche estaba segura de que Adrian no le contaba toda la verdad. Por mucho que no fuera un hombre derrochador, nunca pondría en peligro un encargo solo por dinero.

—¿Me vas a contar de una vez por todas qué es lo que pasa?

Adrian se rascó la cabeza, todavía evitando mirarla. Blanche le apretó una mano y esperó pacientemente.

—Tengo un mal presentimiento, Blanche.

—¿A qué te refieres?

—Alguien nos la quiere jugar.

—¿No te estarás poniendo paranoico?

—Esta mañana había una tarjeta en el buzón.

Blanche entendió por el tono de su padrastro que la situación era seria.

—Y ¿qué decía la tarjeta?

—Nada, precisamente. No había nada escrito. Solo un mechón de pelo pegado.

—¡Déjame verlo!

Adrian se puso en pie y Blanche tuvo la sensación de que había envejecido diez años. Con la espalda encorvada, se desplazó trabajosamente hasta la entrada. Al parecer había guardado la tarjeta en un cajón. ¿Acaso había decidido no contárselo y luego había cambiado de opinión? Blanche ahuyentó ese pensamiento. No estaba en posición de reprocharle nada.

—¿Crees que es otro mensaje del Sabueso? —preguntó cuando lo vio volver.

—No lo sé. A mí nunca se me ha ocurrido guardar pelo como una prueba comprometedora. A ti tampoco, que yo sepa.

Adrian tenía razón. No era su estilo.

Blanche sostuvo la tarjeta entre los dedos y observó detenidamente la veintena de pelos sujetos por un pedazo de cinta adhesiva. Era un mechón recio entre blanco y negro intenso. Le dio la vuelta a la cartulina. No había ninguna inscripción, ni siquiera una señal distintiva. Era una tarjeta de visita en blanco, el típico formato que se utilizaba para invitaciones o agradecimientos. No había más pistas. Blanche volvió a fijarse en el mechón y de repente tuvo una revelación. Ese color grisáceo..., lo había visto hacía poco.

—¡Creo que sé a quién pertenece!

—Te escucho.

—Si no me equivoco, el cabello proviene de la cabeza de nuestro invitado.

—¿La víctima del Sabueso?

—¡Me apostaría algo!

El antiguo jugador que era Adrian no aceptó el reto. Alcanzó una linterna del aparador y salió de la casa, con la tarjeta en la mano. Blanche lo siguió, calzada con un par de botas demasiado grandes, las primeras que había encontrado en la entrada.

La temperatura exterior no excedía los ocho grados, lo que suponía una ventaja para ellos. El cuerpo tardaría más en descomponerse.

Adrian intentó una vez más encender el interruptor, pero todavía no había vuelto la corriente, de manera que el cobertizo estaba sumido en una sofocante penumbra. Si Adrian se conocía al dedillo la distribución del lugar, no era ese el caso de Blanche. Lo siguió a tientas con una mano extendida, tratando de reconocer el terreno.

Una vez delante del congelador, Blanche tuvo la sensación de estar frente a una sepultura que se disponían a profanar. Había sacado cuerpos de ese arcón en más de una ocasión, pero nunca había ido a inspeccionar a una víctima de cerca. El distanciamiento era una de sus normas. Una protección que iba a tener que saltarse.

Levantaron la tapa del congelador entre los dos. La víctima del Sabueso estaba ya azulada. Tenía el rostro húmedo, aunque algunos cristales de hielo resistían a la temperatura ambiente. Blanche calculaba que todavía tenían unas horas antes de que el cuerpo se descongelase del todo. Estaba segura de que podían esperar hasta la noche para deshacerse de él. Cualquier otra opción era arriesgada. Trabajar con prisas y a plena luz del día era lo último que debían hacer. Era una de las primeras reglas que le había dictado Adrian. La urgencia radicaba en comprender lo que estaba pasando antes de trazar un nuevo plan.

Adrian acercó la tarjeta a la cabeza de la víctima. El cabello también estaba húmedo y eso alteraba el color. Habría resultado difícil compararlos de no haber sido por un detalle. Por encima de la oreja habían cortado un mechón de pelo y ahora se veía claramente una pequeña calva.

Blanche, alertada por la primera impresión que había sentido al ver el cadáver, aferró la linterna. Enfocó rápidamente todo el cuerpo. No quedaba ninguna duda. Alguien les estaba enviando un mensaje.

12

El intruso no se había conformado con cortar un mechón de pelo. A la víctima del Sabueso le faltaban cuatro dedos de la mano derecha. Solo le habían dejado el pulgar, y ese detalle era todavía más chocante porque se levantaba recto, en perpendicular al muñón, como dando su aprobación.

Blanche fue la primera en reaccionar. Cerró rápidamente la tapa del congelador. No servía de nada dejar que el cuerpo se calentase más de lo necesario. Apuntó a Adrian con la linterna, pero el hombre estaba en otra parte, perdido en sus pensamientos.

—Adrian, ¡no podemos dejar que jueguen con nosotros!

Blanche apenas sabía lo que quería decir con eso, puesto que de momento desconocían con quién se enfrentaban. ¿Recibirían una carta con amenazas o se verían sometidos a la presión de un extorsionador? Esa maniobra de intimidación forzosamente tenía un objetivo, aun cuando el mensaje continuara siendo un enigma.

—¿Pretendes enfrentarte al Sabueso?

Blanche iba a replicar que no entendía la pregunta cuando se dio cuenta de lo razonable que era el punto de vista de Adrian. El día anterior, esas mismas palabras podrían haber salido de su boca. Aprovechó la penumbra y el hecho de que Adrian no pudiera ver su rostro para mentir descaradamente.

—El Sabueso me ha respondido esta noche. Iba a contártelo, pero me has cogido por sorpresa con esta historia de la tarjeta.

Adrian no dijo nada, y a Blanche le alivió no tener que cruzar la mirada con él. Hizo un esfuerzo sobrehumano para mantener un tono desenfadado.

—Parece que él no tiene nada que ver con el asunto del pañuelo.

Blanche podría haberlo dejado ahí, pero ahora que se había lanzado comprendía lo mucho que necesitaba liberarse del peso que la oprimía. No le ocultó ningún detalle del correo del Sabueso, ni siquiera intentó minimizar su potencial responsabilidad en el incendio de la casa. Blanche parecía una niña confesando su falta con la esperanza de que la perdonasen y le ofreciesen consuelo. Esperaba que Adrian pronunciara unas palabras tranquilizadoras. Así es como siempre habían funcionado. Se le encogió el corazón cuando su padrastro dio media vuelta sin decir palabra y dejó a Blanche sola en el cobertizo, con la linterna en la mano.

Sentada junto a la chimenea, esperó pacientemente a que Adrian volviera de su expedición. Al salir del cobertizo se lo había cruzado en el patio mientras él se dirigía hacia el coche. Blanche no había osado decirle nada. No tenía ni idea de adónde había ido ni de cuándo regresaría. Adrian era un tipo solitario y, aunque aceptó cuidar de ella cuando su madre murió, a veces desaparecía varios días sin dar explicaciones. Blanche había aprendido a respetar ese rasgo de su carácter. No obstante, esperaba que su ausencia no durase demasiado.

Aprovechó las horas de soledad para idear un nuevo plan. Si quería deshacerse del cuerpo esa noche, había que encontrar una solución cuanto antes. La obra había dejado de ser viable, y la opción inicial del lago ya no le parecía tan buena. Le quedaba una sola alternativa, simple y eficaz, aunque Adrian le diría que era demasiado precipitada.

Entre los contactos de Blanche figuraba el responsable de un crematorio situado en Essone, a menos de ochenta kilómetros de allí. Siempre había guardado esa carta como un comodín. Una baza para utilizar como último recurso. Podía jugarla en el momento que quisiera. El hombre al que había echado una mano tres años antes se había comprometido con ella, aunque había insistido en que solo la ayudaría una vez. Una única vez y estarían en paz. Blanche tenía en su poder algo que podía hacerlo cambiar de opinión en caso necesario, pero si extorsionaba a un cliente se vería obligada a cambiar de profesión. Solo necesitaba decidir si la situación era tan desesperada como para llamar a Monsieur V.

En otras circunstancias, Blanche habría reflexionado apoyándose en los hechos. Habría calculado la probabilidad de que algún curioso sacase a pasear al perro al anochecer en los alrededores; el tiempo que tardaría en conseguir un nuevo generador y volver a poner en marcha el congelador. En condiciones normales habría analizado todos esos detalles, pero hoy solo había que tener en cuenta uno: alguien, en algún lugar, sabía con exactitud lo que contenía el congelador, y ese simple hecho bastaba para responder a su pregunta. No había tiempo para vacilaciones. Blanche marcó el número de Monsieur V.

El hombre tardó unos segundos en reconocer a Blanche. No expresó ni entusiasmo ni decepción. Monsieur V sabía que ese día llegaría y estaba preparado. Quedaron a medianoche. Esperaría a Blanche en la entrada del cementerio de Orme à Moineaux durante treinta minutos como máximo. Pasado ese tiempo, se marcharía y no respondería a sus llamadas nunca más.

Una vez resuelto ese asunto, Blanche intentó poner en claro la situación. Un hombre, o una mujer, estaba enviando mensajes haciéndose pasar por ella. ¿El Sabueso era el único que los había recibido? No había forma de asegurarlo. La misma persona, puesto que era poco probable que se tratara de alguien distinto, había entrado dos veces en el cobertizo de Adrian. Una primera vez para apoderarse del fular y una segunda para mancillar el cadáver. La hipótesis que tomaba forma era que ese individuo había estado siguiendo de cerca a Blanche desde su último trabajo. Debió de aprovechar el momento en que ella se encontraba en la habitación de la víctima para esconder el pañuelo en la bolsa de viaje, y esperó a que se fuera para provocar el incendio. Cómo supo que depositaría el cadáver en el congelador... no era más que otra incógnita. Tal vez lo dedujo durante su primera visita al ver el arcón frigorífico. Esa primera teoría bastó para calmar a Blanche. El motivo de esas maquinaciones seguía sin estar claro, pero empezaba a vislumbrar un patrón al que aferrarse. Lo primordial era no perder el control.

Blanche no pensaba quedarse de brazos cruzados. No iba a esperar tranquilamente a que su verdugo le enviase un nuevo mensaje para entender su estrategia. ¿Qué problema tenía con ella o con Adrian? Fuese cual fuese el motivo, hacía peligrar su profesión, así como su libertad. Blanche estaba dispuesta a revisar todas sus misiones anteriores. Para Adrian esa tarea sería más complicada, pero lo conseguirían.

Encendió el ordenador y abrió el archivo de clientes. Tenía noventa y tres encargos por repasar. Noventa y tres nombres por investigar. ¿Qué había sido de sus vidas después de su intervención? ¿Era posible que uno de sus clientes se hubiera inquietado por algo y considerara que Blanche tenía la culpa? A menos que el problema no estuviera relacionado con el cliente, sino con la víctima. Un pariente, por ejemplo, que se preguntara por qué no se había llevado a cabo ninguna investigación para encontrar a su ser querido. En ese caso significaría el doble de nombres por investigar. Tenía por delante una tarea colosal.

Blanche iba a ponerse manos a la obra cuando otra idea le vino a la cabeza. Unos meses antes había comprado por internet un kit para tomar las huellas dactilares. Un equipo rudimentario pero que bastaría para lo que quería hacer. El proceso sería tedioso y sin duda muy largo, pero le permitiría sacar uno a uno a sus antiguos clientes de la ecuación. Lo único que necesitaba era que el sádico que se divertía jugando con ella hubiese cometido el error de dejar sus huellas en la tarjeta de visita. Después de todo, el individuo sabía que Adrian y Blanche no podían acudir a la policía y a lo mejor había bajado la guardia.

Corrió a buscar la tarjeta en el cajón de la entrada, igual que había hecho Adrian tres horas antes. Para su sorpresa, junto a la cartulina descubrió unas tijeras de podar cubiertas de sangre.

13

Una vez más, todo lo que Blanche había dado por cierto se desvaneció en el aire. No le cupo la menor duda de que esas tijeras habían servido para cortarle los dedos a la víctima del Sabueso. Era imposible que Adrian no lo hubiese advertido al guardar la tarjeta de visita en el cajón. La herramienta estaba a la vista. Y Blanche sabía que normalmente se guardaba en el cobertizo con los demás útiles de jardinería. Ese simple hecho debería haberle llamado la atención. Le parecía impensable que su padrastro la dejase sola en casa después de un descubrimiento así. Sus pensamientos se entremezclaban. Solo se le ocurrían dos explicaciones posibles. O Adrian había dejado las tijeras en el cajón sin pararse a pensar que Blanche lo abriría, o las había encontrado en la casa y creía que Blanche era culpable, lo que explicaría su marcha precipitada. En vez de enfrentarse a ella, había sentido la necesidad de alejarse para digerir la información. Blanche no sabía cuál de las dos hipótesis le asustaba más.

Procuró respirar lenta y profundamente. La cabeza le daba vueltas, y el calor acumulado delante de la chimenea había abandonado su cuerpo. Blanche tiritaba, de pie en la entrada. Se notaba al borde del desmayo. Su teléfono móvil seguía en la mesa del salón. Tenía que calmarse, nadie acudiría en su ayuda. Apoyó las manos contra la pared y cogió aire varias veces. Cuando pasó el momento crítico, caminó despacio hasta la cocina con los brazos extendidos para mantener el equilibrio. Se echó agua fría en la cara antes de restregarse con un paño. La fricción del algodón contra la piel le hizo el mismo efecto que un papel de lija, y el dolor la ayudó a volver en sí.

Una tercera posibilidad cobró forma. Era poco probable, pero más lógica. Desde que Adrian se había marchado, Blanche había permanecido en la sala de estar, excepto durante el cuarto de hora que había pasado en el baño duchándose y vistiéndose. Puede que el intruso aún siguiera por la zona; que se hubiera quedado agazapado en un rincón esperando el momento idóneo para entrar en la casa. Aunque la idea era aterradora, puesto que suponía que su verdugo los había estado espiando toda la mañana, Blanche la prefería a cualquier otra.

Intentó comunicarse con Adrian por teléfono. Necesitaba saber, preguntarle si las tijeras de podar estaban en el cajón antes de que se fuera. Le saltó directamente el buzón de voz, y Blanche le pidió que la llamase de inmediato, sin más explicación. Después de colgar, la calma que reinaba en la casa le pareció asfixiante. Si el intruso rondaba por los alrededores, no podía quedarse de brazos cruzados.

En el imaginario colectivo un limpiador cuenta siempre con un arsenal digno de la mafia y domina las artes marciales u otras técnicas de combate propias de los servicios secretos. En la vida real, las armas de Blanche se limitaban a productos de limpieza y bolsas de basura de colores variados. Nada con lo que defenderse de un enemigo, a menos que le rociase los ojos con un espray. Blanche era la primera en reconocer que a su trabajo le faltaba emoción, incluso se había sentido decepcionada cuando Adrian le explicó en qué consistía. Sin embargo, no era tan imprudente como para creerse a salvo. Podía, en última instancia, volverse a su estudio parisino, pero no solucionaría nada. Seguiría estando sola, al acecho de cualquier ruido.

Sin saber muy bien por qué lo hacía, Blanche marcó el número de Cédric Collin. Era evidente que no tenía sentido ni respondía a la menor lógica. Un ingeniero informático aficionado a la marihuana era la última persona que podía ayudarla, pero Blanche sintió un inmenso alivio al escuchar su voz.

—Dos veces en menos de veinticuatro horas, ¡esto no es amor, es acoso!

—¿Te molesto? —preguntó Blanche haciendo caso omiso de la introducción.

—Tienes que dejar de decir eso. Si te respondo es que no me molestas. Es un sistema muy simple, básico incluso, pero eficaz.

Al contrario que la noche anterior, Cédric sonaba rotundo. Su tono seguía siendo burlón, pero mucho más seguro. Blanche pensó para sus adentros que los porros debían de ser su recompensa nocturna. Quizá se revelara más receptivo de lo esperado. Aun así, ahora debía decidir cómo abordarlo y qué parte de la historia podía contarle.

—¿Sigues dispuesto a ayudarme?

—¡Claro! ¿Has podido recuperar los correos que le enviaron a tu cliente?

—No, pero ahora no te necesito por tus conocimientos de informática.

—¡Ah! ¿Por fin vamos a cenar?

—¡A cenar, a almorzar y a lo que te apetezca!

Unos segundos de silencio hicieron sonreír a Blanche por primera vez en mucho tiempo.

—¡Me encantaría ir a tu casa! —exclamó ella.

—¿Cuándo?

—¡Ahora! Y por tiempo indefinido.

—¿No vas un poco rápido? Quiero decir, no tengo nada en contra del compromiso, pero igual deberíamos conocernos un poco antes, ¿no?

Incluso entre la espada y la pared, Cédric conservaba el sentido del humor; Blanche pensó que eso era justo lo que le hacía falta.

—No te preocupes, todavía no tengo intención de conocer a tus padres, pero necesito un sitio donde esconderme unos días. ¿Puedo contar contigo?

—¡Ya conoces mi dirección!

Había resultado tan fácil que Blanche temía que la volviera a llamar para decirle que había cambiado de opinión. Se apresuró a recoger todas sus cosas y dejó una nota para Adrian en la mesa de la cocina en que le indicaba que regresaría a última hora de la tarde para «tirar algunos residuos». Su cita con Monsieur V no se podía aplazar, y trasladar el cuerpo a la casa de Cédric era impensable. Solo quedaba esperar que el intruso no intentase cortarle más dedos hasta entonces.

Blanche volvió al cobertizo para verificar el estado de descomposición. El cadáver no se había descongelado y del frigorífico no emanaba ningún hedor. La temperatura exterior aumentaría algunos grados en una hora o dos, pero había consultado el tiempo y se anunciaba una bajada considerable a media tarde. Podía irse tranquila, al menos respecto a ese tema.

Siempre que Blanche abandonaba la casa de Adrian lo hacía con gran pesar. Era su guarida, el único lugar donde se sentía segura. Mientras echaba un último vistazo por el retrovisor del coche, una rabia velada se apoderó de ella. Una rabia alentada por el odio que sentía en ese preciso instante hacia su verdugo. Nunca le perdonaría haberla obligado a huir de su único refugio en el mundo.

14

Cédric Collin tenía un aspecto completamente distinto en vaqueros y camisa. Blanche lo miró de arriba abajo y se preguntó si lo habría reconocido en otras circunstancias. Medio sonriendo, él recogió su bolsa y la invitó a pasar. No hizo preguntas ni comentarios. Dejó las cosas de Blanche en la sala de estar y volvió a su lugar de trabajo.

—Todavía me queda una hora, pero haz como si estuvieras en tu casa. ¡Ya la conoces!

Blanche debería haber sentido alivio al no tener que justificarse. Podría haber buscado un rincón aislado en ese piso inmenso y hacer su vida sin preocuparse por su anfitrión, como él mismo había propuesto. Podría haber hecho un montón de cosas en vez de quedarse allí plantada, inmóvil en medio del salón.

—No sabía que trabajabas desde casa —dijo al fin para romper el silencio.

—Trabajo desde casa —respondió Cédric, de espaldas a ella y con los ojos clavados en la pantalla—, soy vegetariano, alérgico a los gatos, llamo a mi madre una vez al día y no sé planchar. ¿Sigues queriendo instalarte aquí?

Blanche no se molestó en responder. Sonrió, a sabiendas de que Cédric no podía verla, y se dirigió a la cocina. A la descripción que Cédric acababa de hacer le faltaba un detalle. Igual que ella, era un amante del té.

El informático cerró el ordenador cuando el sol empezaba a ponerse. Blanche había encendido todas las luces del apartamento, incluso las de las habitaciones donde no tenía previsto entrar. Blanche había actuado así desde que tenía uso de memoria. Era algo que la superaba, una costumbre que le había valido más de un reproche por parte de su madre hasta que Adrian tomó el relevo. Cédric tuvo la delicadeza de no hacer ningún comentario y ella se lo agradeció en silencio.

Adrian seguía sin llamarla. Blanche ni siquiera quería saber qué significaba eso. Era mejor no dejarse llevar por ideas perniciosas. Ya no le quedaba ninguna uña por morder y esperaba con todas sus fuerzas que Cédric la supiera distraer hasta la cita con Monsieur V.

Cédric no le había preguntado por el motivo de su visita, pero Blanche pensó que tenía derecho a saber por qué debía alojarla de improviso.

—Tengo algunos problemas.

—Ya lo suponía.

—Creo que alguien quiere hacerme daño.

—¿Lo crees o estás segura?

—Es difícil saberlo. Si no soy yo el objetivo, lo es mi padrastro, lo que viene a ser lo mismo.

—¡Para mí no!

—¿Cómo?

—Digamos que si tuviera que compartir piso con tu padrastro me lo pensaría dos veces. Seguro que es un hombre encantador, ¡que conste!

—Tranquilo —contestó divertida por la imagen que le había venido a la mente—. Es un espíritu libre y sabe apañárselas solo.

—¡Pensaba que tú también!

A juzgar por su tono de voz, Blanche entendió que Cédric se estaba tomando la situación en serio. Su último comentario no había sido irónico en absoluto. Estaba preocupado por ella, o esa era la impresión que daba.

—Estoy convencida de que alguien vigila mis pasos con el fin de chantajearme.

—¿Por algo de tu trabajo?

—¿Qué otra cosa puede ser?

—Yo solo pregunto. Sé que se te da bien hacer limpiezas en casas de desconocidos en plena noche, pero aparte de eso no te conozco demasiado.

Blanche no podía permitirse contárselo todo, aunque estaba dispuesta a confiar un poco en él.

—Hago todo tipo de limpiezas —dijo sosteniéndole la mirada—, pero la verdad es que nunca había tenido que deshacerme de unas plantas.

—No soy imbécil, Blanche. Poco serio, lo acepto. Y algo perezoso, también. Pero no pensarás que no me he informado sobre ti. Mi tío me ha contado cómo te ganas la vida. Aunque imagino que ni siquiera él estaba al corriente de todo.

Blanche apretó los labios y bajó la mirada. No le gustaba el giro que estaba tomando la conversación. Cédric enseguida adoptó un tono más ligero.

—¡Ojo! No me estoy quejando para nada. Tener a un ama de casa de forma permanente..., ¡conozco a más de uno que daría lo que fuera!

—Si crees que te voy a planchar las camisas, ¡puedes esperar sentado! —respondió Blanche antes de volver a ponerse seria—. En respuesta a tu pregunta, sí, creo que me quieren chantajear por algo relacionado con mi trabajo. Aunque tu tío no lo sepa todo, no tengo nada grave que esconder.

—¿Ningún cadáver en el armario?

—¿En el armario? —balbuceó Blanche repentinamente incómoda.

—Lo que quiero saber es si te sacas un dinero extra al mes haciendo de asesina a sueldo.

—¡De ninguna manera! —le espetó en un tono más alto de lo que hubiera querido.

—Vale, vale. ¿Y crees que el chantajista te habrá seguido hasta aquí?

—Ni idea.

—¿No has estado pendiente? —la increpó Cédric asombrado.

—Sí, claro que sí, pero ¡tampoco soy Mata Hari! Esto del espionaje no es lo mío.

—Te entiendo, pero ¡supongo que en tu profesión uno sabe ser discreto!

—Eso creía yo, pero por lo visto los hay aún más discretos.

—¿Qué quieres decir?

—Que sé que me están siguiendo, pero no sé quién ni desde cuándo.

—¿Lo sabes o lo crees?

—Lo creo —admitió Blanche de mala gana—. En todo caso es la única explicación lógica que encuentro. Y no puedo decirte nada más.

—¡Como quieras! —respondió Cédric encogiéndose de hombros—. Dime solo si me estoy poniendo en peligro dejando que te quedes.

—¡Nunca habría venido si así lo pensase!

—¡Me alegra oírlo! —concluyó Cédric mientras se ponía en pie—. ¿Tienes hambre? Iba a preparar pasta.

—¡No son ni las seis!

–Uy..., ¡me parece que va a ser todo muy cuadriculado contigo! –dijo camino de la cocina.

Blanche había acabado por sentarse a la mesa y devoraba la pasta sin siquiera respirar. No había comido nada desde la noche anterior, y estar en compañía de Cédric le abría el apetito. El Sabueso, la tarjeta de visita y las tijeras de podar parecían ahora lejanos. Aun así, la perspectiva de tener que salir en plena noche le impedía relajarse del todo. No podía pedirle ayuda a Cédric. No era asunto suyo. Y por otra parte había sido poco clara acerca del recado que debía hacer. Se había limitado a explicarle que tenía que terminar un trabajo. Él le había dado una copia de las llaves sin hacer más preguntas.

Hacia las nueve, Cédric iba por su segundo porro mientras Blanche intentaba por todos los medios mantenerse despierta. Había insistido en fregar los platos, había deshecho la bolsa y colocado sus pertenencias en la habitación de invitados, y ahora estaba viendo un programa de cocina de cuya jerga solo entendía la mitad. Su móvil vibró en el bolsillo trasero del pantalón y fue como si recibiera una descarga eléctrica.

Cuando vio que el mensaje era de Adrian esbozó una sonrisa, pero enseguida se le heló la sangre. Tuvo que releerlo varias veces para entenderlo. Blanche creía haber contemplado todos los escenarios. Sin duda se le había escapado uno. Su cita con Monsieur V ya no tenía ningún sentido.

15

«¿Qué has hecho con el cuerpo?»

Además de un mensaje alarmante, esas pocas palabras habían sido para Blanche como un bofetón cuyo efecto todavía notaba mientras conducía su furgoneta a toda velocidad. Estaba solo a diez minutos de Mortcerf y llamaba por quinta vez a Adrian, pero no le cogía el teléfono. Cada timbrazo, amplificado por el manos libres, era como si tocaran a difuntos.

Cédric había insistido en acompañarla. Había visto como se quedaba paralizada al leer el mensaje y, sin mediar palabra, se había puesto un gabán y cogido el juego de llaves que Blanche había dejado en la mesa del salón. Ella había intentado disuadirlo sin demasiada convicción.

El informático supo pasar desapercibido buena parte del trayecto, aunque a medida que se acercaban a su destino se iba poniendo cada vez más nervioso. Blanche le había dado permiso para fumarse un porro, pero conducía tan deprisa que el pobre hombre no había conseguido soltar en ningún momento la agarradera a la que se aferraba con ambas manos. En los últimos diez kilómetros, su discreción se esfumó por completo. Cédric no paraba de hablar. Únicamente respetaba los momentos en que Blanche intentaba llamar. En cuanto Blanche colgaba, volvía a la carga con más fuerza.

—Entonces, para resumir: has guardado un cadáver en un congelador y un listillo se está divirtiendo cortándolo en pedazos. Tenías planeado deshacerte de él esta noche, pero tu padrastro, que es quien te ha enseñado los trucos del oficio y que además no te habla, te ha dicho que el cuerpo ya no está en su sitio. ¡Dime si se me ha olvidado algo!

Blanche seguía preguntándose cómo había podido fiarse tan rápidamente de alguien. A Adrian no iba a gustarle, y se sorprendió al experimentar cierta satisfacción.

—El mensaje no es tan concreto —dijo con la vista fija en la carretera—, pero sí, ¡básicamente es eso!

—Lo siento, pero no tiene demasiada lógica.

—¿El qué?

—¿Por qué querría un chantajista hacer desaparecer el cuerpo?

—No lo sé. Para ponerme nerviosa, para volverme loca. ¡Yo qué sé!

—Te entiendo, pero desde el momento en que el cuerpo ya no está en vuestra propiedad, date cuenta, su campo de acción queda muy limitado. ¿Cómo va a probar que eres tú quien ha hecho desaparecer a ese tío? Supongo que no habrás dejado tu tarjeta de visita en uno de sus bolsillos.

Blanche no se molestó en responder y pensó detenidamente en la pregunta.

—Puede que el chantajista no busque echarme encima a la policía.

—¿A quién entonces?

—A alguno de mis clientes.

Blanche ya se había planteado esa posibilidad. Los correos falsos la habían desacreditado a ojos del Sabueso. Si se enteraba de que además había perdido el cuerpo, no se conformaría con reducirle el sueldo a la mitad.

−¡Y tus clientes no son unos hippies inofensivos como yo! −concluyó Cédric, que había seguido su razonamiento.

−¡Exacto!

Quizá Cédric se arrepintiera de haber llegado tan lejos, porque Blanche no volvió a oírlo pronunciar una palabra hasta que estuvieron delante de la casa de Adrian. Apagó el motor y miró el entorno. Todas las luces de la primera planta estaban encendidas.

−Es mejor que esperes aquí −dijo con la mano en la portezuela.

−¿Estás segura?

−Tengo que hablar con él a solas. Si te ve, pueden complicarse las cosas.

Blanche anunció tímidamente su presencia al cruzar el umbral. Echó un vistazo al aparador de la entrada. Las tijeras de podar y la tarjeta de visita que había dejado encima habían desaparecido. Adrian habría vuelto a guardarlas en el cajón, o tal vez se las había llevado. En cualquier caso, las había visto y tendrían que hablar del tema.

El salón estaba desierto, igual que la cocina. Adrian no había vuelto a poner leña en la chimenea. La temperatura ambiente apenas superaba la del exterior, y Blanche tiritaba incluso con el abrigo sobre los hombros. Llamó a Adrian, pero su voz chocó con las paredes sin recibir respuesta. Subió a la planta de arriba, echó una ojeada y volvió a bajar con la certeza de que su padrastro no estaba en casa.

La linterna seguía en el mismo sitio donde la había dejado antes de irse. Seguramente Adrian no la necesitaba para moverse por el cobertizo. Blanche habría preferido que la conversación tuviera lugar en un espacio más acogedor, y sobre todo más iluminado. En algún rincón de su mente o de su corazón, había albergado la esperanza de que Adrian se hubiese calmado y la esperara delante de la chimenea con los brazos abiertos y una mirada cariñosa. Cogió la linterna e inspiró profundamente para infundirse un poco de valor. Nunca había tenido miedo de enfrentarse a su padrastro.

Le sorprendió ver que había vuelto la luz. Al encender el interruptor en un acto reflejo, los dos neones titilaron hasta estabilizarse. La estancia medía unos treinta metros cuadrados, y a pesar de la acumulación de cajas, herramientas de jardinería y cartones puestos de cualquier manera, Blanche se dio cuenta enseguida de que Adrian no estaba allí. Se le revolvió el estómago. El coche estaba en el patio, la puerta de la casa no estaba cerrada y, lo que era aún más extraño, Adrian se había ido dejando todas las luces encendidas. Marcó el número. Blanche se tambaleó al escuchar el tono de llamada de Adrian y luego todo se volvió negro.

Cuando abrió los ojos, vio a Cédric encima de ella con el ceño fruncido y cara de preocupación. Tardó unos segundos en saber dónde estaba. Se hallaba tendida en el sofá del salón, y Cédric la había tapado con su gabán y le estaba pasando un paño húmedo por la frente.

—He estado a punto de llamar a una ambulancia, pero después he pensado que igual no era buena idea.

Esbozó una sonrisa, pero Blanche ya había vuelto en sí.

—¡Adrian!

Cuando intentó levantarse, Cédric le sostuvo los hombros con firmeza.

—Cálmate, ¡por favor! No soy médico, pero sé que hay que ir con cuidado con los desmayos. Puede que te hayas golpeado la cabeza al caer.

—¡No lo entiendes! —dijo alterada—. Adrian...

—¡Tu padrastro no está aquí, Blanche! Lo he buscado por todas partes para que me ayudase a moverte.

—Sí que está, ¡te lo aseguro! Tengo que volver al cobertizo.

Blanche empujó a Cédric con violencia para levantarse. Se tambaleó un instante, recuperó el equilibrio y salió disparada hacia el exterior de la casa.

Al llegar al cobertizo, Cédric se encontró a Blanche paralizada frente al congelador. Parecía hipnotizada por el arcón.

—No puedo hacerlo —dijo. Le temblaba la voz.

Cédric se acercó despacio y entendió a qué se refería. Agarró la tapa con las dos manos, dudó un momento, y luego la levantó.

16

—Alabama, Alaska, Arizona, Arkansas, California, Carolina, Colorado, Dakota...

—¡Blanche!

—Delaware, Florida, Georgia...

—¡Blanche, para!

—¡Déjame! —vociferó ella con los ojos cerrados y los puños apretados.

Cédric la sujetó por los hombros, zarandeándola sin miramientos.

—¡Abre los ojos, por favor!

Pero Blanche no estaba en condiciones de escuchar a nadie. Se negaba a afrontar la realidad.

—Hawái, Idaho, Illinois...

—Te has olvidado de Connecticut —probó entonces Cédric.

—¿Qué?

La táctica funcionó. Blanche paró en seco la retahíla, aunque Cédric se arrepintió enseguida. Blanche comenzó a respirar agitadamente, en medio de bruscos espasmos. Su cara palideció hasta tal punto que Cédric pensó que se desmayaría otra vez. Entonces fue él quien se dejó llevar por el pánico. Le dio una bofetada sin previo aviso.

—¡Cálmate, joder! No hay nada. ¿Me oyes? ¡El congelador está vacío!

La información tardó un poco en abrirse paso. Blanche había bloqueado su mente, se había protegido a su manera y ahora tenía que echar abajo la barrera que acababa de erigir. Las articulaciones de las manos recuperaron poco a poco el color, su respiración se volvió más regular. Blanche aflojó las mandíbulas y accedió por fin a levantar los párpados.

En efecto, el arcón frigorífico estaba vacío, salvo por un detalle: había un teléfono justo en el centro. Blanche no necesitó alcanzarlo para saber a quién pertenecía. Todavía recordaba el particular tono de llamada de Adrian reverberando contra las paredes del bloque hermético.

—¿Es el móvil de tu padrastro?

Blanche asintió con la cabeza, sin apartar la mirada del congelador.

—¡Al menos esto explica por qué no contestaba!

—Le ha pasado algo —dijo con una impasibilidad inquietante.

—¡No lo sabemos! Igual se le ha caído sin darse cuenta.

—Su coche está en la entrada.

—A lo mejor ha salido a caminar. ¿No lo hace nunca?

Blanche no tenía fuerzas para responder. Adrian había desaparecido y ninguna teoría de Cédric podía cambiarlo. Recogió el móvil y consultó el historial de llamadas. Ella era la única que había intentado contactar con él en la última hora. Sin embargo, había respondido a una llamada poco antes de enviarle el mensaje. Una conversación de apenas veinte segundos con un número sin identificar. Lo marcó a pesar de lo tarde que era, y escuchó la voz metálica de un contestador automático. Prefirió colgar en vez de dejar un mensaje a un interlocutor anónimo.

—¿Hay alguna manera de saber a quién pertenece este número?

—¡No soy la poli, Blanche!

—¿Puedes o no?

A Cédric no le molestó su insolencia.

—Siempre puedo probar. Pero sería más fácil con un ordenador.

—Hay uno en la casa.

Blanche cerró de un golpe el congelador y salió del cobertizo, impulsada por una nueva energía.

Buscó detrás de los cojines del sofá, abrió los armarios uno a uno, se tumbó en el suelo para inspeccionar cada rincón, hasta que llegó a la conclusión de que el ordenador de Adrian ya no estaba. Su padrastro lo utilizaba muy poco, pero, al igual que Blanche, guardaba allí información muy sensible.

—Lo intentaré con mi móvil —dijo entonces Cédric para relajar el ambiente.

—...

—El número. Voy a hacer una búsqueda en Google. No te imaginas la cantidad de personas que introducen su número en internet sin darse cuenta.

Blanche asintió; continuó buscando algún indicio que le permitiera entender qué había ocurrido entre el momento en que Adrian había enviado el mensaje y su desaparición.

—Nada —soltó Cédric enfrascado en su tarea—. Todo lo que puedo decirte es que es de la compañía telefónica SFR, lo que no resulta de gran ayuda. Imagino que llamar a la policía no es una opción, ¿no?

—¡Seguro que hay alguna manera de conseguirlo!

—No soy un hacker, Blanche.

—¡Eres ingeniero informático!

—¿Mi tío te ha dicho eso? —dijo con una risa ahogada.

—¿No es verdad?

Cédric hizo una mueca antes de responder con voz cansada.

—Lo sería si hubiese acabado la carrera...

—Entonces, ¿qué eres? Quiero decir..., ¿a qué te dedicas?

—Soy una especie de técnico. Sé lo suficiente de informática para dar el pego. Los viejos me pagan por aprender a hacer clic, las madres para que advierta a sus hijos de los peligros de internet, y los jóvenes, bueno, a ellos les gusta venir a verme porque tengo buena mano con las plantas. El piso es de mi padre, o sea que no me hace falta ganar una millonada.

Blanche necesitó un momento para encajar la noticia. Estaba tan segura de haber acudido a la persona adecuada que no se había parado a comprobar si Cédric estaba capacitado. No cabía duda de que su tío le había inflado el currículum por pura vanidad. Pero ya era un poco tarde para echarse atrás. Aceptaría cualquier ayuda que le ofrecieran.

Se abstuvo de hacer comentarios mientras se acercaba a la chimenea.

—¿Qué buscas exactamente?

—¡No lo sé! Cualquier cosa que se salga de la normalidad.

—¿Crees que lo han secuestrado?

—¡Espero! —dijo secamente.

Cédric se quedó estupefacto, pero enseguida comprendió a qué se refería.

Blanche no paraba quieta. Después de mover los muebles del salón vació el cubo de basura sobre la mesa de la cocina. Cédric la observaba mientras separaba los residuos como si buscase pepitas de oro. Tenía que hacerla entrar en razón, temía que una vez pasado ese estado de agitación volviera a derrumbarse.

—A lo mejor deberías llamar a tu último cliente —se atrevió a decir con voz vacilante.

Blanche se dignó a levantar la mirada, pero Cédric intuía que seguía con la cabeza en otra parte.

—Ese que ha recibido tus correos falsos. Igual merece la pena hablar con él, ¿no crees?

—Y ¿qué pinta en todo esto?

—Ya te lo he dicho. Si me reenvía los mensajes que ha recibido, quizá pueda sacar alguna información. No te prometo nada, pero vale la pena probar. Es la única pista que tenemos de momento.

—No tengo su teléfono —respondió ella bruscamente.

—Pero tienes su correo electrónico.

Blanche intentaba retrasar ese momento, aunque sabía que era inevitable. El Sabueso, o al menos la misión que le había encargado, era el punto de partida de toda esa historia. Se había mostrado categórico al decirle que no volviera a contactar con él, pero habían cambiado muchas cosas desde entonces. Aunque la desaparición de Adrian no le concernía directamente, Blanche tenía que advertirle de que alguien había robado el cuerpo del que tenía que deshacerse.

Le temblaban tanto los dedos que necesitó varios intentos para escribir el mensaje. Cada palabra era importante si quería que el Sabueso le prestase atención. Y además debía hacerle creer que tenía la situación bajo control. Esa fue sin duda la parte más difícil de redactar. Se preguntó si era conveniente hablarle del secuestro de Adrian, no quería dar la impresión de que le estaba pidiendo ayuda, por más que eso fuera lo que necesitaba: el apoyo de un profesional con capacidad de ver las cosas en perspectiva y analizar fríamente los últimos acontecimientos. Un hombre que no temiera ensuciarse las manos a la hora de solucionar el problema. Adrian conocía al Sabueso desde hacía más de cuarenta años, y siempre hablaba de él con mucho respeto. Blanche solo podía esperar que el sentimiento fuese mutuo.

Cédric se encargó de ordenar la cocina mientras Blanche examinaba el móvil de Adrian. Había un centenar de nombres en la agenda, la tercera parte desconocidos para ella. Blanche se sentía incómoda husmeando en la vida privada de su padrastro. No tenían secretos entre ellos, pero eso no significaba que no debiera respetar su intimidad. Adrian nunca había mencionado a ninguna mujer tras la muerte de Catherine Barjac y, durante años, Blanche se había alegrado de ello. Ahora que su padrastro vivía solo en esa casa alejada de todo, se daba cuenta de lo poco generoso que había sido ese sentimiento. Había nombres femeninos, franceses e incluso italianos, pero Adrian no parecía haberles enviado mensajes escritos, o si lo había hecho los había borrado.

En cuanto a los correos electrónicos, a Adrian no le gustaban y los utilizaba poco, pero guardaba todos los que procedían de entidades administrativas. Blanche se topó con un mensaje clasificado como no deseado que sin embargo no había borrado. Iba a hacerlo ella misma cuando le llamó la atención el remitente.

La dirección era casi idéntica a la del Sabueso.

17

Los dedos de Cédric se movían a toda velocidad por el teclado de su ordenador mientras Blanche intentaba componer una visión general de lo ocurrido. Habían preferido volver al apartamento del distrito VII para organizarse.

Cédric le había explicado a Blanche que algunos hackers abordaban a sus víctimas mediante correos parecidos al de algún contacto que ya tenían. El destinatario, convencido de que conocía al remitente, hacía clic en enlaces peligrosos sin desconfiar.

—Pongamos que tu dirección de correo empieza por «blanche. dupont» y yo reemplazo la «t» por una «d». Es muy probable que quien lo lea no se fije en ese detalle, porque al ver las primeras letras pasará directamente al mensaje.

Cédric no tenía duda de que la persona que se divertía asustando a Blanche había aprovechado esa misma estrategia para escribir no solo a Adrian, sino también al Sabueso.

—No ha necesitado piratearte la cuenta para comunicarse con tu cliente. Se ha creado una.

—¿Has podido rastrearla?

—A menos que haya cerrado la cuenta con la que ha contactado a tu padrastro, no debería costarme demasiado.

La tarea debía de ser más ardua de lo que Cédric había imaginado, porque llevaba más de media hora tecleando sin mediar palabra. Blanche se quedó un rato detrás de él, mirando la pantalla por encima de su hombro. Toda clase de datos desfilaban ante sus ojos sin que tuviera la menor idea de lo que significaban.

Se había instalado en el salón y tenía la mesa baja llena de pósits de colores. De vez en cuando cambiaba uno de los papelitos de lugar. Blanche trataba de aclarar su mente y necesitaba un esquema para entender a lo que se enfrentaba.

Las notas de color azul tenían que ver con Adrian. Había hecho una lista de los hechos que recordaba.

Adrian había descubierto que el cuerpo ya no estaba en el congelador y poco después había desaparecido. ¿Era una coincidencia o se trataba de un secuestro premeditado?

Había mantenido una breve conversación con un número no identificado y había recibido un correo de alguien que se hacía pasar por el Sabueso. El mensaje no reveló ninguna información. Era un enlace que redirigía a una página web de vídeos caseros cuyo contenido había sido retirado.

El ordenador de Adrian había desaparecido, al igual que las llaves de su coche. Blanche las había buscado más de una hora antes de desistir. Después, muerta de miedo, forzó el maletero del Renault. Encontró un generador sin estrenar y sintió remordimientos. Adrian había salido con intención de solucionar el problema de la electricidad, no para huir de ella. Por lo menos podía aferrarse a esa idea.

Faltaba saber qué había ocurrido con las tijeras de podar, que no estaban donde Blanche las había dejado. ¿Adrian las había visto o el secuestrador las había cogido antes?

En sus notas, Blanche escribía invariablemente «secuestrador» por miedo a que la imaginación la traicionara. Adrian estaba vivo, no debía pensar en ninguna otra alternativa.

También había reservado un espacio para el Sabueso, que de manera involuntaria estaba implicado en el asunto. Los correos falsos no eran nada en comparación con las consecuencias que traería la desaparición del cuerpo. El incendio de la casa era otra calamidad que podía volverse en contra del Sabueso en cualquier momento.

Blanche no acertaba a entender los motivos del secuestrador. ¿Por qué le había cortado cuatro dedos al cadáver si sabía que poco después iba a hacerlo desaparecer? Por un segundo, Blanche imaginó un macabro juego de pistas. Un dedo índice en medio de un camino de tierra indicándole la dirección que debía seguir.

—¿Cuál es tu segundo nombre?

La pregunta la sobresaltó. Blanche estaba tan absorta que había olvidado la presencia de Cédric, todavía en su casa.

—¿En serio? ¿No tienes nada mejor que hacer?

—¿No será Élise, por casualidad?

Blanche se enderezó y esperó a que se explicase.

—La dirección de tu cliente la ha creado una tal Blanche Élise Barjac, nacida el 29 de diciembre de 1981. ¿Eres tú?

Esta vez, Blanche no pudo ocultar su desconcierto. Cédric le explicó que se trataba de una técnica habitual. A los hackers les gustaba tener un chivo expiatorio. Bastaba con recopilar el máximo de información sobre la identidad de alguien. Era pan comido. Blanche no quiso ni imaginar cómo habría reaccionado Adrian si hubiera sabido que la cuenta falsa estaba registrada a su nombre. ¿Le habría concedido el beneficio de la duda? Cédric no conocía sus antecedentes familiares, así que no tenía motivos para desconfiar de ella.

—¡Deduzco que la cuenta sigue activa! —dijo dirigiéndose a él.

—Sí, ¿por qué?

—Porque ya que él no quiere hablarme, seré yo quien le hable a él.

—¿Estás segura?

—¿Tienes alguna idea mejor?

Cédric se encogió de hombros y volvió a teclear en el ordenador.

—¿Qué haces?

—Te creo una cuenta nueva. Dame un minuto.

—¡No hace falta! No pretendo ocultarle mi identidad.

—Tu identidad tal vez no, pero ¡es mejor que no sepa mi dirección IP! A no ser que tengas ganas de que se plante aquí.

—Pensaba utilizar mi ordenador, ¡no el tuyo!

Cédric la miró con indulgencia y continuó con su labor.

Más que dictar, Blanche parecía escupir las palabras. Cédric, que se había ofrecido a redactar el correo, le sugirió más de una vez que rebajase el tono, pero ella no tenía ninguna intención de mostrarse conciliadora. No quería que su adversario interpretase el correo como una muestra de debilidad. Al contrario, Blanche deseaba dejarle claro que estaba dispuesta a todo para encontrar a Adrian. Si tenía que acudir a la policía para conseguirlo, lo haría sin el menor cargo de conciencia. Y si eso no bastaba, recurriría a otros medios. Se permitió recordarle que su agenda le ofrecía una cartera considerable de talentos a los que no dudaría en solicitar ayuda.

—¿Te refieres a asesinos a sueldo? —preguntó preocupado Cédric.

—No me refiero a nadie en concreto —respondió ella, fría.

En lugar de las típicas fórmulas de cortesía, Blanche finalizó el mensaje con un ultimátum. Esperaba que le confirmase el lugar y la hora donde encontrarse.

—¿De verdad quieres encontrarte cara a cara con él?

—Esperemos primero a ver si responde. Luego ya veremos.

A Blanche le sorprendía su propia sangre fría. Al arremeter contra Adrian, ese hombre, o esa mujer, había cruzado una línea roja, la barrera tras la que Blanche estaba acostumbrada a esconderse. Era Adrian quien gestionaba los asuntos delicados. También era Adrian quien le cubría las espaldas. Jamás habría creído que acabaría en primera línea de fuego, ni que eso le produciría semejante excitación. Ya no podía seguir comportándose como una víctima.

La respuesta no se hizo esperar. Cédric empezó a leer el mensaje en voz alta y se detuvo bruscamente. Blanche corrió a mirar la pantalla y continuó leyendo donde él lo había dejado.

Espérame en el túnel de la rue Watt a las dos. Te aconsejo que vengas sin tu novio si no quieres que corra la misma suerte que tu mentor.

18

No había que ser parisino para saber que merodear a las dos de la mañana por el túnel de la rue Watt era poco recomendable. Situado bajo los raíles de la estación de Austerlitz, ese pasaje había inspirado a muchos artistas, que lo filmaron, pintaron e incluso le dedicaron canciones. La descripción era siempre la misma. En palabras de Boris Vian, «una calle bordeada de columnas / donde nunca hay nadie». Quedaba muy claro el tipo de encuentro que iba a ser.

—No pretenderás ir sola, ¿verdad?

—¡Ya has leído el mensaje!

Cédric iba y venía por el apartamento, dando frenéticas caladas a un porro.

—¡No puedo permitirlo!

—No te lo tomes a mal, pero no tienes mucha pinta de guardaespaldas.

—Pero ¡bien que pensaste que era un hacker!

—Porque tu tío me engañó.

—¿Cómo crees que se ha enterado de que estábamos juntos?

—No tengo ni idea —admitió Blanche—. Quizá me haya seguido antes. O puede que nos estuviera vigilando hace un momento en casa de Adrian.

Curiosamente, esa posibilidad no la asustaba. El secuestrador se había convertido en su sombra. Ya se había hecho a la idea.

—¡Al menos sabemos que en mi casa no hay cámaras! —dijo Cédric haciéndose el gracioso.

—Y ¿qué te hace pensar eso?

—Si hubiera cámaras, ¡sabría que aún no somos novios!

Blanche no contestó, pero le regaló una sonrisa. Tenía que admitir que ese hombre la enternecía. Como todas las chicas, había soñado a menudo con un príncipe azul que acudiera a rescatarla en el momento oportuno. Lo que no había imaginado era que se presentaría bajo la apariencia de un adolescente larguirucho de pelo enmarañado.

—¿Tienes por lo menos un arma?

—Soy limpiador forense, Cédric, ¡no sicario!

—¡Tiene gracia!

—¿El qué?

—¿Te has dado cuenta de que esos términos casi siempre son masculinos? Limpiador forense, sicario, ¡incluso agresor! Sé que estás a favor de la igualdad, pero reconoce que eso dice mucho de nuestras predisposiciones.

—Sinceramente, la igualdad es la menor de mis preocupaciones ahora mismo.

—Claro, perdón. Me parece que la hierba está empezando a hacerme efecto.

—Pues ¡qué bien!

—Tranquila. Pienso mejor cuando estoy relajado.

Blanche sintió unas repentinas ganas de sacudirlo mientras seguía perdido en sus pensamientos.

—¡Tengo un colega que a lo mejor puede echarnos una mano! —dijo reavivado de golpe.

—¡No me digas!

—Aunque te cueste creerlo, no eres la única que se junta con malas compañías. Yo también tengo mis secretos.

A Blanche se le agotaba la paciencia y no trató de disimularlo.

—Conozco a alguien que podría proporcionarnos un arma.

—A ver... Para empezar, no me pienso plantar allí con una pistola. Ni siquiera sabría utilizarla. Y en segundo lugar, deja de hablar en plural. Tú te quedas aquí. No hay más que hablar.

Cédric consiguió llegar a un acuerdo: se quedaría en la retaguardia. Blanche lo obligó a bajarse del vehículo en la esquina de la rue Chevaleret y se adentró sola en el túnel. Él había insistido en cargar su bici en la parte de atrás de la furgoneta, alegando que así podría seguir al secuestrador si la raptaba a ella también. Blanche ni se molestó en decirle que con ese cacharro de dos ruedas enseguida lo dejarían atrás. Era extraño, pero su presencia la reconfortaba.

Llevaba diez minutos esperando, aparcada junto a la acera con los faros encendidos. A pesar de las reformas y la buena voluntad de los arquitectos, aquel enclave seguía siendo bastante lúgubre. Dos indigentes habían instalado un refugio improvisado y brindaban y cantaban para calentarse.

Blanche era plenamente consciente de que la pala que acababa de dejar en el asiento del copiloto no le serviría de nada. La herramienta tenía como propósito tranquilizarla, pero en realidad no hacía más que poner de manifiesto lo absurdo de la situación. ¿Qué esperaba conseguir exactamente al acceder a ese encuentro? ¿Que su verdugo le diese explicaciones y se disculpase por las molestias? Blanche nunca había tenido que luchar por su vida. Dejando a un lado su profesión, era una mujer normal y corriente. El miedo la asaltó solo de pensarlo.

Se volvió hacia la parte trasera de la furgoneta y agarró un bidón de ácido sulfúrico. Presionó el tapón antes de girarlo. «¡Quitar siempre el cierre de seguridad!», se dijo acordándose de las películas de acción.

Entonces oyó que entraba un mensaje y se estremeció. Depositó con mucho cuidado el aceite de vitriolo (Adrian seguía llamándolo así) a los pies del asiento del copiloto y respiró con calma. Cédric ya le había enviado tres mensajes a los que ella había respondido en cada ocasión, pero su insistencia por saber si estaba bien empezaba a agobiarla.

Las luces de un coche la deslumbraron cuando buscaba el móvil en la guantera. Blanche contuvo el aliento y se puso una mano a modo de visera para poder distinguir el vehículo que se acercaba a poca velocidad. Paró a unos treinta metros. Blanche no veía nada a esa distancia. Lo único que consiguió identificar fue el tipo de coche: un sedán de color oscuro. Cogió el teléfono y abrió la cámara. El zoom le permitió captar la matrícula. Se la envió directamente a Cédric. Si alguien la secuestraba, él sabría qué hacer. Le respondió con el emoticono del pulgar hacia arriba.

Al ver que se abría la puerta de atrás del vehículo, Blanche apretó el brazo contra el volante para que dejara de temblar. Seguía pulsando regularmente el disparador de la cámara con la esperanza de que alguna foto le sirviera de algo más tarde, aunque lo dudaba. La tenue iluminación del túnel y las luces cegadoras del coche solo le permitían distinguir una sombra. En cuanto el pasajero se alejó unos pasos, Blanche se relajó. Casi sonrió al ver una silueta de piernas muy largas que caminaba con paso vacilante a pesar de su porte altivo. Blanche estaba espiando a una mujer cuyos tacones demasiado altos convertían su contoneo en algo más cómico que atractivo.

La mujer vociferó unos cuantos insultos en dirección a una ventanilla cerrada. El eco deformaba las palabras y Blanche no pudo oír bien lo que decía, pero intuyó el sentido. El coche arrancó y la dama nocturna no tuvo más remedio que hacerse a un lado.

Una escena tristemente banal de la noche parisina, pensó Blanche mientras borraba una a una todas las fotos.

Le envió un mensaje a Cédric para comunicarle que había sido una falsa alarma. Recibió otro pulgar levantado. Blanche recuperó el hilo de la conversación con un dedo preguntándose en qué momento su relación se había vuelto idéntica a la de una madre y su hijo adolescente. Cédric iba sustituyendo progresivamente su laconismo por emoticonos. A ese ritmo, pronto acabarían usando jeroglíficos. El móvil sonó de nuevo a la vez que aparecía un aviso en la parte superior de la pantalla. Blanche se acordó entonces del mensaje que no había revisado. Lo miró rápidamente. No era de Cédric. Volvió al menú principal y descubrió un número en lugar del nombre del contacto. Estaba convencida de haber visto antes esas cifras. Blanche rebuscó en su bolso hasta encontrar el móvil de Adrian. El número coincidía con el de la persona que había llamado a su padrastro poco antes de su desaparición, el mismo en el que hacía un rato a ella misma le había respondido un contestador automático. A Blanche debería haberle alegrado que le devolviesen la llamada, solo que no había utilizado su teléfono, sino el de Adrian.

Intentó calmar su respiración y leyó el mensaje. Con las primeras palabras se le nubló la vista y sintió una oleada de calor. Apagó la calefacción del coche, y con ello cesó también el familiar zumbido. Pero ese silencio se le hizo insoportable. Bajó por completo la ventanilla y aspiró una bocanada de aire contaminado.

«Alabama, Alaska, Arizona, Arkansas, California, Carolina, Colorado –empezó a recitar con los ojos cerrados–. Cálmate, ¡joder!»

Luego respiró hondo, abrió los ojos y releyó el mensaje con las mandíbulas apretadas. No era momento de lloriquear ni lamentarse. Había que afrontar la realidad dejándose empapar por esas palabras:

¿A qué estás jugando, Blanche? ¡Él no tenía que estar aquí!

¿Qué se supone que tengo que hacer con el viejo ahora?

19

Lo que estaba ocurriendo superaba con creces la peor pesadilla de Blanche. Nunca habría imaginado algo así. Hacía años que se preparaba para experimentar pérdidas de memoria, conductas inapropiadas o trastornos del habla. Temía ese momento, pero lo esperaba con fatalismo.

No había detectado ningún síntoma que presagiara la enfermedad de su madre, pero Blanche era joven por entonces, demasiado para preocuparse de los demás. Por otro lado, Adrian la había protegido de todo eso. Hasta que Catherine Barjac no puso fin a sus días, él no le contó con detalle lo que había podido observar. Una palabra equivocada, un olvido sin importancia. Una evolución insidiosa de la que ella no se había percatado. Blanche pensaba que le sucedería lo mismo. Por eso había accedido a someterse a las pruebas, para ser consciente de su condición desde los primeros síntomas. Una explicación posible para todo lo que le estaba ocurriendo podía ser que había vivido de espaldas a su posible enfermedad, pero parecía poco probable puesto que Adrian siempre la había ido controlando.

«¡Tiene que ser un montaje!», se dijo intentando razonar consigo misma, sin olvidar que la paranoia formaba parte de la larga lista de síntomas.

Cédric le había enviado el enésimo mensaje. Empezaba a impacientarse en la salida del túnel. La temperatura invernal no invitaba a quedarse quieto sobre una bicicleta, y ya hacía más de una hora que debería haberse producido el encuentro. Blanche no había respondido aún. Sabía que de nada servía seguir esperando, pero volver a la realidad la asustaba. ¿Qué le diría a Cédric? Ni ella misma sabía qué pensar. Podía decirle que retomara la búsqueda y tratara de ponerle nombre a ese número de teléfono, pero para ello tendría que enseñarle el mensaje.

Había que deshacer aquel embrollo a toda costa. Estaba en juego su salud mental, su propia vida. Se armó de valor y decidió volver a llamar al número anónimo, esta vez desde su móvil. Enseguida saltó el buzón de voz, pero las palabras se le quedaron atravesadas en la garganta. Colgó y trató de concentrarse. Tenía que hacer algo al respecto, evitar que ese mensaje la envenenara por dentro. Empezó a escribir una respuesta asesina que resumía lo que pensaba y la rabia que sentía. A continuación eliminó algunas palabras, no quería exponerse ante su adversario mostrando de una manera tan evidente sus dudas, y por tanto sus debilidades. Por último, releyó el mensaje por tercera vez, lo borró todo y acabó enviando una sola palabra: «¡Llámame!».

Rara vez tuteaba a la gente, pero confiaba en que la comunicación fuera más fluida si adoptaba el tono del secuestrador. La respuesta fue breve y en ningún caso satisfactoria. «En tu casa en una hora. ¡Y deshazte de ese idiota!» El desconocido sabía dónde vivía.

A esa hora de la noche, podía estar en su casa en quince minutos, igual que el secuestrador, que debía de seguir vigilándolos.

¿Por qué se tomaba entonces tanto tiempo? Deshacerse de Cédric, tal y como le pedía, no le llevaría más de cinco minutos. Entonces, ¿por qué tanto margen? ¿Se habría marchado de la zona al ver que Cédric se bajaba de la furgoneta? Blanche hacía cábalas sin saber si esos detalles tenían alguna relevancia. Le iba a explotar la cabeza, ni siquiera oyó a Cédric cuando dio un primer golpe en la ventanilla. Al segundo intento, Blanche se sobresaltó. Estaba montado en la bicicleta, con un pie apoyado en el suelo. Le salía vaho de la boca. Blanche bajó la ventanilla y vio que tenía los labios azulados por el frío.

—¡Estaba preocupado! ¿Por qué no respondes?

—Lo siento, ¡me he quedado sin batería!

Esa mentira, espontánea y reveladora, le hizo comprender que ya había tomado una decisión. Se enfrentaría sola a la persona que disfrutaba torturándola.

Cédric, por lo general predispuesto a negociar, aceptó los términos de Blanche sin rechistar. Ella pasaría la noche en su casa e iría a verlo a la mañana siguiente. Al principio pareció sorprendido, pero Blanche repitió la frase, palabra por palabra, sin más explicaciones. Ya fuera por el frío o por la firmeza con que Blanche se expresó, el caso es que la voluntad de Cédric cedió y ella acabó encontrándose sola en la furgoneta al salir de la rue Watt.

Aún faltaba una media hora para poderle poner cara a la sombra que la perseguía desde hacía cuarenta y ocho horas. Una mezcla de angustia y de excitación le impedía pensar con claridad y quedarse quieta. Recorría a zancadas los treinta metros cuadrados de la estancia, como una leona enjaulada, sin preocuparse siquiera de agachar la cabeza en los rincones abuhardillados. Iba por la segunda taza de café y la bebida no hacía más que acelerar su ritmo cardiaco y su ansiedad.

En el silencio de la noche, los sonidos que llegaban de la calle o de los apartamentos vecinos se amplificaban. Blanche acechaba cada ruido, intentando determinar si provenía del hueco de la escalera. Era capaz de reconocer el zumbido característico del temporizador de la luz o el crujido que hacían los listones de madera del rellano. Quería estar preparada cuando el desconocido llamase a la puerta, abrirle sin echarse a temblar.

Se puso a comprobar sus habilidades motrices y mentales con los ejercicios de Adrian. A falta de su presencia para verificar la exactitud de sus respuestas o la posición de las manos, esas pruebas no valían mucho, pero Blanche necesitaba aferrarse a algún gesto familiar. Todos los pilares de su vida se estaban derrumbando. Su padrastro había desaparecido, su mejor cliente cuestionaba su trabajo y se negaba a dirigirle la palabra. Blanche había eliminado a Cédric de la ecuación por motivos evidentes. Él no hacía más que aumentar su confusión. Blanche no confiaba en nadie. No compartía su vida profesional ni privada. Y sobre todo no estaba acostumbrada a pedir ayuda a nadie que no fuera Adrian. Por muy excepcional que fuera la situación, debería haberse ceñido a esas normas.

A las cuatro en punto, Blanche oyó como se cerraba la puerta de entrada del inmueble. Había llegado el momento. Solo tres plantas la separaban de la verdad. Con la oreja pegada a la puerta, contó mentalmente cada escalón, olvidando el ritmo que imponían sus pulsaciones. Los pasos se acercaban poco a poco, demasiado lentamente para su gusto. El individuo parecía frenar su ascenso en cada rellano. ¿Se aseguraba de no equivocarse de piso o paraba para recobrar el aliento? Era un auténtico suplicio.

Por fin oyó el crujido de los listones en el rellano. Estaba allí, detrás de la puerta. Blanche se había prometido que esperaría; en cambio, abrió la puerta de par en par.

20

La luz se había apagado. El individuo estaba de pie a un metro de la puerta. La claridad que salía del apartamento no llegaba a iluminarlo. Blanche superó el miedo, traspasó el umbral y le agarró una manga para tirar de él. Cuando finalmente pudo distinguirlo, soltó a su presa y retrocedió con paso vacilante. El hombre la siguió al mismo ritmo. Esperó a estar en medio de la habitación para desplomarse.

Un charco de sangre se fue dibujando en el suelo de madera mientras Blanche permanecía inmóvil. El hombre estaba bocabajo y no se movía. No había tenido tiempo de fijarse en su rostro: la vista se le había ido directamente hacia la enorme herida que iba de un extremo a otro del cuello de su visitante. La sangre salía a borbotones, como en las películas de terror que tanto le gustaban a los dieciséis años.

Blanche miraba ahora el cuerpo inerte, acurrucada en el sofá. Una vez pasado el momento de pánico, se había abalanzado sobre el desconocido, le había dado la vuelta con gran esfuerzo y había intentado parar la hemorragia. Había puesto las manos sobre la herida, pero el taponamiento improvisado no había sido suficiente. El hombre había emitido un último gorgoteo y había fallecido.

Esa cara le sonaba de algo. Había tardado un rato en reconocerla. La barba incipiente y la expresión de espanto lo dificultaban. Blanche había tenido que escarbar en su memoria para identificar al adolescente imberbe de rasgos delicados que había conocido en el pasado.

De eso hacía cinco o seis años. Un encargo que le había dejado un sabor amargo. Una discusión que había acabado mal, sobre todo para la chica de diecisiete años cuyo cuerpo había enterrado Blanche en lo más profundo del bosque. El responsable había acabado pagando por ello. Yacía allí mismo, en medio del salón. El muchacho que había conocido, Quentin si no le fallaba la memoria, le había suplicado que no hiciese nada, que le dejase entregarse a la policía. No había pretendido matar a su novia; al parecer, la quería de verdad. Fue su padre quien tomó cartas en el asunto. Quentin apenas tenía dieciocho años y acababa de entrar en el Instituto de Estudios Políticos de París. Ya tenía su vida encaminada. Aquel accidente, porque Blanche estaba segura de que había sido un accidente, no debía bajo ninguna circunstancia mancillar su currículum. Blanche se había dejado convencer. Adrian había disuelto cualquier resto de culpa recordándole por enésima vez que su papel no consistía en juzgar, sino en limpiar. Sin embargo, la imagen de la joven medio enterrada la había perseguido durante años, y Blanche todavía visualizaba de vez en cuando a unos padres detrás de una ventana implorando el regreso de su hija.

Ignoraba por completo por qué Quentin había irrumpido en su apartamento. Nunca había vuelto a saber de él. Cuando se acordaba, confiaba en que su intervención hubiera servido de algo, en que aquel muchacho hubiese encontrado la manera de perdonarse y recuperar su vida.

En cualquier caso, Blanche tenía que hacer algo. Llamar a la policía no era una opción, pero tampoco podía dejar el cuerpo en su piso. Limpiar era lo suyo, por mucho que nunca hubiese tenido que hacerlo para salvar su propio pellejo.

Antes de ponerse manos a la obra debía asegurarse de que Quentin era el hombre al que había estado esperando. Hurgó en los bolsillos de su abrigo, pero no encontró nada. Se obligó a hacer lo mismo con los pantalones. Palpó un juego de llaves y enseguida encontró lo que buscaba. Sacó el móvil del bolsillo y consultó los mensajes enviados. Todavía estaba allí el historial de su conversación.

Era un modelo de móvil antiguo, con tarjeta prepago. Sin cámara y sin internet. Se resignó a buscar en la agenda con la esperanza de encontrar algún nombre conocido. Nada. El único número guardado era el de Blanche. Frustrada, lanzó el móvil a la otra punta de la habitación y siguió investigando.

Encontró una hoja doblada en cuatro en el bolsillo trasero. De nuevo pensó que se iba a desmayar. En el papel estaba anotada su dirección y el código del portal, pero no era eso lo que la había conmocionado. Esa letra…, ella la conocía mejor que nadie. ¡Era la suya!

Blanche trató de aclarar sus ideas, pero se sentía al borde de la crisis. Era necesario recuperar el control de su cuerpo y de su mente cuanto antes. Abrió la ventana de par en par y dejó que el viento helado le azotase el rostro. La calle estaba desierta. Empezó a contar los coches aparcados mientras acompasaba la respiración. Entonces creyó distinguir una silueta a través de un parabrisas y se secó las lágrimas que le empañaban los ojos para enfocar la vista. La sombra ya no estaba. Continuó con sus ejercicios hasta que los nervios desaparecieron.

De vuelta en el sofá, volvió a estudiar con atención la nota de Quentin. La dirección estaba escrita en un folio DIN-A4 normal y corriente. Blanche examinó una vez más la caligrafía. Era idéntica a la suya excepto por un detalle. Blanche tenía la costumbre de escribir los sietes a la americana, sin el palito horizontal en medio. Un capricho que había adoptado tras un curso de idiomas en Estados Unidos que le había regalado su madre al cumplir dieciocho años. El código de entrada de su puerta incluía uno. En la nota, el siete llevaba palito, como debía ser.

Blanche se aferró con todas sus fuerzas a esa peculiaridad. Ella nunca habría cambiado sus costumbres. Alguien tenía que haber imitado su letra, no había otra explicación. Además, no recordaba haber escrito esa nota.

Se suponía que debía sentir alivio, pero una ínfima duda persistía a causa de lo perfecta que era la imitación. Era evidente que alguien se había empeñado en volverla loca y estaba dispuesto a hacer de todo para conseguirlo. Prueba de ello era que había degollado a un hombre en su escalera.

Ese último pensamiento suscitaba más preguntas. ¿Qué pintaba Quentin en el asunto y qué había hecho para merecer la muerte? Blanche releyó por tercera vez los mensajes que habían intercambiado. Él la tuteaba (hecho que no había sucedido durante el único encuentro que tuvieron), pero lo más extraño era que parecía esperar instrucciones de su parte, como si Blanche fuese el cerebro de la operación. Solo se le ocurría una respuesta posible: habían engañado a Quentin. No tenía mucho mérito cuando hasta un hombre experimentado como el Sabueso había caído en la trampa.

Blanche se hundió en el sofá y cerró los ojos. No tenía nada de sueño. Dejó que su mente vagase hasta que una imagen la asaltó. El número de Quentin. Pensó en la primera vez que había visto esas cifras alineadas, unas horas antes. A Blanche le parecía una eternidad. Había rastreado ese número en el historial de llamadas de Adrian. Los dos hombres habían mantenido una conversación de veinte segundos. Se incorporó de golpe y contuvo una náusea. Blanche se negaba a contemplar la idea. Ahora no. Primero necesitaba aclarar algunos puntos.

Encendió el ordenador y consultó con nerviosismo su agenda. Sabía quién podía ayudarla.

21

Monsieur M era un cliente asiduo. Blanche solo le hacía servicios básicos de limpieza: elementos incriminatorios que tenían que desaparecer, siempre de orden material. A Blanche le había llevado tiempo averiguar a qué se dedicaba exactamente. Monsieur M era tanto un corredor de apuestas como un proxeneta o un traficante; un hombre polifacético que tenía más de un as bajo la manga. Blanche también había descubierto que en su tiempo libre Monsieur M era falsificador, y estaba convencida de que sus conocimientos podrían iluminarla.

Monsieur M trabajaba en una tienda del distrito XIII. Su oficina, como a él le gustaba llamarla, abría las puertas (o más concretamente la puerta trasera) al anochecer, cuando el propietario oficial bajaba la persiana. Al amanecer, Monsieur M terminaba su jornada laboral y le cedía el sitio al vendedor de cigarrillos electrónicos.

Blanche le envió un mensaje autoinvitándose a tomar té en su casa. Por lo general, era Monsieur M quien la invitaba, y ella se limitaba a aceptar. Comprendió que su interlocutor vacilaba. Tres puntos suspensivos aparecieron y desaparecieron de la pantalla varias veces. Blanche decidió ser más directa. Nunca habían establecido un código entre ellos, la fórmula del té siempre había sido suficiente. Intentó ponerse en el lugar de Monsieur M. Si le enviaba un mensaje demasiado claro, podía pensar que habían descubierto lo que se traían entre manos y que Blanche se veía forzada a tenderle una trampa. Tenía que escribirle algo inteligible y sutil al mismo tiempo. Entonces añadió que deseaba ofrecerle una nueva variedad de té. Era poco probable que Monsieur M dedujera que le estaba pidiendo ayuda, seguramente creería que se trataba de una propuesta de negocio.

Veinte minutos más tarde, Blanche se encontraba sentada frente a él.

Si a Monsieur M le decepcionó el motivo de su visita, supo disimularlo. Blanche enseguida se comprometió a pagarle una suma de dinero por el tiempo que le dedicase. El estafador se lo pensó un rato, pero finalmente lo rechazó. A Blanche no le gustaba estar en deuda con nadie, pero no estaba en condiciones de negociar.

Sin alargarse sobre el contexto, le tendió la hoja en la que estaba escrita su dirección y le preguntó si podía reconocer una falsificación. El hombre no disimuló su entusiasmo. Acababa de hacer un curso en internet para perfeccionar esa especialidad y estaba deseando poner en práctica lo aprendido. En otras circunstancias a Blanche le habría divertido la situación. Monsieur M estaba en edad de jubilarse, pero seguía fascinándole la idea de ampliar su negocio.

Se despegó no sin esfuerzo del sillón. Tenía los brazos muy cortos y poco musculados para levantar por sí solos su propia mole. Blanche lo siguió con la mirada mientras se dirigía a una estantería situada al fondo de la habitación. Monsieur M no caminaba, se balanceaba de un pie al otro. Cogió una especie de casco equipado con una enorme lupa y volvió a sentarse, sin aliento. Luego entregó a Blanche un papel y una pluma.

—Ahora copie la nota palabra por palabra.

Blanche obedeció. Tachó con energía las dos primeras palabras que había escrito.

—¿No se sabe su propia dirección? —dijo sorprendido Monsieur M.

—He forzado un poco el trazo. Deben de ser los nervios.

—¡Relájese! La primera lección es que nuestra propia escritura nunca es igual. Podría escribirme cien veces la misma frase y seguiría sin haber dos iguales. E incluso si tratara de engañarme, yo debería ser capaz de detectarlo. Bueno…, en teoría. No estoy seguro de haber alcanzado ese nivel.

Blanche lo escuchaba distraída. Quería que el resultado del test no dejase lugar a dudas. Se esforzó en escribir cada palabra tal como lo habría hecho en otras condiciones.

Con las dos copias en la mano, Monsieur M ajustó la lupa y guardó silencio. De vez en cuando abría la boca y volvía a cerrarla, como si fuera un pez. Blanche no podía apartar la vista de su papada. Parecía que marcaba el compás a destiempo.

Tras un primer análisis, Monsieur M se ayudó de un escalpelo para rascar la primera palabra con delicadeza.

—¡Qué chapuza! —resopló, claramente decepcionado.

—¿Es falso?

—¡Sin duda! Sirve para darle el pego a usted, pero es imposible engañar a un experto.

—¡Está seguro!

No era una pregunta. Blanche quería que le confirmara el veredicto. Sentía esa necesidad en el fondo de sus entrañas.

—Lo llamamos falsificación por calco. Es una técnica eficaz siempre que no se examine el documento, ya que este procedimiento deja rastros físicos. Para resumírselo, alguien se ha entretenido en calcar varias palabras y después las ha combinado para formar frases. Lo ha escaneado todo, ha limpiado un poco los restos y solo ha tenido que imprimirlo.

—¿Dónde está el error entonces?

—Querida, lo que la ha engañado es la tinta de la pluma. Si hubiese sido una copia barata, no la habría hecho dudar. Hoy en día nadie se fía de un documento salido de un ordenador. En cambio, cuando vemos tinta, y además azul, nos cuelan cualquier cosa. Es así.

Blanche frunció el ceño. Esa explicación no le bastaba.

—Una pluma o un bolígrafo dejan una capa de materia sobre el papel —añadió el hombre con paciencia—. Cierto relieve. Es lo que le otorga validez, pero también es el punto débil de esta técnica. ¿Lo ve? Solo he tenido que rascar la superficie para que aparezca la palabra original en blanco y negro. Y el relleno de las letras no es regular. Eso significa que la persona que está intentando causarle problemas ha utilizado una impresora. Se nota que quedaba poca tinta. Una vez impreso el texto, solo tuvo que repasar cada letra con cuidado. Como calcando, ¿entiende?

Blanche había entendido el funcionamiento, pero ya había pasado a la siguiente fase. ¿Quién, entre sus conocidos, dominaba esa técnica y estaba resentido con ella hasta el punto de utilizarla en su contra? ¿Y quién había podido juntar suficiente material para recrear una nota que pareciera tan auténtica?

—En la primera cuestión, por desgracia no puedo ayudarla.

Blanche se dio cuenta de que se había expresado en voz alta. Debía ser más prudente en adelante.

—¿Y la segunda?

—Esa es bastante fácil. Cualquier persona podría hacerlo. Basta con que usted haya enviado una carta con su dirección escrita en el dorso, e incluso un albarán de entrega que le haya rellenado a cualquier vendedor. No somos conscientes de la facilidad con que ofrecemos nuestros datos personales.

—Pero ¡de todos modos tenían que conseguirlos!

—Claro. Y solo hay dos opciones: o alguien lleva siguiéndola un tiempo, y créame que esa idea no me gusta nada...

—¿O?

—O alguien cercano quiere hacerle daño, hija mía.

—¿Cómo puedo saberlo?

—¿Tengo cara de adivino?

Blanche soltó un sonoro resoplido. Estaba igual de frustrada que al llegar. Se puso en pie, pero Monsieur M le indicó con su mano rechoncha que volviera a sentarse.

—La aprecio mucho, Blanche. Siempre ha hecho un buen trabajo y, si tuviese una hija, creo que me gustaría que se pareciera a usted.

Blanche esbozó una sonrisa, a pesar de la tensión.

—No me hace la menor gracia que alguien la tome con usted. Además, sería perjudicial para mis negocios.

Blanche le sostenía la mirada sin mediar palabra. Esperó a que se explicase.

—¡Me gustaría ayudarla!

—¿Qué propone?

—¿Conoce la expresión «cazador cazado»?

22

La expresión «cazador cazado» no era ningún misterio, y Blanche tuvo que armarse de paciencia para no interrumpir a Monsieur M. Había insistido en narrarle la historia de Acteón, el célebre cazador de la mitología griega al que Artemisa convirtió en ciervo y devoraron sus propios perros. Blanche intuía que Monsieur M trataba de impresionarla, y en otro momento puede que esa historia le hubiese interesado.

La propuesta parecía atractiva, pero faltaba saber llevarla a cabo. Adrian había desaparecido, y Quentin, que sin duda habría tenido mucho que decir, había muerto degollado. Por su parte, Cédric no estaba al corriente de los últimos acontecimientos y el Sabueso se negaba a comunicarse con ella. Para emprender la caza, Blanche necesitaba una pista, un hilo del que tirar o alguien a quien preguntar.

Monsieur M examinó de nuevo la nota, con mayor atención incluso. Aparte del defecto de impresión, no encontró nada relevante. Él también poseía un equipo de toma de huellas dactilares, y junto a las de Blanche y las suyas detectó otro par, diseminado por delante y por detrás de la hoja. Quentin debía de haber manipulado el papel más de una vez. Tenía tantas dobleces que estaba a punto de rasgarse.

—Y ¿está segura de que las tijeras y la tarjeta de visita han desaparecido?

Blanche le había contado todo a Monsieur M. Era consciente de que sola no llegaría a buen puerto. Él mantuvo los ojos cerrados mientras la escuchaba, sin tomar notas ni hacer comentarios hasta que terminó.

—He buscado por todas partes. Y nada.

—Aun así debo hacerle una pregunta.

Blanche sabía que no le gustaría, pero asintió con la cabeza.

—Conozco la reputación de su padrastro. Todo un profesional. Me lo recomendaron la primera vez que necesité un servicio de limpieza, pero ya se había jubilado.

—¿Fue Adrian quien le aconsejó que me llamase?

—Por supuesto. Me dijo que él respondía por usted y nunca me he arrepentido.

Adrian nunca se lo había contado. Blanche se preguntó cuántos clientes de su agenda le debía en realidad.

—Sé que están muy unidos —continuó Monsieur M—, pero también sé que las relaciones familiares a veces resultan..., ¿cómo lo diría?..., complicadas.

—Adrian no tiene ningún motivo para querer hacerme daño —respondió enérgicamente Blanche.

—¿Está segura?

—Le confiaría mi vida.

—Siento ponerlo en duda, pero sus últimos encuentros no me han parecido demasiado... cordiales.

Le había confesado que Adrian había abandonado la casa sin decirle adónde iba. También le había mostrado su último mensaje. Monsieur M había advertido el tono seco y frío. Lo único que Blanche se había guardado para sí era la creciente preocupación de su padrastro por su estado de salud. No quería abrir esa puerta. La muerte de Quentin y la falsificación de su letra la absolvían. Era evidente que alguien estaba intentando tenderle una trampa, aunque la desagradable sensación que la invadía desde hacía cuarenta y ocho horas, el temor que le impedía avanzar con serenidad, no se disipaba. Su instinto le decía que mantuviese ese detalle en secreto.

—¡Hay que tener en cuenta el contexto! —dijo sin miedo—. Entre el pañuelo que habíamos encontrado en la bolsa y el cadáver con los dedos cortados, estábamos un poco nerviosos.

Monsieur M alzó las palmas. Se batía en retirada.

—¿Todavía tiene el pañuelo?

Blanche admitió que no. No recordaba haberlo visto en la casa. En realidad, no lo había buscado. Era posible que Adrian lo hubiese guardado otra vez en el cobertizo.

Monsieur M se frotó las entradas de la cabeza y pensó en otro ángulo de ataque.

—Deme el móvil del muchacho.

Con «muchacho» se refería a Quentin, y al oír esa palabra a Blanche se le heló la sangre. Absorta en sus problemas, había convertido la muerte de un hombre joven en un simple dato. Un elemento más para archivar, como si se tratase de una hoja de papel. Se había desembarazado del cuerpo por el camino. Un trabajo chapucero a causa de la premura. Había envuelto a Quentin con unas mantas del Ejército de Salvación y lo había dejado debajo de un puente parisino. Tarde o temprano la policía lo encontraría. Probablemente tarde, porque los madrugadores que salían a correr no le prestarían atención. Blanche contaba con que alguna unidad de la Cruz Roja hiciese su ronda por el lugar, era lo lógico en esa época del año. No quería que Quentin desapareciese sin más. Ese chico merecía ser llorado.

Le tendió el móvil a Monsieur M con una mano temblorosa.

—Todo irá bien, hija mía.

Con un nudo en la garganta, Blanche reprimió las ganas de llorar.

Monsieur M retiró la batería del teléfono para extraer la tarjeta SIM. La depositó en el escritorio con sumo cuidado y volvió a ponerse el casco-lupa. Después usó un pincel para recoger una huella.

—La superficie es demasiado pequeña —dijo Blanche con voz apática—. Además, ¿quién sino él iba a poner la tarjeta?

—Hay que trabajar con lo que se tiene —respondió Monsieur M sumergido en la tarea—. Si se le ocurre otra cosa, ¡adelante!

El polifacético estafador se tomó su tiempo para examinar el cuarto de huella que había obtenido. Quentin había sujetado el papel con todos los dedos, y Monsieur M comparaba su muestra con cada una de las marcas. Tardó más de veinte minutos en descartarlas todas.

—Quentin no ha colocado esta tarjeta.

—Quizá lo hizo el vendedor...

—Quizá, pero lo dudo. Cuando alguien compra un modelo de este tipo, suele agarrar el paquete y largarse lo más rápido posible. Lo último que quiere es llamar la atención.

—Imagino que sabe de lo que habla.

Monsieur M se limitó a sonreír y guardó el pincel.

—¿No va a verificar si la huella coincide con las mías?

—¡Qué cosas dice! Si hubiese metido una tarjeta SIM en un móvil se acordaría, ¿no?

Blanche se había metido ella sola en la boca del lobo. Intentaba buscar una escapatoria cuando Monsieur M se la ofreció en bandeja.

—¿Quiere saber si alguien ha copiado sus huellas?

—Nunca se sabe...

—No sería una buena noticia —dijo disponiéndose a compararlas.

—¿Por qué lo dice?

—Porque demostraría cierto ensañamiento.

Blanche apretó las mandíbulas mientras esperaba el resultado. La presión que le oprimía el pecho no cesaba de aumentar. Ese teléfono la obsesionaba sin saber por qué. Era como un *déjà vu* que no lograba poner en su lugar. El malestar la atenazaba desde el instante en que había sacado el móvil del bolsillo de Quentin, aunque entonces había tenido que atender a otras preocupaciones. La nota enseguida había monopolizado su atención. Ahora que Monsieur M estaba examinando el móvil de cerca, le asaltaban los recuerdos, tan fugaces que apenas podían considerarse reminiscencias. Cuando Monsieur M alzó la cabeza, su expresión hablaba por sí sola.

—Vale —dijo levantando la lupa por encima de la cabeza—. No sé a quién ha hecho enfadar, pero se la tiene jugada. Hija mía, ¡ha llegado el momento de jugar en el patio de los mayores!

23

«Jugar en el patio de los mayores.» Blanche no sabía si reír o llorar. Su mundo se desmoronaba, poco a poco, paso a paso. No sabía a qué aferrarse y ahora tenía que investigar su propia vida con un cliente que había convertido su falta de integridad en oficio. ¿Existía un desafío mayor?

A Monsieur M no le preocupaban las aflicciones de Blanche. Consultaba su directorio, un viejo tarjetero giratorio que había resistido a la digitalización. En otras circunstancias, Blanche habría sonreído. Habría recordado con ternura las imágenes del pasado, cuando de niña se sentaba en el regazo de su madre y hacía girar el objeto como una ruleta de la suerte, a la espera de que el azar eligiese a un ganador. Monsieur M se tomaba su labor mucho más en serio.

—¡Estoy seguro de que conoce a Claude! —dijo mientras extraía una ficha con aire satisfecho.

—Creo que no tengo el honor.

—Madame Claude para los amigos. No tiene ninguna relación de parentesco con la original, pero sus actividades son tan parecidas que la comparación es inevitable.

Blanche asintió. De hecho, conocía a esa mujer, como todos

los que ejercían su trabajo en el límite de la legalidad. Ella, manteniéndose fiel a su nomenclatura, la había llamado Madame C. Y de eso hacía tantos años que había olvidado a qué nombre respondía la inicial. Los únicos que conservaban el alias original, como trato de favor, eran los clientes de Adrian. Igual que el Sabueso, la mayoría estaban a punto de jubilarse, y Blanche no había considerado necesario privarlos de su identidad.

Madame C, o Madame Claude, tenía fama de ser una mujer de carácter, poco sentimental. Una mano de hierro en guante de hierro. Inspiraba temor tanto entre sus colegas como entre sus competidores. Monsieur M era uno de ellos, al menos en los ámbitos del juego y el proxenetismo. Pero las actividades de Madame C eran bastante más amplias que las de Monsieur M. El dinero no era su única motivación. Madame C buscaba el poder por encima de todo. Si un sector podía proporcionárselo, lo explotaba. Corrupción, espionaje, limpiezas o asesinatos a sueldo, daba igual. La lista no tenía límite. Sin duda se le habían atribuido más horrores de los que había cometido, pero el resultado era impresionante. Todo el mundo temía a Madame C.

A Blanche le había sorprendido recibir una llamada suya. Llevaba ejerciendo una decena de años, pero no pensaba que la conocieran en las altas esferas. Blanche supuso que querría reclutarla. Todo el mundo sabía que Madame C ampliaba constantemente su rebaño. Cuando la mujer le pidió que realizara un trabajo en calidad de autónoma, Blanche rechazó la oferta. No deseaba tener que someterse a una prueba para conseguir una eventual contratación. Apreciaba demasiado su independencia. Madame C se rio. Dijo que la había llamado justo por eso. No quería darle el encargo a uno de sus esbirros. Cuando una misión la implicaba personalmente, prefería depositar su confianza en un desconocido. Lo que necesitaba en ese momento era que Blanche le quitase de encima un peso muerto (y con «peso muerto» Madame Claude se refería al cuerpo sin vida de su amante y más íntimo colaborador). No quería que la noticia saliera a la luz antes de recuperar todo lo que le pertenecía. Blanche recordaba perfectamente sus halagos: «Si se le da tan bien como dicen, ¡es probable que seamos buenas amigas usted y yo!». Blanche no le devolvió el cumplido. Sellar una amistad con Madame Claude era como pactar con el diablo. Todo el mundo lo sabía, incluida Blanche. Realizó la tarea correctamente, sin exagerar. Madame Claude la premió con una generosa suma de dinero y la invitó a cenar para celebrar esa primera colaboración. Blanche declinó la oferta de nuevo, consciente del riesgo que suponía. Si la mujer de negocios se había sentido ofendida, no dijo nada al respecto. Desde entonces, Blanche no había vuelto a trabajar para ella.

—No veo en qué podría ayudarnos Madame Claude —dijo mientras Monsieur M marcaba los primeros números en su teléfono.

—Esa mujer es como un pulpo. Sus tentáculos llegan a todas partes. Si alguien ha puesto precio a su cabeza, seguro que ha oído hablar del tema.

—¿Precio a mi cabeza? —preguntó Blanche alarmada.

—Le prenden fuego a la casa que acaba de limpiar, se llevan a su mentor, un hombre muere en su salón con una nota de su parte y un móvil cuya tarjeta SIM la incrimina. No sé cómo se le llama a eso hoy en día, pero ¡para mí no cabe duda de que alguien va a por usted!

—En ese caso, ¡un tiro en la cabeza sería más rápido!

—¡No lo acaba de pillar, hija mía!

—Lo siento, ¡resulta difícil concentrarse cuando mi vida está en juego!

—¡No se enfade! Déjeme decirle cómo lo veo yo. Alguien está tratando de desacreditarla. Y si lo consigue, no será la única persona que quiera acabar con usted. Todos los que han confiado en usted hasta el momento querrán cubrirse las espaldas. La verán como una bomba de relojería, un elemento que es preciso erradicar. ¿Qué pensará el Sabueso si se entera de que la metedura de pata de su última misión no ha sido un hecho aislado? Todo el mundo sabe lo de su seguro de vida, los expedientes que guarda con tanto cuidado.

Blanche aguantó la respiración dos segundos de más.

—No ponga esa cara. ¡Todos habríamos hecho lo mismo en su lugar! La confianza no excluye tener las cosas bajo control.

Blanche buscaba desesperadamente una réplica. No podía confirmar esa información, pero tampoco quería ponerse en contra a la única persona que podía ayudarla.

—¡No sabía que estaba en boca de todos! —dijo displicente.

—Este es un mundo pequeño, ¡ya lo sabe! Por supuesto, hablo solo por mis colegas. No sé nada de sus otros clientes. Igualmente se dice que hace usted lo correcto.

—Se dicen tantas cosas...

Blanche se esforzaba por mostrarse impasible. Se le habían encendido todas las luces de alarma. Las palabras de Monsieur M eran claras. Era un usurero, de manera que toda la ayuda que le prestase debería devolvérsela con intereses. Pero ya no podía dar marcha atrás. Monsieur M había puesto el altavoz y la voz ronca de Madame Claude resonaba en los veinte metros cuadrados de la tienda.

Monsieur M expuso brevemente el motivo de su llamada, escogiendo con cuidado cada palabra. Blanche intuyó que la línea no era segura. Intentaba convencerse de que era la única solución para encontrar a Adrian y salir del embrollo al mismo tiempo. Sola no tenía la más mínima posibilidad. Cerró los ojos y se visualizó a sí misma plasmando un índice manchado con su propia sangre al pie de un contrato. A partir de ahora su libertad tendría un precio.

Blanche sabía que Madame C la presionaría. La reina madre, como la llamaban algunos, no dudaría en hacerle pagar su agravio, aunque hubiesen pasado años. A Blanche le parecía juego limpio, así que buscaba una buena defensa. Alguna fórmula que pudiera sonar como una excusa mientras mantenía la cabeza alta. A Madame Claude no le gustaban los perdedores. Sin embargo, Blanche se quedó sin palabras cuando la oyó hablar.

—Después de todos estos años sin noticias, viene a pedirme ayuda dos veces en veinticuatro horas. ¡Qué morro tiene esta zorra!

24

Madame Claude había rechazado seguir hablando por teléfono, de modo que Monsieur M y Blanche se hallaban ahora en unos sofás de piel vuelta en un salón espacioso desde cuyos ventanales se veía todo París. Un hombre vestido de negro los había recibido en el aparcamiento. Los había guiado hasta el ascensor y había activado una llave que permitía acceder directamente al dúplex de Madame C. No había pronunciado palabra. Ni siquiera se había molestado en verificar su identidad. Las cámaras distribuidas por el recinto debían de ser más que suficiente.

Blanche no estaba segura de si la había influido el nombre de Madame Claude, pero imaginaba que los recibiría una mujer escandalosa, ataviada con un picardías de seda y con una copa de champán en la mano. La realidad era muy distinta. A las seis de la mañana, una mujer de unos cincuenta años los esperaba sentada a su escritorio, con los brazos cruzados. Llevaba un traje sobrio en perfecta armonía con su semblante impenetrable.

Dos guardaespaldas se mantenían a una distancia prudencial, con las piernas separadas y las manos detrás. Tampoco había en ellos ni rastro de tatuajes o expresiones patibularias. Parecían dos hombres de negocios a la expectativa de que se cerrase un acuerdo. Sin duda a Adrian le habría gustado esa imagen. Despreciaba a la gente que confundía ser con parecer. En su opinión, si un gángster quería sobrevivir, tenía que parecer un ciudadano normal y corriente. «Uno nunca desconfía de un hombre bien afeitado», decía a menudo.

Madame C les dio a escoger entre un café o un whisky y luego se sentó frente a ellos. Blanche rechazó ambas cosas. El estrés de las últimas horas la mantenía despierta, pero su mente luchaba por conservar la cordura. Monsieur M optó por un whisky de malta. Blanche lo escuchaba mientras se deshacía en halagos y aplaudía las últimas hazañas de la anfitriona. La reina madre lo miraba por encima del hombro con una sonrisita. No parecía muy sensible a ese tipo de deferencias, aunque tampoco lo hizo callar. Blanche tenía ganas de gritar. Toda esa pantomima la superaba.

—No quisiera parecer maleducada —dijo al fin apretando las mandíbulas—, pero ¿no deberíamos volver a mi problema?

—¡Sigue siendo igual de impaciente, por lo que veo!

—¡No sabe nada de mí! —protestó Blanche.

—¡Está que trina! —dijo Madame C dirigiéndose a Monsieur M con una fría sonrisa.

Blanche se levantó e hizo ademán de irse.

—Cálmese, querida.

—¡Escúchenme bien los dos! ¡No soy ni su querida ni su hija! Y por si no se han dado cuenta, tengo prisa. Debo encontrar a Adrian antes de que los secuestradores le hagan daño.

—Adrian —repitió Madame C—, su padre, ¿no?

—¡Mi padrastro!

—El mismo que me pidió que eliminase justo ayer, ¿estamos hablando de ese Adrian?

Blanche se quedó helada. Sintió un nuevo vahído. Retrocedió un paso y se dejó caer en el sofá.

—¡Yo nunca le he pedido tal cosa! —consiguió articular.

—Por la cara que pone, juraría que es verdad. ¡O tal vez se ha equivocado de profesión, querida!

Blanche no respondió a la provocación. No tenía fuerzas para nada.

—Michel, dele un poco de whisky a nuestra querida Blanche. Creo que lo necesita más que usted.

Monsieur M obedeció y esperaron a que Blanche se recobrase.

—Bueno —comenzó Madame C—, ¿qué tal si empezamos por el principio?

Monsieur M relató la versión de la historia que Blanche le había contado unas horas antes. Blanche iba asintiendo con la cabeza para confirmar sus palabras. Todavía no estaba en condiciones de retomar la palabra. Por su parte, Madame C le mostró su móvil para que viera el correo electrónico que supuestamente le había enviado el día antes hacia las once de la noche, hora en la que Blanche estaba en casa de su padrastro, encerrada en su habitación y con el ordenador delante.

El mensaje era corto pero clarísimo. Blanche le pedía a Madame C que se deshiciera de Adrian, simple y llanamente. No daba ninguna razón, pero tampoco era necesario. Por lo general no se aclaraba el motivo del encargo a un asesino a sueldo. Como pago, le ofrecía un año de sus servicios, y eso sí que era poco corriente en la profesión. Blanche centró su atención en la dirección de correo. Su nombre estaba mal escrito. El mensaje provenía de una tal Blanche Barejac. Cédric tenía razón. El hacker se había limitado a añadir una letra para usurpar su identidad. Seguramente el Sabueso también había recibido los mensajes desde esa dirección.

—Y ¿qué respondió? —preguntó Blanche.

—Nada —dijo Madame C con un mohín poco gracioso—. Pensaba ponerla a trabajar duro.

—¿No le sorprendió el correo?

—No más que cualquiera de las estrafalarias peticiones que recibo a lo largo del día. Me gustaba la idea de que estuviera en deuda conmigo.

—¡Siento decepcionarla!

—¿Está segura? A mí me parece que si está aquí es porque necesita de mis servicios, ¿o me equivoco?

Blanche estaba demasiado cansada para pensar en una respuesta mordaz. Monsieur M tomó el relevo.

—He sido yo quien le ha propuesto acudir a usted.

—¡No me diga!

—Le he dicho que, si alguien ha puesto precio a su cabeza, es probable que usted esté enterada.

Madame Claude observó a sus invitados, primero a uno y después al otro, mientras volvía a servirse café. Blanche estaba convencida de que buscaba la forma de sacar provecho de la situación. Su fama la precedía.

—¿Y dice que ha muerto un hombre en su casa?

Blanche asintió sin mediar palabra.

—¿Qué ha hecho con el cuerpo?

—Ya me he encargado de él.

Madame C tensó los labios en una especie de sonrisa. Blanche no tenía intención de dejarse enredar tan fácilmente.

—¿Y confía en su pseudoingeniero?

Blanche meditó seriamente la pregunta. Apenas conocía a Cédric, aunque en aquel momento él sabía más de ella que la mayoría de la gente con la que se relacionaba. Decidió ser sincera.

—Fui yo quien lo buscó.

—Pero podría haberla manipulado perfectamente.

—¿En qué sentido?

—Si yo pensara que un hacker está intentando embaucarme, recurriría a un informático igual que ha hecho usted.

—Pero ¡él no lo es!

—Pero ¡eso usted no lo sabía!

Monsieur M observaba la partida de ping-pong sin atreverse a intervenir.

—¡No veo qué interés podría tener! —dijo Blanche, falta de argumentos.

—¡El dinero!

—No parece que le falte.

—Ni a mí, como puede ver, pero ¡nunca he podido resistirme! —objetó Madame Claude—. Qué quiere que le diga, no estamos aquí para juzgarlo...

—Realmente no creo que le interese el dinero.

—¿Es cosa mía o está colada por él?

—¡Para nada! —se defendió Blanche con más energía de la necesaria.

Madame C se levantó en silencio. Fue hacia el espejo y observó su reflejo unos instantes antes de tirar del marco hacia ella. Monsieur M y Blanche no distinguían lo que estaba haciendo, pero oyeron el característico sonido de un código electrónico. La mujer de negocios extrajo un dosier de la caja fuerte y volvió a sentarse frente a ellos. Lanzó sobre la mesa de cristal una carpeta en la que Blanche pudo leer su nombre. La cogió con una mano temblorosa y la abrió conteniendo la respiración.

Una página mecanografiada recogía, a grandes rasgos, el historial de todos los trabajos que había realizado. A Blanche no le sorprendió ser objeto de un expediente. Madame Claude debía de tener uno para cada persona con la que se relacionaba. Detrás de la ficha había una serie de fotos. Blanche notó las gotas de sudor humedeciéndole el labio superior. Una cosa era estar catalogada y otra saber que la habían estado vigilando. Era evidente que un fotógrafo la había espiado durante semanas sin que ella se diera cuenta. La mayoría de las fotos no tenían mayor interés: escenas de Blanche entrando en una panadería o saliendo del gimnasio.

Ninguna fotografía era comprometedora. Ninguna y, sin embargo, la última la hizo flaquear.

25

Blanche no conseguía apartar la mirada de la foto. No la incumbía. Al menos, no directamente. La imagen mostraba a Adrian en compañía de Maître Barde, su mejor cliente, además de tío de Cédric. Conversaban sentados en un banco de un parque público. Blanche intentó hacer memoria. Adrian debía de haberle hablado de aquel encuentro. Seguro que lo había hecho. Los dos hombres, en principio, no se conocían. Si Adrian se hubiera encontrado con Maître Barde, aunque solo fuera por casualidad, se lo habría dicho. No podía ser de otra manera.

Madame C parecía divertirse. ¿Cómo sabía que la fotografía le causaría esa impresión? Blanche no tenía ni idea. La mujer no podía saber lo que le inquietaba en ese momento. No sabía nada de sus angustias, de sus dudas sobre su propia memoria, de la confianza inquebrantable que necesitaba depositar en Adrian. Todo eso formaba parte de su vida privada y, aunque Madame C hubiera ordenado que la siguieran durante años, jamás habría podido detectar esas flaquezas. La mujer de negocios no se lo había contado todo y Blanche esperó a que pusiera todas las cartas sobre la mesa.

—Resulta que Maître Barde defiende algunos de mis intereses —dijo Madame Claude a modo de introducción—.

Como ya habrá notado usted, me gusta saber con quién estoy tratando.

—Entonces la foto tendría que estar en su expediente y no en el mío —respondió Blanche lo más calmadamente posible.

—¡Cierto!

Madame C no tenía intención de ponérselo fácil.

—No tiene nada de extraño que converse con Adrian —continuó Blanche, consciente de que acababa de empezar un pulso—. Adrian sigue de cerca mis negocios. Ya me habló de ese encuentro.

Técnicamente no era una mentira. Era el anuncio de una esperanza.

—¿De veras? —La mujer de negocios sonrió incrédula—. Entonces imagino que su padrastro también le habrá contado que vino a verme hace unos días.

Blanche intentó controlar sus emociones. Tragó saliva y esperó a que continuase, conteniendo una náusea.

—Lamento profundamente no haberlo recibido —continuó Madame C con indiferencia.

—Así que no lo vio —balbuceó Blanche.

—No. Lo único que sé es que deseaba charlar conmigo a propósito de un asunto delicado.

—Y ¿no le preguntó de qué se trataba?

—Preferí llevar a cabo una pequeña investigación. Pedro, mi fotógrafo personal, si puedo llamarlo así, estaba siguiendo a su padrastro cuando hizo esta foto. Reconoció a Maître Barde porque ya se había ocupado de su dosier. Cuando me informó de esa coincidencia, confieso que aumentó mi curiosidad.

—¡Este es un mundo pequeño! —dijo Blanche repitiendo a propósito las palabras de Monsieur M.

—¡Tiene razón! Es lo que me dije, por eso tenía intención de llamarlo.

—Pero no lo hizo.

—Iba a hacerlo cuando recibí su correo. Necesitaba un poco de tiempo para estudiar la situación. Tengo que decir que su oferta era muy generosa.

—Pero la de Adrian podía ser mejor, ¿no es así? —prosiguió Blanche, que buscaba una pista a toda costa, fuera la que fuera.

—Es posible... Pero como ha desaparecido del mapa, quizá no lo sepamos nunca.

Blanche se puso tensa. Rechazaba esa idea como si su vida dependiera de ello.

El reloj corría y no sacaba nada en claro. El Sabueso seguía sin llamarla, Cédric no había podido ayudarla, y ella concertaba alianzas a regañadientes sin que se le prometiera ninguna solución. Blanche sintió de repente la necesidad imperiosa de salir de allí. Solo anhelaba una cosa: volver a su casa y cerrar a cal y canto. Tenía que hacer un balance de la situación, pero antes necesitaba dormir unas horas. Era consciente de que ya no estaba en condiciones de razonar. Se le arremolinaban los pensamientos, el corazón le latía a mil por hora, apenas podía mantener abiertos los ojos doloridos. Adrian la habría obligado a descansar y a hacer algunos test para serenarse. Hacía poco le había enseñado a controlar el ritmo cardiaco. Blanche se había burlado de él con dulzura. Adrian era muy aficionado a las técnicas de relajación, tenía un lado místico que contrastaba mucho con su personalidad. Lo hacía por ella, y solo de pensarlo se le hizo un nudo en la garganta.

—¿No se encuentra bien? —preguntó Madame C con falsa preocupación.

Blanche no estaba dispuesta a dejarse pisotear. Tenía que recuperar las riendas. Su simple presencia en aquel lugar la comprometía más de lo deseable. Blanche sabía que Madame C le haría pagar un precio aunque finalmente no le pidiera ayuda, y había aceptado la cruda realidad, pero ya no era capaz de poner buena cara.

—No puedo quedarme más tiempo —dijo poniéndose en pie—. ¿Está dispuesta a ayudarme, sí o no?

—¡Sabe que eso tendrá un coste!

—No soy tan inocente como usted cree.

—Bien, entonces soltaré a mis perros. Si alguien ha puesto precio a su cabeza lo averiguarán, y si su padrastro sigue en Francia, lo encontrarán. Quizá tarden un poco, pero siempre lo consiguen.

—Gracias —dijo Blanche con la boca pequeña.

—¿No quiere saber a cuánto asciende su deuda?

—Encuentre a Adrian y pagaré.

Blanche salió a toda prisa, sin dar tiempo a que Monsieur M se levantara del sofá. Todavía trataba de entender por qué se había dejado convencer tan fácilmente para ir a ver a Madame C. Ahora estaba en deuda con dos conocidos delincuentes que además le habían proporcionado muy poca información.

La tarjeta SIM que había en el teléfono de Quentin tenía sus huellas. Monsieur M le había explicado lo fácil que era duplicar una huella sobre un objeto para alguien que supiera un poco del tema. Lo habría dejado correr si no fuera porque ese móvil le resultaba familiar. En realidad, era ese detalle lo que la inquietaba, y Monsieur M no podía ayudarla con eso. El único hilo del que podía tirar era Maître Barde. Blanche tenía que averiguar por qué Adrian y él se habían visto.

Un plan empezaba a cobrar forma en su mente mientras subía los últimos escalones hasta su apartamento. Ya no tenía miedo de estar sola. Más bien lo necesitaba. Lo único que le preocupaba era la temperatura del salón. Había dejado la ventana abierta para disipar el olor metálico de la sangre y el todavía más agresivo de los productos de limpieza.

La idea de darse una ducha bien caliente y dormir unas horas bastaba para conferirle un poco de energía. Llamaría a Maître Barde después de un buen sueño. Quizá empezara por Cédric, para disculparse. Le había enviado varios mensajes y ella no había respondido. Merecía algo más que ese silencio. Aunque no le había sido de gran ayuda, su presencia había evitado que se derrumbase.

El piso estaba sumido en la oscuridad. Blanche dudó si dejarlo así. Siempre le había gustado en invierno esa hora en que la ciudad despertaba con las primeras luces de los edificios vecinos. Blanche pensaba en las familias reunidas en torno a la mesa del desayuno. Las imaginaba con la mirada perdida en una caja de cereales, o en un bol suspendido a pocos centímetros de sus labios, intentando prolongar la sensación de calidez que producen los sueños. Un niño con la cabeza apoyada en la mano, un adolescente verificando en su móvil que no había perdido popularidad mientras su madre servía, lavaba y secaba al mismo tiempo de un modo mecánico. Solo faltaba el padre. Por más que lo intentase, Blanche no sabía qué papel adjudicarle. Su madre no permitía que Adrian la visitase hasta que no estaba duchada y maquillada. Catherine Barjac quería que la desearan como amante, no que la quisieran como una vieja amiga. Así que el desayuno era cosa de madre e hija. Cuando los dejó, Blanche compartió ese momento muchas veces con Adrian, pero, a pesar de todo el amor que este le daba, el hombre no respondía a la imagen que tenía de un padre.

Con ese último pensamiento se decidió a iluminar la casa. Con la mirada fija en el interruptor, trató de quitarse a Adrian de la cabeza. Nunca había imaginado que lo echaría tantísimo de menos.

Soltó el bolso y se volvió por fin hacia la estancia, confiando en sentirse un poco reconfortada.

Abrió la boca por completo, pero perdió el conocimiento antes de poder emitir ningún sonido.

26

Blanche tenía la sensación de que algo le comprimía la cabeza. El dolor era tan intenso que no conseguía moverse. Estaba tumbada bocabajo, con la cabeza encima de una superficie rasposa. Sentía el cuello entumecido y tampoco era capaz de moverlo. Se concentró y le envió a su cerebro la orden de llevar una mano hasta la frente. Se palpó la piel con la punta de los dedos, con los ojos todavía cerrados. Al menos no sangraba. Era un alivio. La luz se filtraba a través de sus párpados, pero abrirlos le suponía un esfuerzo terrible.

Blanche trató de recordar los últimos acontecimientos para comprender por qué había ido a dar de bruces contra el suelo. ¿Estaba siquiera en su apartamento? Y entonces, como un relámpago, le vino a la mente la imagen del salón, el sofá cama en un rincón, la mesita baja y..., delante, el cuerpo de Quentin.

No podía ser. La falta de sueño le estaba provocando alucinaciones.

Se armó de valor y abrió los ojos. Le dolía mucho la sien izquierda. Dobló los brazos poco a poco para apoyarse en los codos e incorporarse ligeramente. Ese leve movimiento le permitió entender lo que había pasado. No lo había soñado. La impresión había sido tan fuerte que se había desmayado, golpeándose la cabeza con el zapato de Quentin. Retrocedió a toda prisa, a cuatro patas como un animal atemorizado, y se hizo un ovillo contra la pared.

Su mente se negaba a procesar lo inaceptable. Le gritaba que huyera. Que abandonara el apartamento, cogiera la furgoneta y condujera tan lejos como las carreteras se lo permitiesen. Le ordenaba que se olvidase de los dos últimos días, de Adrian y de todos aquellos con quienes se había cruzado para encontrarlo.

Un ruido sordo seguía machacándole la cabeza embotada. Blanche se llevó las manos a las orejas. Eso no hizo más que amplificar la sensación. Los golpes se volvieron más intensos. Ese alboroto la estaba asfixiando. Ahora le parecía que alguien gritaba su nombre.

«¡Contrólate, Blanche! —se suplicó a sí misma con lágrimas en los ojos—. ¡Contrólate o acabarás en un manicomio!»

Tomó aliento y se puso en pie como pudo. Los golpes persistían, pero ahora eran más definidos. No estaba delirando. Alguien gritaba su nombre desde el otro lado de la puerta. Tardó unos cuantos segundos en identificar la voz.

Cédric estaba en el rellano, con el puño en alto, dispuesto a aporrear por enésima vez la puerta blindada.

—¿Estás bien? —preguntó; tenía el rostro desencajado.

La presencia de Cédric en el rellano aumentó la confusión de Blanche, ya de por sí aturdida.

—¿Qué haces aquí? —le espetó agresiva.

—Estaba preocupado. Son las diez de la mañana y no has dado señales de vida.

Blanche miró hacia la ventana. Vio un cielo gris y encapotado. Las diez. Entonces había estado casi tres horas inconsciente.

—¿De dónde has sacado mi dirección? —continuó sin perder aplomo.

—El hacker la utilizó para crear la cuenta falsa, ¿te acuerdas?

Lo recordaba perfectamente, aunque le quedaba muy lejos.

—¿Cómo has sabido que estaba aquí?

—Tu coche está aparcado abajo —replicó irritado Cédric—. ¿Me dejas pasar o prefieres seguir interrogándome en la puerta?

Blanche dudó un instante. Quería decirle que se marchara y olvidase todo el asunto, pero en vez de eso abrió la puerta de par en par y se hizo a un lado.

El cuerpo de Quentin ocupaba medio salón. Cédric se quedó paralizado en la entrada. Blanche le tiró de la manga para que entrase.

—Has...

—¡No digas tonterías! —replicó—. Te presento a Quentin. Un antiguo cliente.

Cédric no podía apartar la vista del cadáver. Curiosamente, su falta de reacción tuvo un efecto positivo en Blanche. Ahora podía transferir el estrés a un tercero y concentrarse en su problema.

—¿Quieres un té? —dijo con apatía.

Cédric no respondió, pero eso no frenó a Blanche. Se dirigió a la minicocina y se tomó dos pastillas mientras encendía el hervidor. Hacía casi dieciséis horas que no se tomaba la medicación. Eso podía explicar algunas cosas.

Se volvió hacia el salón para tener una visión de conjunto y evaluar los daños.

La ventana estaba cerrada, aunque sabía que la había dejado abierta antes de irse. El cuerpo yacía bocarriba y llevaba una bufanda negra alrededor del cuello. Blanche recordaba habérsela puesto. No había sangre en la tarima flotante. Así que no había sido un sueño, había limpiado el suelo. Ni siquiera había restos en las juntas. Blanche tenía una técnica infalible: recubría la hoja de un cuchillo con esparadrapo y lo sumergía en una solución de bórax diluido en agua caliente.

La sangre de Quentin había salpicado dos revistas que había en la mesita. Ya no estaban. Blanche las había tirado a un contenedor que vaciaría el camión de la basura a primera hora. Solo le quedaba verificar una cosa. Corrió hacia el sofá cama, dejando a Cédric sumergido en sus pensamientos, y levantó el colchón para inspeccionar el espacio que había debajo y servía de cajón. La manta del Ejército de Salvación que estaba segura de haber utilizado para envolver el cuerpo estaba en su sitio, bien doblada.

—¿Me lo vas a contar? —se atrevió a decir Cédric de mala gana mientras Blanche seguía buscando una explicación lógica para lo ocurrido.

—Este hombre se presentó en mi casa con la garganta cortada. Cayó muerto aquí mismo antes de decir esta boca es mía. Luego me deshice del cuerpo. Pero resulta que al volver a casa estaba otra vez aquí y me he desmayado. ¡Eso es todo! ¿Alguna otra pregunta?

Blanche no sabía por qué le soltaba a Cédric una información que evidentemente no tenía ningún sentido para él. No sabía si reír o llorar. Su cabeza debía de estar jugándole una mala pasada. A falta de sueño y de medicación, a lo mejor había sufrido un episodio de amnesia parcial y dejado el trabajo a medias. El paseo por los muelles y el abandono del cuerpo de Quentin bajo un puente tenían que haber sido a la fuerza producto de su imaginación.

Fijó la mirada en Cédric, que seguía sin reaccionar, y se sintió un poco avergonzada por su comportamiento.

—¡Siéntate! Me estás mareando.

El hombre obedeció, aún con la mirada clavada en el cadáver.

—Yo no lo he matado —volvió a decir Blanche esperando que volviera en sí.

—Ya me lo has dicho. Creo que es lo único que he entendido.

—Sé que todo esto parece extraño...

—¿Extraño? —repitió Cédric con voz ronca—. Me dejas en tierra de nadie a las tres de la mañana porque necesitas descansar ¡y te encuentro siete horas más tarde con un muerto en el salón! Francamente, creo que extraño se queda corto.

—Alguien quiere hacerme daño.

—¿Matando a tus antiguos clientes? Perdona, pero eso no me tranquiliza precisamente.

—Quentin creía que trabajaba para mí.

Blanche se dio cuenta de que cada frase que pronunciaba lo confundía aún más. Decidió retomar la historia desde el momento en que había dejado a Cédric en el túnel de la rue Watt.

27

Cédric la había escuchado sin abrir la boca, y ahora que Blanche esperaba alguna reacción por su parte, seguía empeñado en guardar silencio.

—¡Por lo menos dime que me crees cuando te digo que yo no lo he matado!

—Te creo —respondió Cédric a regañadientes.

—Pues no lo parece.

—De todo lo que me has contado, puede que sea lo más fácil de creer.

—Pero ¡todo lo que he dicho es verdad! —replicó Blanche molesta.

—Perdona si me cuesta un poco seguirte. Alguien mata a uno de tus antiguos clientes en tu escalera y tu primera reacción es deshacerte del cuerpo e ir a encontrarte con dos mafiosos.

—¡Necesitaba ayuda!

—¿Y yo?

—¿Tú qué?

Blanche comprendió de golpe por qué estaba tan dolido. Cédric había querido ayudarla desde el principio. La había acompañado a casa de Adrian sin hacer preguntas, la había seguido hasta la rue Watt a pesar del riesgo que eso entrañaba, y esa mañana, al ver que no daba señales de vida, había ido directamente a su apartamento. No era la ocasión más adecuada para una escena de celos, y quizá por eso Blanche se sintió conmovida.

—El asunto iba más allá de tus competencias, Cédric. Necesitaba verificar cierta información que solo me podían proporcionar esas personas.

—Solo que no te han dicho nada nuevo y ahora tienen con que chantajearte, ¿no?

—Más o menos...

En su resumen, Blanche había obviado deliberadamente dos cuestiones. La primera eran las dudas acerca de su propia salud mental. Todavía no estaba lista para compartir ese detalle con nadie. La segunda, la fotografía que le había mostrado Madame C, donde se veía a Adrian en plena conversación con su tío, Maître Barde. Blanche no sabía cómo interpretarla. Estaba decidida a ponerse en contacto con el abogado, a presionarlo un poco si era necesario. La presencia de Cédric podía complicar un poco la tarea, pero el técnico no parecía tener intención de irse. Blanche puso las cartas sobre la mesa con cierta aprensión.

—¿Estás diciendo que mi tío trabaja para esa tal Madame C? —preguntó estupefacto.

—¡Madame C trabaja con todo tipo de gente! —respondió Blanche, que no quería irse por las ramas—. Pero lo que yo no sabía es que tu tío conocía a Adrian.

Cédric se encogió de hombros. Eso debía de parecerle una nimiedad comparado con todo lo que acababa de escuchar.

—¡Para mí es importante! —insistió Blanche—. ¿Tu tío te ha hablado alguna vez de mi padrastro?

—No que yo recuerde, pero casi nunca me habla de curro.

—¡Bien que te habló de mí!

—Porque yo le pregunté.

—¿Por qué?

Cédric frunció el ceño. La respuesta era demasiado obvia para molestarse en contestar. Blanche sintió que se le encendían las mejillas, pero enseguida recobró la compostura.

—Y cuando te dijo a qué me dedicaba, ¿no mencionó el nombre de Adrian?

—No me suena, pero te repito que no era eso lo que me interesaba. Sinceramente, fue hace mucho tiempo. A lo mejor sí, no sabría decirlo.

Blanche supo que estaba insistiendo en vano. Se levantó para ponerse el abrigo. Cédric hizo lo mismo, pero frenó en seco al verla encaminarse hacia la puerta.

—Y ¿qué pasa con él? —dijo apuntando con un dedo la masa inerte que obstruía una parte del salón.

Blanche advirtió con horror que había acabado acostumbrándose a la presencia de Quentin, hasta el punto de no prestarle atención.

—Ayúdame a llevarlo al baño —dijo agarrando el cadáver por los pies—. No puedo hacer nada a plena luz del día.

Cédric miraba a Quentin sin moverse.

—¡Está muerto, Cédric! No muerde. Ayúdame, por favor.

Le lanzó una mirada glacial, pero Blanche ni se inmutó.

—¿Por qué el baño? —soltó al fin mientras se agachaba.

—Es la única habitación que puedo cerrar —respondió mecánicamente a la vez que bamboleaban el cuerpo—. ¡Está claro que mi casa atrae a mucha gente! Mejor tenerla despejada.

No hubo más remedio que dejar a Quentin de pie dentro de la cabina de la ducha. El joven llevaba seis horas muerto y el *rigor mortis* había alcanzado su grado máximo. Sabía por experiencia que en las siguientes seis horas no se movería. No tenía intención de ausentarse tanto tiempo. De todas maneras, sujetó el cuerpo con la tabla de planchar, por precaución. Cédric la observaba en silencio, con un destello de admiración en los ojos. O en todo caso eso es lo que Blanche quería creer. Volvió al salón, apagó la calefacción y abrió la ventana de par en par. La invadió una sensación de *déjà vu*, pero no era momento de pensar en ello.

Llamó al bufete de Maître Barde mientras conducía. Su secretaria le aseguró que lo encontraría en los tribunales. Cédric aprovechó el trayecto para pedirle ciertas aclaraciones. Algunos aspectos, según él, carecían de lógica.

—Ah, ¿es que lo demás te parece lógico? —replicó cínicamente Blanche.

—Digamos que intento seguir un razonamiento. Alguien quiere hacerte daño, quizá para dejarte fuera de circulación, no tengo ni idea. Puede que un cliente insatisfecho...

—¡No tengo ninguno!

Cédric sonrió a su pesar.

—¿Alguien de la competencia?

—Es posible.

—O algún pariente de una víctima, como has sugerido.

—Podría ser, sí.

—Pero hay algo que sigo sin entender. Si esa persona ha decidido acabar contigo por vía indirecta, ¿por qué iba a matar a Quentin en tu apartamento? ¿Acaso dudaba de que no lo fueras a limpiar acto seguido? Al fin y al cabo, ¡es tu profesión!

—Seguramente no esperaba que Quentin viniese a verme y, por miedo a lo que pudiera decirme, lo habrá seguido a toda prisa para acabar degollándolo en las escaleras.

—Puede ser, pero, entonces, ¿por qué ha vuelto a traer el cuerpo mientras no estabas?

«Para hacerme creer que estoy loca», pensó Blanche crispando los dedos sobre el volante.

—No lo sé —murmuró en cambio—. Para incriminarme, supongo.

—En ese caso, ¿de verdad crees que es una buena idea irte y dejar a Quentin en el baño?

La observación de Cédric era cuando menos pertinente, pero Blanche no podía quedarse todo el día encerrada con un cadáver. Era superior a sus fuerzas. Además, ni siquiera estaba segura de que hubiesen movido el cuerpo. Lo que necesitaba ahora era acción. Las medicinas y las tres horas inconsciente habían servido para reanimarla.

—Esta historia no tiene ni pies ni cabeza —dijo Blanche ignorando la pregunta—. Y ahora que lo pienso, no creo que mi enemigo pretenda denunciarme a las autoridades. Con el cuerpo que había en el congelador de Adrian habría tenido más que suficiente para mandarme a prisión. Más bien está intentando sacarme de mis casillas. No se me ocurre otra explicación.

Poco convencido, Cédric prefirió no insistir.

Sentados en una sala del tribunal, esperaron una media hora hasta que Maître Barde terminó su alegato. Blanche lo había visto en acción algunas veces y no se cansaba de escucharlo. Era capaz de darle la vuelta a cualquier situación en beneficio de su cliente. No era extraño que el jurado acabara sintiendo compasión por la persona que había en el banquillo de los acusados. Fuese culpable o no, Maître Barde siempre encontraba una causa aceptable para el peor de los crímenes. Una infancia infeliz, una sociedad adversa, un sistema judicial ajeno a la realidad. También tenía un don para sembrar la duda, la famosa duda razonable que podía desembocar en la puesta en libertad. No le importaban los hechos. Podía convertir un escenario ya existente en otro distinto. Sin más elementos concretos que unos cuantos «si» y «puede ser», aunque estos últimos los utilizaba tan bien que había que estar sordo para no tenerlos en cuenta.

—Es bueno, ¿eh? —murmuró orgulloso Cédric.

—¡Muy bueno! —respondió Blanche consciente de que eso podía ser un problema.

No estaba lo bastante preparada para ese encuentro. Iba a enfrentarse a una eminencia del engaño para obtener respuestas que ni siquiera estaba segura de querer escuchar. ¿Sería capaz de detectar la verdad?

28

Maître Barde no pareció sorprendido de ver a Cédric con Blanche. Era difícil saber si se alegraba o, por el contrario, si esa imagen le molestaba. El hecho de que su sobrino se relacionara con una limpiadora no debía de formar parte de los planes que tenía para él: prueba de ello era que había mentido al atribuirle un falso título de ingeniero.

Les propuso ir caminando hasta el boulevard Berthier, donde había una cervecería que le servía de campamento base desde el «gran traslado». Blanche intuyó por su tono de voz que el abogado echaba de menos los tiempos en que los tribunales estaban en la Île de la Cité. Maître Barde se dirigió al fondo del local y se instaló en un reservado que parecía aguardarlo exclusivamente a él. La encargada le dio una cálida bienvenida, y sin tomarle nota a él preguntó directamente a la pareja que no conocía.

No parecía tener prisa por conocer el motivo de la inesperada visita. Prefirió preguntar por la salud de su sobrino, y luego por la de su hermana, la madre de Cédric. Enseguida comenzó a hablar del caso que acababa de defender, a pesar de que nadie le había preguntado por el tema. Blanche se sentía una pieza más del decorado. En ningún momento se dirigió a ella. Casi ni la había mirado. Ella se tomó esa actitud como el inicio de una confesión.

—¿No me va a preguntar qué hago aquí? —dijo cortándolo en seco.

El abogado dio un trago a su cerveza y esbozó una sonrisa coronada por un rastro de espuma.

—Bueno, ¡supongo que si está aquí es porque mi sobrino ha conseguido al fin lo que quería!

Cédric carraspeó con la cabeza gacha. Blanche se maldijo por haber malinterpretado la situación. Maître Barde había asumido desde un principio que su sobrino venía a presentarle a su nueva novia. Ahora que ese asunto había salido a relucir, veía los últimos quince minutos desde un ángulo completamente distinto. El guiño de ojos que el abogado había dirigido a su sobrino en la sala de vistas, la palmadita en la espalda cuando salieron de los tribunales. Blanche había interpretado esos gestos como afectuosos, y ahora comprendía que el hombre había mostrado en todo momento un talante cómplice. Incluso la anodina conversación que estaban manteniendo respondía al típico modo en que se entabla una charla familiar.

Cédric seguía escudriñando la taza de café, de modo que le tocaba a Blanche desmentirlo.

—¡He venido hasta aquí para hablarle de Adrian! —dijo sin preámbulos.

—¿Adrian?

—Adrian Albertini. Mi padrastro.

Maître Barde buscó a su sobrino con la mirada, pero Cédric había decidido mantenerse al margen de la refriega.

—¡Sé que lo conoce! —insistió Blanche con toda la firmeza de que era capaz.

—Conocer son palabras mayores —respondió el abogado hundiéndose un poco más en el asiento—. Nos hemos visto un par de veces, como mucho.

—¿A propósito de qué?

—No creo que sea de su incumbencia —dijo el hombre a la defensiva.

—¡Ha desaparecido! —intervino Cédric evitando que Blanche pudiera protestar—. Si sabes algo, tienes que ayudarnos.

Maître Barde echó una mirada a cada uno de sus interlocutores. Blanche no había previsto la intervención de Cédric, de modo que no pudo observar con suficiente atención al abogado mientras su sobrino le daba la noticia. ¿Le había sorprendido? Era demasiado tarde para saberlo. No obstante, había notado que se había acercado a la mesa. Ese lenguaje corporal denotaba interés por lo que estaba sucediendo.

—¿Por qué se reunió con Adrian? —volvió a preguntarle Blanche.

—Él me pidió que nos viéramos —respondió secamente Barde—. ¿Hace cuánto que ha desaparecido?

—Desde ayer por la noche.

—¡Ayer por la noche! —exclamó el abogado rompiendo a reír—. ¿Se está burlando de mí? ¿Qué edad tiene?

—¿Qué tiene que ver?

—Lo que tiene que ver, querida, ¡es que su padrastro ya tiene edad para dormir fuera!

—¡No se trata de eso! —Blanche apretaba las mandíbulas.

—¿Cómo lo sabe?

Blanche no tenía intención de confiarle más información de la necesaria. Su relación había sido siempre profesional, y la falta de respeto que acababa de demostrarle la incitaba a mantener aún más las distancias.

—Soy la más indicada de los dos para reconocer una situación crítica cuando la veo, ¿no cree?

El abogado la miró fijamente unos segundos antes de cambiar de actitud.

—¿Hay señales de violencia?

—Técnicamente no. He encontrado su móvil en un sitio donde no debería estar y su coche no se ha movido. Las luces de la casa también estaban encendidas.

—¿Podría haber salido a pasear?

—Imposible —contestó Blanche sin vacilar.

—Entiendo.

Blanche tenía ganas de gritarle que no había entendido nada. Ni que a la víctima del Sabueso le habían cortado cuatro dedos ni que habían degollado a Quentin. Podía ahorrarse los aires de superioridad. Lo único que le estaba preguntando era por qué Adrian y él se habían visto. Con los nervios a flor de piel, presionó un poco más.

—¿No me pregunta cómo sé que se conocen?

—Imagino que se lo habrá dicho él —respondió Barde volviendo a su cerveza.

Iba de farol. Blanche estaba convencida. Ya conocía esas argucias del abogado. Cuando mentía sin convencimiento adoptaba una postura demasiado distante. Le dejó que pensara que la estaba engañando. Por el momento su estrategia consistía en desestabilizarlo.

—Lo he sabido por Madame C —dijo con aplomo.

—¿Quién?

—Madame Claude —rectificó Blanche.

A Barde se le atragantó la cerveza. Como todo el mundo, el abogado temía a la reina madre.

—Me enseñó una foto suya con Adrian —continuó, hundiendo más el clavo—. Una foto que debería estar en su expediente, pero que por alguna extraña razón ella ha preferido archivar en el mío.

—¿Mi expediente? —repitió con la tez pálida.

—Su expediente, ¡sí! No será usted tan ingenuo como para

creer que Madame Claude solicitaría sus servicios sin investigarlo un poco antes.

—¿Lo ha visto?

—¿Su expediente? No, sepa usted que tenía mejores cosas que hacer.

Blanche notó que Cédric le clavaba la mirada. Al parecer no le había gustado que utilizara un tono tan cortante. Temió que saliese en defensa de su tío. No sabía por qué, pero necesitaba que la apoyase.

—Maître Barde —dijo suavizando un poco el tono—, solo necesito saber por qué Adrian quería verle. Estoy convencida de que tiene algo que ver con su desaparición.

—Se equivoca.

—Eso preferiría juzgarlo yo misma.

—Debo respetar el secreto profesional.

Otra vez la mirada esquiva y ese aire de falsa indiferencia. Pero Blanche ya no estaba dispuesta a dejarse engañar.

—Sé que está mintiendo, Maître. Adrian no es cliente suyo. O me dice ahora mismo qué es lo que sabe, o me las arreglo para que Madame Claude se interese un poco más por el caso.

—No tiene nada que ofrecerle contra mí.

—¡No me ponga a prueba!

Blanche apenas se reconocía a sí misma. Había dejado de ser la criatura frágil que unas horas antes dudaba de sus propias capacidades.

—Usted gana —claudicó Barde con voz grave.

29

Adrian y Maître Barde se habían citado en dos ocasiones, ambas a petición de Adrian. Si el abogado se resistía a hablar de esos encuentros no era por gusto ni por secretismo. Blanche lo entendió demasiado tarde. Barde continuó explicándose con voz dulce, pero cada palabra era como una puñalada. Adrian había querido advertir al abogado de que colaborar con Blanche comportaba ciertos riesgos. Que ya no era un elemento fiable. ¡Un elemento! Al oírlo, a Blanche la invadió una sensación de náusea.

—Me habló de su madre —dijo sin agresividad—, y de su condición. Lo lamento. De verdad.

Blanche era incapaz de reaccionar. ¿Cómo podía Adrian haberla traicionado desvelando su secreto? Y, peor aún, con uno de sus mejores clientes. Empezó a faltarle el oxígeno, e hizo un esfuerzo por respirar despacio.

Cédric no decía nada y Maître Barde la observaba con una benevolencia de la que jamás lo hubiese creído capaz.

—¿Entiende por qué he sido un poco escéptico respecto a la desaparición de su padrastro?

—Ha debido de pensar que me lo estaba inventando —respondió Blanche con un hilo de voz.

Barde no se molestó en responder.

¿Cómo podía hacerle eso Adrian? La pregunta sonaba en bucle en su cabeza. No tenía el menor sentido. Se suponía que debía protegerla. Si realmente pensaba que ya no estaba en condiciones de trabajar, ¿por qué no se lo había dicho y punto? Por eso había llamado a Madame C; le había dicho que tenía una propuesta para ella, pero sin duda era una simple excusa para que le concediera una cita. ¿Cómo reaccionaría esa mujer si se enteraba de que Blanche ya no estaba capacitada para ejercer su oficio? Sin embargo, ella no trabajaba para Madame C y Adrian lo sabía. ¿Quería que la noticia corriera como la pólvora? En ese caso, Madame C era sin lugar a dudas la persona adecuada.

—Parecía muy preocupado por usted —dijo el abogado interrumpiendo sus cavilaciones.

Blanche todavía se negaba a creerlo. ¿Era posible que el hombre que tenía delante estuviese engañándola?, ¿que él mismo se hubiese enterado de cómo había muerto su madre y hubiese querido asegurarse a través de Adrian de que Blanche seguía siendo de confianza? Esa opción parecía poco probable. Además, eso no explicaba por qué Adrian había querido verse con Madame C. Debía rendirse a la evidencia: Adrian la había traicionado y, si quería saber la razón, tenía que encontrarlo.

—¿Le dijo algo más?

—No, nada.

—Me ha mencionado que lo vio en un par de ocasiones. ¡Dudo que tuvieran la misma conversación dos veces!

—En cierta manera, sí. La primera vez no lo tomé en serio. No dudé de su palabra, pero pensé que todavía podía disponer de sus servicios unos cuantos años más.

—Y le aconsejó a Monsieur R que me llamase —dedujo Blanche pensando en el encargo de la semana anterior.

—Nunca me acostumbraré a su modo de nombrar a los clientes, pero sí, así fue. Y a su padrastro no le gustó que lo hiciera. ¡No le gustó nada!

Maître Barde le relató el segundo encuentro. Adrian se había enfadado. Prácticamente lo amenazó con sacar a la luz sus colaboraciones. El abogado no se lo creyó del todo, pero aceptó que era el momento de buscar un nuevo limpiador.

Blanche no lograba entender qué había impulsado a Adrian a querer poner fin a su carrera. En los últimos tiempos se había mostrado preocupado por su comportamiento, la notaba inquieta e incluso deprimida, pero en ningún momento había sido tan alarmista. Hasta el encargo del Sabueso, ella no había cometido ningún error, nadie se había quejado. Le preguntó a Maître Barde si él había oído algo. El abogado le confirmó que Monsieur R no tenía nada que objetar sobre su servicio, más allá de que sus tarifas eran exorbitantes.

—¡Su cliente es un tacaño! —no pudo evitar decir Blanche.

El abogado rio de buena gana y añadió que estaba completamente de acuerdo.

Blanche no podía seguir reteniendo a Maître Barde por más tiempo. Era evidente que ya se lo había dicho todo. Se levantó y se sintió aliviada al ver que Cédric hacía lo mismo.

Cédric no dijo ni una palabra en todo el camino de vuelta. Blanche tenía ganas de oír su voz, de saber si seguiría siendo tan dulce y amable. Esperaba que entendiera su reticencia a compartir su secreto con él y, sobre todo, que le concediera el beneficio de la duda. Puede que Adrian estuviese convencido de que su salud mental había empeorado, pero no era médico. Blanche fue la primera en romper el silencio, aunque las palabras que pronunció no reflejaban en absoluto lo que pensaba.

—¿Quieres que te lleve a casa?

Cédric reflexionó un momento. Cada segundo era una tortura, pero Blanche no quería presionarlo.

—¿Qué vas a hacer con el cuerpo? —le preguntó él a bocajarro.

—Todavía no lo sé. De todos modos, debo esperar a que anochezca. Es peligroso.

—¿En ningún caso piensas llamar a la policía?

—¿Para decir qué?, ¿que un cadáver se ha colado en mi casa dos veces?

—No estoy bromeando, Blanche.

—Ya. Pero sabes que la policía no es una opción.

Cédric respiró hondo, con los ojos clavados en el semáforo en rojo que les impedía avanzar.

—Quiero ayudarte, Blanche. Lo que ha dicho mi tío hace un rato no cambia nada. Es solo que no sé si estoy a la altura.

Blanche lo miró. Enseguida se le empañaron los ojos. Contuvo las ganas de lanzarse a su cuello y abrazarlo. Nunca en su vida había estado tan necesitada de apoyo.

—Creo que tengo algo de pasta en casa —dijo con la voz cargada de emoción.

—Menos mal. ¡Me muero de hambre!

Blanche abrió la puerta de su apartamento con cierta aprensión. Cuando vio que la ventana estaba abierta, se relajó. Todo seguía en su lugar. La temperatura era fría pero soportable. Era preferible al hedor de la putrefacción que no tardaría en emanar del baño.

Se quitó el abrigo y se echó una manta sobre los hombros. Le dio otra a Cédric, pero él la dejó sobre el sofá. Adrian tampoco tenía frío nunca. Ese pensamiento la tensó. ¿Estaría real-

158

mente en peligro? Blanche ya no sabía qué pensar. Desde el día anterior, había ido superando una prueba tras otra para encontrarlo mientras que quizá él simplemente había decidido irse.

«¡No sin su coche! —pensó en un primer momento—. ¡Y aún menos sin despedirse de mí!»

Cerró los ojos para concentrarse un segundo en lo que tenía que hacer. Fue rápidamente al baño. Quentin seguía tieso como un palo. Seguiría así unas cuantas horas más. Entonces se dirigió a la cocina y sacó del armario un paquete de pasta que le mostró a Cédric, avergonzada.

—Es todo lo que me queda, ¿será suficiente?

—Menos da una piedra —dijo el informático con una sonrisa conmovedora—. ¿Tienes mantequilla por lo menos?

Blanche asintió. Abrió la puerta de la nevera y permaneció tanto rato con la espalda encorvada que al final Cédric se preocupó.

—¿Algún problema?

Blanche giró sobre sus talones. Tenía el rostro tan pálido que Cédric creyó por un momento que se desmayaría otra vez.

30

Cédric sujetó a Blanche por los hombros y la apartó con delicadeza de la nevera. Se agachó para averiguar qué la había paralizado. Sobre la rejilla del primer compartimento había cuatro dedos azulados e hinchados. Intentó que no se le notara la mueca de desagrado y se dio la vuelta.

—¿Estos son los dedos del cadáver que estaba en el congelador?

—Imagino —dijo Blanche con la mirada fija en el vacío—. Desde luego no son de Quentin.

Cédric cerró la puerta de la nevera, pero Blanche volvió a abrirla al instante. Armada con un pedazo de papel de cocina, recogió los dedos uno a uno y los colocó en la encimera. El anular tenía un anillo atascado en la segunda falange. Cédric, que había preferido mantenerse a una distancia prudencial, le preguntó desde lejos:

—¿Crees que estaba casado?

—No es una alianza. Y este anillo no es suyo.

Blanche hablaba con voz fría, clínica.

—Se le habrán hinchado los dedos —continuó Cédric.

—No es suyo —insistió en el mismo tono.

—¿Cómo lo sabes?

Blanche tardó en responder. Estaba absorta en el anillo

de plata que tan bien conocía. Su madre se lo había regalado a Adrian como disculpa por no haber querido casarse con él. Pero esos no eran los dedos de su mentor. Le bastaba con cerrar los ojos para recordar sus manos. Las conocía perfectamente. Con el paso de los años había ido viendo como el vitíligo se las moteaba, hasta que las puntas quedaron blancas. Otro recuerdo se abrió paso en su mente: el modo en que Adrian jugaba siempre con el anillo, haciéndolo girar una y otra vez sin poder quitárselo. Un día intentó sacárselo con las manos bañadas en aceite, pero la operación resultó tan engorrosa que lo dejó correr. Esta vez lo había conseguido, pensó con amargura.

—Blanche, ¡despierta!

Cédric se había acercado a ella y le había puesto una mano en el hombro.

—Estoy bien —contestó irritada.

—Ah, ¿sí? ¡Pues te he encontrado dos veces desmayada en menos de veinticuatro horas!

—Y además me estoy volviendo loca, ¿no?

—Yo no he dicho eso —respondió Cédric muy serio.

Era un ataque injusto. Blanche no tenía nada que reprocharle. El temor a que Adrian no fuera completamente inocente la hacía actuar de manera cruel.

—El anillo es de Adrian —dijo con un tono dulce que pretendía ser una disculpa.

—¿Estás segura?

—Segurísima. Lo bueno es que por fin voy a poder leer la inscripción que hay en su interior.

Cédric la miró perplejo.

—Mi madre y Adrian nunca me dejaron verla. Decían que era su pequeño secreto.

Había intentado sonreír al decirlo, con la esperanza de

recuperar el momento de normalidad que Cédric y ella compartían un rato antes. Superando la repugnancia, sacó el anillo del dedo necrosado. El aro estaba igual de sucio por dentro que por fuera, como si lo acabasen de desenterrar. Ese repentino pensamiento la aterrorizó. Estaba a punto de maldecir a Adrian por toda esa conspiración, pero qué sabía ella, a fin de cuentas. Su mentor había intentado sin duda desacreditarla, pero eso no significaba que estuviese implicado en toda la trama. No había pruebas que vincularan unos elementos con otros.

Buscó una botella de vinagre blanco debajo del fregadero y llenó un vaso hasta la mitad. Dejó caer dentro el anillo y soltó una larga exhalación.

—¿Qué haces? —preguntó Cédric.

—Nada. Lo limpio. Era imposible leer nada.

—¿En qué estás pensando?, ¿puedes decírmelo?

—Necesito saber si Adrian es responsable de todo esto o tan solo una víctima.

—¿Tanta importancia tiene?

Blanche lo miró atónita.

—Me refiero a que, sea culpable o no, lo que quieres es encontrarlo, ¿no?

Tenía razón, aunque a Blanche le daba miedo su propia reacción si llegaba a enterarse de que Adrian había pretendido perjudicarla. ¿Sería lo bastante fuerte para superarlo?

—Tengo que sentarme —le dijo temiendo un nuevo ataque de pánico.

—Lo que necesitas es comer algo —añadió Cédric mientras la ayudaba a recorrer los cinco metros que los separaban del sofá—. Yo me ocupo. Mientras tanto túmbate y procura descansar.

Blanche no tenía ninguna intención de relajarse. Necesitaba examinar detalladamente todas las piezas de las que disponía. Esta vez se obligaría a analizarlas con total objetividad.

Mientras Cédric se afanaba en la cocinita, cogió un bolígrafo y un bloc de notas y se dispuso a repetir el esquema que había esbozado la noche anterior.

Comenzó por la columna de Adrian, tratando de cambiar radicalmente el punto de vista. Adrian podía haberla seguido la noche que había estado en casa de la víctima del Sabueso. Mientras ella inspeccionaba las habitaciones de arriba, él podía haber introducido el fular de su madre en la bolsa que había dejado en la entrada. Después de provocar el incendio, solo tenía que regresar a casa a toda velocidad, subir a su habitación y ponerse la bata. Sabía con seguridad que Blanche haría una parada en el vertedero para deshacerse de los objetos más voluminosos, como la silla de ruedas. Él mismo se lo había sugerido. La tarjeta de visita y las tijeras de podar tampoco lo exculpaban, y le habría resultado muy fácil escurrirse en el cobertizo y cortarle los dedos al cadáver. En cuanto a su propia desaparición, le bastaba con dejar el móvil en el congelador y las luces encendidas y marcharse a pie. Adrian sabía que esos indicios serían suficientes para que Blanche fuera presa del pánico. No obstante, a ella le costaba mucho imaginarlo saliendo en plena noche con un cadáver bajo el brazo, en medio del campo. Habría necesitado un cómplice que lo fuera a buscar.

Todo encajaba tan bien que Blanche tuvo que parar un momento para acompasar su respiración. Tenía el pulso acelerado y se le nublaba la vista. Debía calmarse como fuera. Cogió un bote de pastillas y se tragó dos de golpe, sin agua.

—¿Qué tomas? —preguntó Cédric, que llevaba un rato observándola.

—Nada malo. Lo justo para calmarme. Las tomo desde los veinte años.

—Nunca me han gustado esas soluciones químicas —dijo con indiferencia—. Si algún día quieres pasarte a lo natural, ya sabes dónde encontrarme.

Blanche sonrió y volvió a concentrarse en su esquema.

Había un pósit que no lograba ubicar en ese nuevo planteamiento. ¿Por qué el anillo de Adrian estaba manchado de tierra y qué hacía en su nevera? Debería haber estado más limpio que nunca. La manera más fácil de quitarse un anillo demasiado ajustado era enjabonarlo. Todo el mundo conocía esa técnica, Adrian el primero. A menudo usaban jabón para eliminar cualquier elemento identificativo de los cadáveres de los que tenían que deshacerse. Hasta el momento, la única respuesta lógica que Blanche vislumbraba venía a contradecir el resto de la teoría. Y además era demasiado siniestra para pensar siquiera en formularla. Escribió con timidez una primera palabra, pero inmediatamente después la tachó. No quería ver la palabra «muerto» en la columna de Adrian. Fuese cual fuese su papel en ese asunto, seguía siendo, por encima de todo, la persona que la había criado y protegido durante años. Era su familia y, más allá de cualquier duda, lo quería. Se mordió el labio, esperó a que el dolor le resultara insoportable y apuntó algo menos doloroso: «¿Anillo enterrado?». Colocó ese último pósit en una nueva columna. No necesitaba volver sobre los pasos de un Adrian inocente.

Había otro suceso que no había podido analizar el día

anterior, por la sencilla razón de que todavía no había ocurrido. Blanche le quitó la envoltura de plástico a un nuevo bloc de notas y escogió un color que aún no había utilizado. A partir de ese momento, el verde sería el color de Quentin.

31

Cédric puso dos platos de pasta sobre la mesita baja mientras Blanche anotaba cosas sin descanso con una escritura cada vez más insegura. La instó a que hiciese una pausa y ella obedeció, con la condición de poder mantener la mirada fija en el nuevo esquema que acababa de crear.

La aparición de Quentin en el caso no podía ser circunstancial. Blanche se negaba a creer que le hubieran cortado la garganta al joven solo por haber estado en el lugar equivocado a la hora equivocada. El simple hecho de que insistieran en volver a colocar su cuerpo en el salón demostraba que era parte integrante del esquema.

Pensó en rehacer su recorrido brevemente, pero se dio cuenta de que en realidad no sabía nada de su vida, más allá del accidente en el que había muerto su novia. ¿Qué había hecho después de que su padre lograse disolver en el aire aquella sórdida velada? ¿Había retomado el brillante futuro que le estaba destinado, o se había castigado a sí mismo por no haberse entregado? Blanche escribió el nombre de la chica cuyo cuerpo yacía desde hacía años en el bosque: «Anaïs». No había conseguido olvidarlo. Evocaba dulzura. La del rostro de aquella adolescente que había cubierto de tierra, conteniendo una náusea a cada palada.

Blanche le pidió a Cédric que buscase a Quentin en las redes sociales, pero no había rastro de él, un hecho sorprendente en una persona de su edad. Cédric hizo algunas búsquedas y entró en los foros habituales, sin resultado. El padre del chico, en cambio, era noticia a menudo. Como presidente de una de las principales empresas que cotizaba en bolsa, lo citaban en numerosos artículos de economía. Un periódico sensacionalista también había considerado interesante hacer un reportaje sobre su segundo matrimonio con una joven estrella de la tele. Cédric escudriñó todas las imágenes que encontró. A Quentin no debían de haberlo invitado a la boda, o de lo contrario tenía un don para la discreción.

—¿Crees que han puesto los dedos en la nevera mientras no estábamos? —preguntó de pronto Cédric, que debía de estar dándole vueltas a ese detalle desde hacía rato.

Blanche también lo había pensado, aunque a ella le interesaban más el «quién» y el «por qué» que el «cuándo».

—No necesariamente —dijo todavía sumergida en su rompecabezas—. Puede que estuvieran ahí antes, porque anoche no la abrí, o bien que al traer de vuelta el cuerpo de Quentin hayan aprovechado para dejar el regalito.

—Sigo sin entender por qué se toman la molestia de volver a plantarlo aquí.

Blanche temía que Cédric hurgase de nuevo en ese asunto. No se había atrevido a decirle que no estaba segura de haberlo movido la primera vez. A pesar de que ya estaba al corriente de su posible fragilidad mental, no quería perderlo como aliado.

—Imagino que ese enfermo nos lo explicará cuando lo pillemos —dijo en un tono que esperaba que sonase desenfadado.

—¿Crees realmente que lo encontraremos?

—En el peor de los casos, ¡será él quien venga a buscarme! Su plan es tan maquiavélico que querrá alardear. Todos hacen lo mismo.

—¿Quiénes son «todos»?

—¡Los psicópatas!

—Ah, ¿es que conoces a muchos?

—Es una manera de hablar.

Blanche lo esquivó, al tiempo que recordaba a algunos clientes suyos que podían parecerlo.

Sus ojos se fijaron entonces en la notita donde figuraba el nombre del padre de Quentin. Debía de tener su número en alguna parte, entre sus archivos. No le había gustado ese hombre; no había tenido ningún respeto por la familia de Anaïs. Pero, ahora que le había tocado a él perder un hijo, sentía cierta compasión. Blanche había dejado el cuerpo de Quentin en los muelles precisamente para que alguien encontrase su cuerpo enseguida y pudieran llorar su muerte, pero no podía volver a arriesgarse una segunda vez. Un forense se daría cuenta de que el cadáver había sido trasladado varias veces. Ya no pasaría por una simple agresión. La víspera había recogido la sangre aún fresca de su garganta y la había esparcido por el lugar para despistar. Creía haber hecho eso al menos. Ahora era demasiado tarde para verificarlo. Las máquinas de la limpieza ya habrían recorrido la ciudad, y aunque no fuera así, seguro que la llovizna que persistía desde el amanecer habría borrado cualquier rastro. Tendría que rociar el suelo con luminol para detectar la sangre, algo impensable a plena luz del día. Además, Cédric no parecía dispuesto a dejarla sola, y no quería que la viera a gatas con un espray en la mano porque necesitaba asegurarse de haber dejado el cuerpo de Quentin en ese muelle. ¿Qué iba a pensar de ella? Puede que se estuviera volviendo loca, pero ¡no tenía por qué perder la dignidad!

—¿Te encuentras bien? —preguntó inquieto Cédric interrumpiendo sus pensamientos—. ¡Estás muy pálida!

—Estaba pensando en Quentin —dijo para que fuese una verdad a medias—. Me preguntaba si alguien se habrá percatado de su desaparición. A juzgar por tu búsqueda, no parecía muy sociable.

—¡Digitalmente hablando! De lo demás no sabemos nada. Hay personas que prefieren disfrutar de la vida real.

—Ah, ¿sí?, ¿es que conoces a muchas? —replicó Blanche imitando el tono con el que Cédric le había hecho antes su pregunta.

—Hasta ese punto no —admitió él a regañadientes—. Que no tenga cuenta de Facebook o Instagram, vale. Incluso lo felicitaría. Pero lo que me sorprende más es que su nombre no aparezca por ninguna parte. ¿Has dicho que iba al Instituto de Estudios Políticos de París?

—Al menos eso es lo que dijo su padre.

—Pues no he encontrado nada sobre eso. Normalmente, la gente que estudia en esas escuelas presume de ello de una manera u otra. Y pocas veces se resisten a la llamada de los suyos. Esos tíos no pueden evitar crear grupos en las redes sociales. Les gusta saber que hay algo que los une, que los hace destacar. Así mantienen el contacto con los que estarán en las altas esferas en el futuro.

—Bueno, ¡ya veo que te caen bien! —añadió Blanche irónica—. Quentin acababa de empezar la carrera. Puede que lo dejara a raíz de lo que pasó.

—Puede… En cualquier caso, es raro no dejar ningún rastro en la red.

Blanche tenía que concentrarse en los pasos siguientes. En cuanto Cédric dejó de hablar, los pensamientos empezaron a arremolinarse en su cabeza, cada uno más oscuro que el anterior. No podía quedarse de brazos cruzados esperando a tener la oportunidad de deshacerse del cuerpo. Todavía no había decidido cómo lo haría, pero con toda seguridad no podría ocuparse de él antes de las dos de la madrugada. París no dormía nunca, salvo algunas horas en invierno. Para entonces el cadáver habría perdido rigidez. Blanche esperaba que cupiese en el arcón militar de la furgoneta, sin necesidad de mutilarlo demasiado. Había subido la carretilla para no tener que hacer demasiados viajes. Cédric evitaba mirarla.

Al ir a preparar un té, Blanche se percató de que no había retirado el anillo del vinagre. El aro de plata brillaba al fondo del vaso. Lo enjuagó y lo miró a la luz. Por fin iba a poder descubrir la inscripción que su madre había hecho grabar.

Catherine Barjac no era una mujer romántica. Aquel regalo había sido un gesto sorprendente por su parte. Blanche aún se acordaba de la cara que había puesto Adrian al ver el anillo. Ella estaba delante, lo que no hacía sino confirmar lo poco delicada que era su madre en cuestiones de intimidad. Blanche suponía que ninguno de los dos había querido revelar el contenido de la inscripción no por pudor, sino porque aquellas palabras no debían de estar a la altura de su amor. En todo caso, eso era lo que Blanche se había dicho durante años, y la idea seguía divirtiéndola.

Al principio creyó que sus ojos le estaban jugando una mala pasada. Apartó el anillo unos centímetros, temiendo que Cédric lo considerase una señal de envejecimiento. La frase inscrita en el interior del aro, de casi un centímetro de ancho, no se parecía en absoluto a un mensaje de amor, por muy torpe que fuese. Más bien se trataba de una advertencia. Una orden que Catherine Barjac había querido grabar en plata para que jamás se olvidara: No la toques nunca.

32

Esta vez Blanche no pudo evitar la crisis. Cédric acudió a la carrera, alertado por las contracciones de su rostro, pero, por mucho que la zarandeaba y gritaba su nombre, Blanche estaba demasiado lejos para recuperar el control. Estaba en apnea, incapaz de recordar cómo se respiraba. El pánico había paralizado cada uno de sus músculos. Tenía las piernas agarrotadas y los dedos crispados. Cédric le dio una bofetada, pero no surtió ningún efecto. Corrió hacia la mesa del salón, cogió las pastillas que le había visto tomar y le puso dos en la mano. Después empezó a abrir armarios a diestro y siniestro, y se detuvo frente a una botella de whisky. Le sirvió un vaso lleno.

—¡Trágatelas! —le dijo con tono perentorio mientras le ponía el vaso en la otra mano.

Blanche percibió la orden más que oírla. No tenía fuerzas para levantar el brazo. Al darse cuenta, Cédric la ayudó. El calor del alcohol tuvo un efecto inmediato. Blanche rara vez bebía alcohol fuerte. Esa botella debía de estar allí desde la mudanza, preparada para las pocas ocasiones en que Adrian iba a visitarla. Blanche fue recuperando lentamente el color y Cédric la guio hasta el sofá.

—Túmbate —dijo esta vez con más dulzura.

Blanche obedeció dócilmente. Cerró los ojos. Enseguida la inundaron destellos de recuerdos.

Catherine Barjac le había regalado el anillo a Adrian apenas un mes antes de su muerte. Cuando Blanche vio el paquete sobre la encimera de la cocina, al principio creyó que era para ella. Su madre se lo quitó de las manos y le explicó que era una especie de disculpa para Adrian. Blanche quiso saber más. Se enteró de que Adrian le había propuesto matrimonio a su madre.

—¿Ahora, después de diez años? —exclamó sorprendida Blanche.

—¡No sé qué se le ha pasado por la cabeza!

—Y ¿tú no quieres?

—¡Estamos muy bien así! —respondió su madre con firmeza.

Blanche no insistió. De hecho, no estaba segura de querer que las cosas cambiasen. Adrian las visitaba tres días por semana, pasaba la tarde con ellas y se marchaba cuando Catherine consideraba que era hora de irse a la cama. Pasado el tiempo, cuando Blanche empezó a vivir su propia vida, acabó preguntándose en qué momentos habrían disfrutado los dos amantes de un poco de intimidad. Sin duda se verían en casa de Adrian. Catherine estaba fuera de casa a menudo. Volvía tarde como mínimo dos noches a la semana. La versión oficial era que el trabajo la monopolizaba, y Blanche lo creía. Siempre había visto a su madre trabajar sin descanso. Era el precio a pagar por su independencia.

Catherine había estudiado historia del arte, pero enseguida se dio cuenta de que con eso no se ganaría la vida. Entonces decidió convertirse en agente inmobiliaria. Como no soportaba que le dieran órdenes, montó su propia agencia. Para ser autodidacta, le salió bastante bien. La familia Barjac no nadaba en la abundancia, pero a Blanche nunca le faltó de nada.

Blanche revivió de golpe aquella famosa velada. Adrian desenvolvió el paquete muy despacio, lo que la exasperó. Se moría de impaciencia y hubo de contenerse para no arrancarle el regalo de las manos. Él abrió el estuche y arqueó las cejas. A falta de complacerlo, desde luego Catherine Barjac había conseguido sorprenderlo. Pensándolo bien, su reacción era comprensible. Ofrecerle un anillo después de haberlo rechazado era cuando menos singular. Catherine se había puesto detrás de él. Le rodeó el cuello con los brazos y se inclinó para susurrarle algo al oído. Blanche no pudo oírlo. Imaginó que se trataría de unas palabras tiernas. Adrian leyó la inscripción que Catherine había hecho grabar. Asintió con la cabeza dulcemente, le besó la mano y se puso el anillo.

—¡¿Qué fue lo que le dijiste aquella noche?! —soltó Blanche, que seguía convaleciente y no se dio cuenta de que hablaba en voz alta.

—¿Qué le dijo qué a quién? —preguntó Cédric.

Blanche se incorporó a duras penas, se quitó el paño mojado de la frente e intentó cambiar de tema.

—¿Puedes traerme un vaso de agua?

—¿De quién hablabas, Blanche? —insistió mientras obedecía.

—No es nada. Estoy delirando.

—¿Quieres explicarme lo que acaba de pasar?

—He tenido una crisis, eso es todo. Ya se me ha pasado.

—¿Estás segura de que no tiene nada que ver con esto?

Cédric sostenía el anillo entre sus dedos. Resultaba evidente que había leído la inscripción. Blanche no creía haber estado tanto tiempo con los ojos cerrados.

—No entiendo nada —admitió exhausta.

—¡He oído mejores explicaciones!

—Fue mi madre quien hizo grabar esa inscripción.

—¿Tu madre? —repitió Cédric con un deje de admiración en la voz—. ¡Y yo que pensaba que tú eras poco cariñosa!

Blanche sonrió tímidamente. Apreciaba que intentase distraerla.

El anillo tenía veinte años de antigüedad. Pertenecía al pasado. La verdad era que la inscripción le erizaba la piel, pero no podía estar segura de que se refiriese a ella. Tal vez Catherine aludía a otra mujer. Un ataque de celos puesto por escrito. ¿Debía darle importancia? Lo urgente era encontrar a Adrian, no esclarecer un tema de hacía dos décadas. A menos, claro, que todo estuviese relacionado. Parecía poco probable, pero casi nada lo era últimamente.

La decisión estaba tomada. Tenía que volver en sí y tratar de interpretar el mensaje que su madre había dejado. Iba a necesitar vaciar la mente y sumergirse en el pasado, dejar que la invadiesen los recuerdos hasta que apareciese algún detalle. No podía tratarse de ningún hecho relevante. Blanche atesoraba cada uno de ellos en un rincón de su memoria como si fueran reliquias. Los había cristalizado, a riesgo de idealizarlos, para no olvidarlos nunca. Cada cumpleaños, cada discusión, cada instante de complicidad. Lo tenía todo cuidadosamente catalogado. ¿Qué había ocurrido entre Adrian y su madre que a ella se le había escapado? Blanche comprendía ahora perfectamente por qué Adrian no había querido mostrarle nunca la inscripción. No lo habría dejado tranquilo hasta conocer su significado. Le habría preguntado sin cesar por la relación que mantenía con su madre. Adrian siempre se había negado a hablar de ello. Decía que esa parte de la historia le pertenecía. Blanche lo había respetado a cambio de que él le contase

175

cómo era Catherine Barjac, la mujer, no la madre. Blanche solo tenía diecinueve años cuando ocurrió la tragedia. Para ella Catherine únicamente había sido una madre cariñosa que la consentía y la alimentaba. No fue hasta más tarde cuando sintió la necesidad de saber quién era en realidad.

—¿Crees que se han llevado a Adrian por eso?

La pregunta de Cédric la cogió por sorpresa. Era como si le leyera el pensamiento, y esa idea la perturbaba. No quería mentirle, pero tampoco estaba segura de querer compartir con él sus reflexiones. Significaba revelar toda su intimidad. Buscó la respuesta más sincera.

—No lo sé. Ya no sé nada.

33

Blanche viajó a través de sus recuerdos en busca de una explicación lógica para el anillo y la inscripción. Siempre había tenido la relación entre Adrian y su madre en un pedestal. Sin considerarla perfecta, parecía responder a cierto tipo de ideal. Eran independientes y a la vez siempre estaban allí el uno para el otro. O, en todo caso, Adrian siempre lo estaba para su madre. Así lo recordaba. A menos que él hubiese acabado distorsionándole su visión de las cosas.

Blanche estaba desesperada por no poder confiar en él. El día anterior, su única inquietud era acabar perdiendo el precario equilibrio que tanto tiempo le había costado alcanzar. Adrian era su referencia, el faro que no quería perder de vista. Hoy estaba dispuesta a ponerlo todo en duda, sin ninguna prueba.

«No la toques nunca.» ¿A qué podía referirse esa frase? ¿Era una amenaza? El tono era categórico, no daba pie a ningún debate. Las imágenes que Blanche tenía en la cabeza no se correspondían con la realidad. ¿Qué mujer se muestra cariñosa con un hombre y después lo trata con tanta dureza?

Catherine Barjac siempre se había mostrado orgullosa de sus decisiones. Las reivindicaba. Su vida con Adrian no seguía el modelo clásico, pero era ella quien la había escogido. Decía que ese era el secreto para que una pareja durase. Claro está, había muerto demasiado joven para probarlo, pero habían compartido diez años juntos sin que hubieran surgido complicaciones. Por lo menos eso es lo que había creído Blanche hasta ese momento.

Accedió a compartir con Cédric todas sus elucubraciones. Este apenas se había atrevido a pedírselo, y le sorprendió que aceptase tan rápido. Sin embargo, la razón era muy simple. Blanche no tenía a nadie más.

—¿Estás segura de que no te acuerdas de algún episodio concreto?, ¿una bronca, algún reproche durante la cena?

Por supuesto habían vivido días más tensos que otros. ¿Qué familia no sufre altibajos? Aun así, Blanche era incapaz de recordar discusiones ni desacuerdos entre Adrian y su madre. Siempre parecían compenetrados.

—En ese caso —apuntó Cédric—, el único hecho realmente significativo en su relación fue la propuesta de matrimonio.

Blanche asintió. Al resumir la vida de su madre y su compañero de una manera tan básica, Cédric la arrastraba por un camino que no estaba segura de querer emprender. Decidió, no obstante, dejar que se explicase.

—¿Por qué quería casarse con tu madre si sabía que ella apreciaba por encima de todo su independencia?

—¡Y yo qué sé! —le espetó Blanche a la defensiva—. Puede que para él no fuese suficiente la relación tal y como estaba.

—Yo creo que buscaba que lo perdonase.

—¿Que lo perdonase por qué?

—«No la toques nunca.»

—¡¿Y?!

Cédric guardó silencio.

—¿Crees que pegaba a mi madre?, ¿es eso?

A Blanche le costaba creer que esas palabras saliesen de su boca. Que Adrian hubiese querido maquillar su relación con

178

Catherine Barjac era comprensible, hasta cierto punto. Pero que su madre hubiera aceptado estar con un hombre que la maltratase, eso de ninguna manera lo podía concebir.

—Incluso las mujeres más fuertes pueden acabar sometidas al yugo de un hombre, lo sabes. No les ocurre solo a las atolondradas o a las desfavorecidas. Le puede pasar a cualquiera.

Blanche tuvo la sensación de que Cédric intentaba enviarle un mensaje. Una confidencia apenas velada. Parecía sopesar cada una de sus palabras con delicadeza y respeto. Iba a instarle a que continuase cuando reanudó el razonamiento en un tono más distante.

—En mi opinión, no hay ninguna duda de que esa frase se refiere a ti. Tu madre quería advertir a Adrian de que lo estaba vigilando.

—¿Crees que él la había amenazado con hacerme daño? ¡Imposible! ¡Eso no tiene ni pies ni cabeza!

Catherine Barjac era una loba protectora. Habría matado a cualquiera que amenazara a su criatura. Si Adrian se hubiese atrevido a algo así, aquella noche no lo habría rodeado con los brazos para besarlo. Lo habría hecho para asfixiarlo.

—Entonces la maltrataba a ella —insistió Cédric.

—¡Me habría dado cuenta!

Blanche notó que las lágrimas brotaban de sus ojos.

—Algunos hombres saben perfectamente cómo no dejar marcas.

—¡Ella no lo habría permitido!

Esta última contestación parecía una súplica.

—Puede que solo le pegase una vez —matizó Cédric—. Una sola vez explicaría su gesto.

—¿Qué quieres decir?

—Un maltratador hará cualquier cosa para que lo perdonen, sobre todo la primera vez. Puede que la proposición de matrimonio fuese su ofrenda de paz. Una manera de hacerla creer que no lo volvería a hacer más.

Esa explicación resultaba tan creíble que Blanche empezó a sofocarse de nuevo. La rabia que sentía impedía que le entrase aire en los pulmones. Cédric corrió a abrazarla.

—Respira —murmuró mientras le acariciaba el pelo—. Respira, Blanche.

Era imposible verificar esa teoría, y eso era lo más desesperante. Adrian había desaparecido del mapa, por voluntad propia o a la fuerza, y su madre no volvería jamás. Blanche se resistía a creer que Catherine Barjac, la mujer orgullosa y libre que la había criado, hubiera podido quedarse un solo día con un hombre que le había levantado la mano. Según Adrian, los síntomas de su enfermedad habían aparecido unos meses antes. ¿Quizá su madre había preferido estar mal acompañada antes que afrontar sola lo que estaba por venir? Blanche podía entenderlo. Ella misma había temido siempre que Adrian no estuviese a su lado cuando llegase el día. Ese pensamiento la entristeció, porque significaba que Catherine Barjac no había confiado lo suficiente en su hija. Puede que Blanche fuese joven entonces, pero nunca la habría abandonado.

Por supuesto, había otra explicación más razonable. En medio de sus delirios, Catherine podía haber imaginado que Adrian quería hacerle daño a su hija. Blanche necesitaba aferrarse a esa idea, pero la hipótesis no se sostenía a la larga. Blanche había leído demasiados estudios para hacerse ilusiones. Los episodios de enajenación, sobre todo los primeros años, eran pasajeros. Sin embargo, Catherine tendría que haber ido hasta una joyería, encargado la inscripción del anillo y continuado en el mismo estado en el momento de entregarle el regalo.

También era posible que simplemente se hubiese ido deteriorando la relación de pareja. La falta de tacto de Catherine podía haber sacado a Adrian de sus casillas.

Blanche era consciente de que buscaba a toda costa una explicación, una justificación para lo imperdonable. La última teoría cuadraba con la de Cédric. Blanche decidió aferrarse a esa idea. Antes que nada tenía que encontrar a Adrian, y verlo como un monstruo no era muy alentador. Sacudió la cabeza y se dirigió a Cédric con determinación.

—Nuestra prioridad es dar con Adrian. Es él quien tiene todas las respuestas. Ya sea culpable o víctima, está involucrado en todo el asunto. El anillo en la nevera lo demuestra.

—¿Por qué querría que lo vieras? ¡Sabía que la inscripción no jugaría a su favor!

—A lo mejor no ha sido él quien lo ha puesto ahí.

Ante la mirada de desconcierto de Cédric, Blanche decidió compartir con él sus miedos, pero solo consiguió balbucear algunas palabras.

—La tierra…, en el anillo.

—¿Crees que lo han enterrado?

—Es una posibilidad —respondió con calma Blanche—. Eso, o me están avisando de que podría ocurrir.

34

Blanche ya no podía esperar a que fuese de noche para actuar. La sensación de urgencia se había apoderado de ella y, a pesar de las recomendaciones de Cédric, estaba dispuesta a correr ciertos riesgos. Nadie se había dignado llamarla, ni Monsieur M, ni Madame C ni el Sabueso. Parecía como si no tuvieran prisa por encontrar a Adrian. La inactividad era como un veneno para ella. A medida que pasaban las horas, elucubraba teorías a cuál más alarmante.

—Debes de pensar que estoy paranoica.

—Ya sabes lo que se dice: «¡Incluso los paranoicos tienen enemigos reales!».

—Hay que volver a Mortcerf —dijo ella a modo de respuesta—. Si Adrian ha dejado alguna pista, la encontraremos allí.

—Pero ya pusiste la casa patas arriba.

—No sabía lo que buscaba.

—¿Y ahora sí?

Blanche se encogió de hombros, como si la respuesta fuese lógica. En realidad no tenía ni idea. Quería examinar con lupa la vida privada de su padrastro. Hurgar en sus armarios, rebuscar entre sus papeles. Si era necesario, abriría las cajas del cobertizo una por una.

Cédric se inquietó cuando empezó a vaciar el cajón militar metálico.

—¿Qué haces?

—Vamos a trasladar el cuerpo.

—¿Ahora? Creía que era peligroso.

—¡Más peligroso será dejarlo aquí! No me apetece que nuestro amiguito se divierta cortándole los dedos a Quentin. Lo pondremos en el congelador de Adrian. Eso nos dará algo de tiempo.

Cédric se quedó en silencio. Miraba fijamente el baúl, sin reaccionar.

—Solo necesito que me ayudes a sacarlo de la ducha —dijo Blanche consciente de que le pedía demasiado—. De lo demás me encargo yo.

—Es imposible que quepa aquí —respondió Cédric en voz baja.

—Confía en mí. ¡Cabrá!

Cédric ayudó a Blanche a bajar el baúl metálico. El hueco de la escalera era demasiado estrecho y tuvieron que ingeniárselas para maniobrar mientras Blanche trataba de ponerle un poco de humor al traslado. Su compañero improvisado sonreía tímidamente. Blanche esperaba que olvidase lo antes posible el episodio. Necesitaba sus ocurrencias más que nunca.

La casa seguía igual que la habían dejado al partir. Blanche se habría alegrado de no ser porque se había hecho ilusiones; no tendría que haber soñado en secreto que Adrian estaría esperándolos. Durante el trayecto se había imaginado la escena con todo lujo de detalles. Adrian sentado tranquilamente junto a la chimenea con un libro en la mano. No habría podido ocultar su asombro al descubrir que Blanche iba acompañada, y le confesaría lo preocupado que había estado al no tener noticias suyas. Habría puesto cara de incredulidad al enterarse de los últimos acontecimientos. Blanche sabía que se trataba de un sueño, pero, al fin y al cabo, ¿no se basaba en eso la esperanza?, ¿en desear lo imposible?

Insistió en arrastrar ella sola el cuerpo de Quentin, pero Cédric se negó. Cada vez se desenvolvía con más seguridad. Eso la entristeció todavía más. Tenía la desagradable sensación de estar pervirtiendo un alma pura. Nunca había imaginado que tendría que desempeñar ese papel. Adrian lo había hecho con ella, pero solo porque lo había obligado. El anciano tardó mucho en contarle cómo se ganaba la vida. Hasta los veinticuatro años, Blanche pensaba que trabajaba para una empresa de productos de limpieza. Era lo que siempre había dicho. Hasta que se mudó a su propio apartamento no se dio cuenta de que le había mentido. Le pidió que la avalase, y Adrian le confesó que no tenía nómina. Esperó a que le diera alguna explicación, pero él solo respondió con evasivas. Entonces empezó el pulso. Lo hostigó sin descanso para que le contase cuál era su verdadero oficio. Incluso lo amenazó con cortar toda relación con él si no compartía su secreto. Adrian acabó por confesar; para él fue como traicionar sus principios mientras que para Blanche fue un motivo más de admiración. Decidió enseguida que se dedicaría a lo mismo.

Blanche se había instalado en el despacho de Adrian. Cédric exploraba el jardín antes de que oscureciese en busca de alguna zona de tierra removida. Había sido idea suya y Blanche esperaba con todo su ser que no encontrase nada.

La organización de Adrian era muy particular. Blanche ya se lo había señalado, pero el viejo tenía sus costumbres y aseguraba que así se aclaraba mejor. Adrian no clasificaba las cosas por temática, sino por cronología. Todos los documentos que recibía a lo largo del año estaban agrupados en una caja de cartón. Los iba apilando uno encima de otro, de manera que una receta médica podía encontrarse entre un extracto bancario y la factura de la luz. «Tómatelo como si fuera el diario de a bordo de un hombre ordenado −le había dicho con una pizca de nostalgia−. Me basta con una ojeada para rememorar mi vida, año tras año.» Blanche comprendió que echaba de menos el pasado, la época en la que no tenía que rendirle cuentas a nadie, especialmente a ella.

Ese recuerdo le infundió nuevas dudas. ¿Cómo podía haber cuestionado la lealtad de Adrian en tan poco tiempo? Había cuidado de ella a pesar de que no tenía ninguna obligación. Blanche tenía diecinueve años. Habría podido abandonarla sin que nadie se lo reprochase. Catherine Barjac había rechazado cualquier compromiso, entre ellos y con respecto a Blanche. Adrian estaba en su derecho de recuperar su libertad. En vez de eso, renunció a su piso de entonces para darle un hogar, le pagó los estudios y el carnet de conducir, la alimentó, la cuidó y la educó. Demostró tener una paciencia infinita. Blanche no había sido la hijastra más amable del mundo, pero Adrian había soportado su malhumor sin pestañear.

El anillo era un elemento incriminatorio, cierto, pero ¿no merecía Adrian la oportunidad de explicarse? En cuanto a las citas que había solicitado con sus clientes, ¿habría pretendido protegerla apartándola de la profesión? Blanche reparó de pronto en que una de sus manos se abría y cerraba sin que ella recordase haberle dado la orden. Continuó el ejercicio conscientemente, concentrándose en controlar cada movimiento como solía indicarle Adrian. Había llegado el momento de demostrarle que todo su cuidado no había sido en vano.

Cuando Cédric la llamó por primera vez, Blanche no lo oyó. Después de la batería de ejercicios se había tomado un momento para la relajación. Era de lejos lo que más le costaba. Tenía que dejar la mente en blanco y acompasar el ritmo de la respiración. En vista de los últimos acontecimientos, conseguirlo era una tortura.

Cuando al fin escuchó la voz de Cédric a lo lejos, estuvo a punto de darle las gracias. Pero al verlo entrar en el despacho con el rostro descompuesto y una pala en la mano, le entraron ganas de llorar.

35

Cédric no había tenido valor para continuar. Había encontrado un montículo de tierra en el jardín cuyas dimensiones solo podían indicar una cosa. Le entregó la pala a Blanche, que la cogió con manos temblorosas. No podía impedir que se fuera. Cualquier otro hombre se habría largado mucho antes.

Como no sabía a qué profundidad estaba enterrado el cuerpo, Blanche rascó la tierra en lugar de cavar. Temía el momento en que la herramienta topara con un obstáculo. Se había levantado viento, pero no era lo bastante fuerte para disipar por completo el hedor que emanaba del túmulo improvisado. Al primer golpe sordo, Blanche tiró la pala. Se arrodilló y empezó a apartar la tierra con las manos. La presencia de Cédric le impedía derrumbarse. Iba enumerando los estados norteamericanos en voz baja y le conmovió oír que Cédric los repetía con ella. Sin embargo, Blanche no pudo contener por más tiempo las lágrimas cuando sus dedos encontraron una mano. Una mano que era un muñón con solo un pulgar levantado.

—No es él —consiguió decir entre sollozos—. No es Adrian.

Cédric intentó sonreír, pero estaba lejos de compartir el alivio que sentía Blanche. Se trataba del segundo cadáver que veía en menos de veinticuatro horas, y no estaba tan acostumbrado como para no preocuparse por su identidad.

—Es la víctima del Sabueso, ¿no?

Blanche lo confirmó asintiendo con la cabeza.

—Supongo que no lo podemos dejar aquí.

—No te preocupes. Yo me encargo.

—A este ritmo te convendría tener tu propia fosa común.

—¡No es culpa mía! —se defendió Blanche herida por ese reproche apenas velado.

—Lo siento —dijo Cédric sin mucha convicción—. Me cuesta habituarme.

—Puedo pedirte un taxi si quieres. No tienes por qué quedarte. Lo entiendo, de verdad.

Blanche creyó ver un atisbo de duda en su mirada y esperó con el corazón en un puño a que tomase una decisión. Cuando él se ofreció a preparar un té, dio un brinco y lo abrazó sin reparos.

Blanche cubrió de tierra el muñón mientras decidía qué hacer con los dos cadáveres. El congelador no era lo suficientemente grande para albergar a Quentin y al sexagenario a la vez. Volvió al despacho de Adrian y dejó a Cédric rebuscando en los armarios. Se suponía que la avisaría si encontraba algo que se saliera de lo común.

Blanche pasó revista al ejercicio del último año. Iba retrocediendo en el tiempo, un documento detrás de otro, y descubriendo ciertos aspectos de la vida de Adrian que nunca habría imaginado. Donaba dinero a organizaciones benéficas. Blanche no las conocía. Una de ellas recogía donativos para un orfanato del norte de Francia, otra asesoraba jurídicamente a los detenidos en situación vulnerable. Al parecer, Adrian también participaba en un programa de reinserción. A Blanche le sorprendió no haber oído hablar nunca de todo eso. Ni siquiera sabía que esas causas fueran importantes para él. Aparte de su salud y el descubrimiento de nuevos productos de limpieza, la verdad era que tenían pocos temas de conversación. Evitaban hablar de política, sus ideales eran diferentes y la discusión podía acabar en enfado fácilmente. Por lo general, los temas de actualidad les ocupaban unos minutos, poco más. A veces Adrian le preguntaba si salía con alguien, pero Blanche no se sentía cómoda hablando de esos asuntos con él. Es más, ni siquiera tenía nada que decir al respecto.

Vio que en octubre Adrian se había hecho una colonoscopia. No tenía nada de extraño, pero le habría gustado que se lo comentase. ¿Era una simple revisión? Le apenó constatar que su padrastro había decidido vivir esa etapa solo. Aunque quizá no lo estuviera. Esperaba sinceramente que Adrian tuviese a alguien en su vida. Una mujer con la que contar, o incluso un amigo. Los papeles que conservaba no podían confirmárselo, pero Blanche quiso creerlo con todas sus fuerzas.

Otro documento le llamó la atención. Estaba fechado en septiembre. Era una carta escrita a mano, en italiano. Blanche no entendía ese idioma, pero le pareció leer algo sobre cien mil euros. Introdujo la frase en cuestión en el navegador de su móvil y aguardó tres segundos a que el buscador le ofreciera una traducción. Se le heló la sangre. La persona que había escrito a Adrian quería recordarle que, teniendo en cuenta los intereses, su deuda se había duplicado. Firmaba la carta un tal Enzo Ortini. Blanche no había oído ese nombre en su vida. Tradujo a toda prisa la siguiente frase. Adrian tenía hasta finales de año para saldarla. Eso significaba que solo le quedaba un mes hasta la fecha límite. Intentó averiguar cuáles serían las consecuencias si no pagaba a tiempo, pero el remitente no se había molestado en escribirlo. Adrian ya debía de saberlo.

¿Cómo podía deber una suma tan elevada? Era un misterio. Blanche siempre lo había considerado una persona prudente en cuestión de dinero. Llevaba las cuentas diariamente y no era derrochador. Siempre se había negado a pedir préstamos. De hecho, lo proclamaba con orgullo. Los años de juventud le habían dejado un sabor amargo. Las deudas de juego le habían costado su libertad. Sin embargo, Blanche temía que se hubiese visto arrastrado por viejos demonios.

¿Esa carta bastaba para explicar el comportamiento de su padrastro? No lo sabía y no quería sacar conclusiones precipitadas. Prefirió seguir buscando información sobre el famoso Enzo. Una deuda así no se contrae de la noche a la mañana. Debía de haber ido creciendo durante semanas, incluso meses. Había que remontarse hasta el origen del mal.

36

Blanche había llegado hasta el mes de enero y estaba a punto de abandonar la búsqueda. Había abierto la carpeta del año anterior sin muchas esperanzas, pero al final no necesitó ir demasiado lejos. La deuda se remontaba a un año atrás, en concreto se había contraído en el mes de septiembre. El acreedor de Adrian no había considerado necesario presionarlo durante ese tiempo. Blanche sabía que la traducción que había obtenido era aproximada, pero había podido entender lo esencial. Enzo Ortini aceptaba ayudar a Adrian por los viejos tiempos. Esas eran sus palabras. Blanche supuso que se referiría a la época en que Adrian todavía se relacionaba con la comunidad italiana de inmigrantes del norte de Francia.

Su padrastro rara vez hablaba de aquel tiempo, y sus relatos variaban en función de su estado de ánimo. A veces recordaba con nostalgia sus años de juventud, haciendo hincapié en la solidaridad que unía a aquellos hombres y mujeres a los que la crisis económica de la posguerra había dejado sin raíces. Evocaba aquellas noches que comenzaban bailando tarantelas antes de cenar para terminar todos cantando *Le chant des partisans* con voz temblorosa. Aquellos paréntesis les recordaban quiénes eran. Sin embargo, era un arma de doble filo.

Cuando Adrian estaba en forma no había ni rastro de añoranza. Su discurso era completamente distinto. Lleno de rencor y de amargura. Les reprochaba a los suyos que no hubiesen sabido mejorar su situación. Campesinos pobres al abandonar Italia, la mayoría habían aceptado hundirse en las entrañas de una tierra que no era la suya para calentar los hogares de aquellos que los rechazaban. Ellos lo llamaban integración, Adrian lo llamaba abdicación.

Adrian tendría que haber estado entre la espada y la pared para acudir a uno de ellos. Blanche intentó recordar si había ocurrido algo en ese periodo que pudiera justificar el endeudamiento. Adrian había comprado la casa dos años antes. Había hecho algunas reformas, pero siempre dio la impresión de tener el presupuesto bajo control. Aparte de esos gastos, Blanche no podía imaginar nada que pudiera costar cien mil euros. Adrian conducía el mismo coche desde hacía diez años, no renovaba a menudo su guardarropa, y Blanche no le había pedido apoyo económico desde la creación de RécureNet & Associés. ¿Acaso había necesitado el dinero para una tercera persona? A Blanche le costaba creerlo. Adrian nunca habría contraído una deuda tan grande por otra persona. El juego seguía pareciendo la explicación más plausible. Puede que la jubilación y el hecho de vivir en una casa tan aislada hubiesen reavivado el antiguo vicio.

Por más que indagó, Blanche no halló ni rastro de un gasto desmedido entre sus documentos, ni pagos regulares a alguna entidad sin identificar. Seguramente le habían entregado el dinero en efectivo y lo había gastado de la misma manera. Si lo había depositado en alguna cuenta, no constaba. Blanche imaginó un cuaderno negro, escondido bajo del colchón y lleno de garabatos ilegibles. Quizá Cédric, que seguía en el piso de arriba, acabara encontrándolo.

Siguió escarbando entre los archivos hasta retroceder dos años más en el tiempo, pero al final tuvo que darse por vencida. Volvió a poner las cajas y las carpetas en su lugar, y entonces se arrepintió de haberse inmiscuido en la vida privada de su padrastro. Lo que había encontrado no había supuesto un gran avance. Solo le había robado unos cuantos secretos.

Encontró a Cédric en la habitación de Adrian, subido a una silla. Estiraba el cuerpo, con un brazo enterrado en el altillo del armario.

—Hay una caja de zapatos al fondo —jadeó—. Tu padrastro no debía de querer que la encontraran. Ni siquiera sé cómo ha podido empujarla hasta allí.

—A lo mejor con esto —respondió divertida Blanche señalando una pequeña escalera plegable.

Cédric se volvió hacia el objeto apoyado contra la pared y lo miró como si lo viera por primera vez. Hizo un gesto a Blanche entrecerrando los ojos y se abstuvo de hacer comentarios. Treinta segundos después sostenía la caja de cartón entre las manos. La ausencia de polvo indicaba que no llevaba demasiado tiempo allí o que Adrian la sacaba de su escondrijo a menudo.

Blanche se sentó en la cama deshecha para abrirla. Se le llenaron los ojos de lágrimas al descubrir, en primer lugar, un retrato de su madre. Catherine Barjac miraba a la cámara con su mejor sonrisa, la que dedicaba a la gente que quería. Blanche calculó que la fotografía sería de dos o tres años antes de su muerte. La sacó de la caja con delicadeza y la puso a un lado para no estropearla. Siguió emocionándose al descubrir las demás fotografías. Adrian había conservado un gran número de imágenes de su pasado juntos. Blanche creía haberlas destruido todas. Le alegró que no fuera así.

Sonrió al ver los atuendos tan ridículos que se ponía de adolescente. El *grunge* era tendencia en esa época, para desesperación de los padres. Por suerte, Adrian no había guardado ningún recuerdo de su época gótica. Menos mal que había durado poco, lo mismo que su idilio con un chico de veinte años. Blanche ligaba mucho a los dieciséis, se encaprichaba con todos los rebeldes que se cruzaban en su camino, pero se hartaba en cuanto mostraban señales de apego. Adrian se preocupaba, su madre se reía.

Continuó revolviendo hasta encontrar fotografías en blanco y negro. Creyó reconocer a Adrian en una de ellas. Era un joven musculoso de pelo negro. Estaba en bañador, en la playa, rodeado de lo que dedujo que serían sus padres, hermanos y hermanas. Todos sonreían. Blanche no sabía dónde se había tomado esa fotografía, pero la gran extensión de arena le hacía pensar en las enormes playas del norte. Adrian debía de tener quince años. Ella siempre había querido saber más de la familia Albertini, pero enseguida comprendió que era una pérdida de tiempo. Adrian nunca le había mostrado esa imagen.

La mayoría de las fotos tenían dobleces y amarilleaban. En otras los colores empezaban a desdibujarse. Algunas databan de los años setenta. Los cortes de pelo y la ropa no dejaban lugar a dudas. Blanche calculó que por entonces Adrian debía de rondar los treinta. Aquel periodo correspondía a sus inicios como limpiador. Una imagen le llamó especialmente la atención. Adrian estaba de pie, detrás de tres hombres sentados a una mesa. Parecía una escena de *Uno de los nuestros*. Los tres desconocidos llevaban la camisa desabrochada hasta la mitad del pecho. Llevaban cadenas de oro al cuello y sortijas en los dedos. Uno de ellos exhibía un sello en el meñique y Blanche no pudo evitar pensar en la última secuencia de *El padrino*. Adrian le había dicho una vez que aquellas películas exageraban, que nadie le besaba el anillo a nadie. Lo decía con tanta seguridad que Blanche supuso que sabía de lo que hablaba. Le preguntó entonces si había trabajado para la mafia, y él respondió que eso no existía en Francia. Blanche no se lo creyó, pero ahí se quedó la conversación. No había anotaciones en ninguna fotografía, así que le sorprendió que aquella sí tuviera una. Indicaba que la foto se había hecho en 1975, con ocasión del cumpleaños de Enzo. Blanche volvió a mirar a los tres personajes, preguntándose cuál de ellos sería el prestamista de Adrian, porque no cabía duda de que se trataba de la misma persona.

Trató de proceder por eliminación.

El hombre del sello debía de ser el capo. Era el mayor y todo en su postura indicaba que era el que tomaba las decisiones. Posiblemente sería el jefe de Adrian, y sin duda ya habría muerto.

El tipo del centro era bastante más joven. Sonreía con todos los dientes y levantaba un vaso en dirección a la cámara. Tenía los ojos medio cerrados y las mejillas sonrosadas. Esa copa no debía de ser la primera que se tomaba. Blanche observó de cerca sus facciones. Había cierta semejanza con las del capo. Quizá se tratara de su hijo.

El tercer hombre, a la izquierda, estaba un poco apartado del grupo, como si estuviese haciendo acto de presencia sin realmente disfrutar de la velada. Su sonrisa era más fría. Un poco forzada. Tenía un lunar abultado cerca del ojo que le confería un falso aire a Robert De Niro.

A Blanche le bastó para decidirse. El hombre del centro tenía que ser el famoso Enzo. La fiesta era en su honor, estaba segura. Y si se trataba del hijo del jefe, era posible que hubiera heredado el negocio de su padre. Por el momento no era más que una suposición, pero tenía sentido. Ahora solo faltaba saber por qué Adrian había recurrido a él para pedir tanto dinero. Lo había dado todo por salir de ese mundo, le había llevado años recuperar su libertad.

Blanche no tenía la respuesta a esa pregunta, pero ahora estaba convencida de una cosa: Adrian había atravesado una situación desesperada y ella no se había enterado.

37

Hacía horas que era de noche y Blanche no podía esperar más para deshacerse de los cuerpos. La casa había desvelado ya todos sus secretos. Era inútil quedarse allí. El cadáver de Quentin estaba en bastante buen estado a pesar de las circunstancias. Blanche sabía que no sería el caso del cuerpo enterrado. En parte se sentía aliviada de que el Sabueso no la hubiese llamado. No habría sido capaz de mentirle, y sin duda no le habría gustado la manera en que había tratado a su última víctima. El Sabueso admiraba el trabajo bien hecho. Blanche, también, hasta la fecha. Al menos nunca había perdido el control de la situación hasta ese punto.

Revisó las secciones necrológicas de las publicaciones locales en internet. Escogió un entierro que tendría lugar al día siguiente, a las ocho de la mañana, a unos cincuenta kilómetros de allí. Blanche era consciente de su suerte. El anuncio precisaba que el señor y la señora Clarton serían enterrados juntos, según sus deseos. Blanche no los conocía, y se preguntaba cómo los dos nonagenarios habían logrado la proeza de morir al mismo tiempo.

Quedaba por saber si ya se habrían cavado los hoyos. Normalmente ese era el procedimiento habitual en los entierros que se hacían a primera hora. En otras circunstancias

Blanche se habría acercado al cementerio para comprobarlo, pero Cédric parecía cansado y no se atrevía a pedirle que la acompañara. Por tanto, correría el riesgo. Si la tumba no estaba lista, se quedaría plantada con dos cuerpos en su furgoneta, uno de ellos en avanzado estado de descomposición. Y dar media vuelta sería más arriesgado. Idealmente necesitaría un plan B, pero no tenía ninguno. Sin embargo, si la suerte estaba de su lado, y de momento parecía que sí, solo tendría que cavar un poco más para hacer la doble tumba más profunda, meter los dos cuerpos y cubrirlos con una capa de tierra. El señor y la señora Clarton no pondrían trabas a esa convivencia forzada.

Blanche buscaría el modo de informar a los padres de Quentin para que no esperasen a su hijo indefinidamente. Era una cuestión de honor.

El espacio que había habilitado Blanche en su furgoneta era demasiado estrecho para albergar dos cadáveres. Decidieron que Quentin iría detrás del todo, tapado con una lona. Anticipándose a la descongelación del cuerpo, Blanche había colocado unos cuantos paños en el suelo. No quería ir dejando un reguero de agua que pudiera llamar la atención.

Aceptó de mala gana la ayuda de Cédric, que se ofreció a desenterrar a la víctima del Sabueso. Blanche se lo pensó un rato, pero acabó admitiendo que estaba al límite de sus fuerzas. Aprovechó ese descanso para localizar las entradas del cementerio y hacerse con un plano. Tendrían que actuar rápido. Probablemente habría algún guarda encargado de vigilar a los muertos y sus tiestos de crisantemos. La civilización podía tolerar ciertas atrocidades, pero nunca la falta de respeto a los difuntos convertidos en polvo.

Cuando Cédric terminó de retirar la tierra que cubría el cadáver, llamó a Blanche para que acercase el vehículo lo máximo posible. Ella dio marcha atrás, realizó una maniobra para esquivar el parterre de tulipanes (mejor dicho, la hilera de bulbos que Adrian esperaba ver florecer un día) y se dejó guiar por Cédric hasta que las puertas quedaron a treinta centímetros de distancia. El haz rojo de las luces de freno intensificaba la macabra atmósfera que reinaba en el jardín. Blanche tuvo la sensación de ser la heroína de una película de terror de serie B. Y si Cédric era el héroe, era probable que solo uno saliera ileso de la historia. Los argumentos variaban, pero el final siempre era el mismo. «Pero ¡no estás en una película!», se regañó a sí misma antes de abrir la puerta de la furgoneta.

A pesar del frío, Cédric se había quitado el abrigo y tenía gotas de sudor en la frente. Blanche no conseguía saber lo que estaba pensando. No sonreía, pero tampoco parecía disgustado. Sabía que le había dado unas cuantas caladas a un porro antes de ponerse manos a la obra. Ella se había tomado dos pastillas. Cada uno tiraba de su remedio.

Blanche había encendido un foco portátil para que pudiera trabajar de noche. Ya había desenterrado el cuerpo por completo y se disponía a agacharse para cogerlo por los pies. Blanche quería que le hablase, que no actuase como si la tarea fuese de repente parte de su vida normal. Habría preferido que se rebelara, que la insultase, que le dijera que se las arreglase sola. Cualquier cosa antes que ignorarla.

Se tragó su frustración y se agachó también, pero se detuvo en seco. Algo no encajaba, y Blanche estaba demasiado perturbada para descifrar lo que su cerebro ya había percibido. Le hizo un gesto a Cédric para que soltase los pies y se irguió.

—¿Qué pasa?

Blanche conocía la respuesta, pero no encontraba las palabras adecuadas para formularla.

—Blanche, ¿me dices qué pasa o tengo que adivinarlo?

—Esa no es la víctima del Sabueso —dijo fríamente.

—¿Cómo que no? Dijiste que...

—Ya sé lo que dije, pero ¡me he equivocado!

—¿Cómo es posible?, ¿me lo puedes explicar?

Ya no había ni rastro de dulzura en su voz.

—Me sentí tan aliviada al ver que no era Adrian que no lo comprobé.

—¡No lo comprobaste! —repitió Cédric separando cada sílaba.

—¡La víctima del Sabueso solo tenía un pulgar! —replicó defendiéndose—. ¿Cómo iba a imaginar que le habían hecho lo mismo a otro cadáver?

Cédric no se molestó en responder. Sacó lo que quedaba de su porro, lo encendió y le dio una larga calada.

—¿Sabes quién es, al menos? —dijo soltando todo el humo que contenían sus pulmones.

—¡Ni idea!

—¡Vamos de mal en peor!

Blanche reprimió las ganas de gritarle que estaba tan perdida como él, que no había deseado esa situación y que esas personas no habían muerto por su culpa. No dijo nada porque una vocecita le recordó que había sido ella quien le había pedido ayuda y le había sacado de su apartamento, donde Cédric podría estar ahora tranquilamente, a salvo del frío, bebiendo té y cultivando sus plantas.

El foco iluminaba la zona, pero su baja potencia no permitía ver el cuerpo con detalle. Blanche cogió la linterna y lo examinó minuciosamente. El hombre llevaba zapatos de piel, un pantalón de franela y una americana debajo de un chaquetón de lana.

—¿Qué buscas?

—No lo sé. Algo que nos ayude a identificarlo.

Hurgó en todos los bolsillos, pero no encontró ningún documento oficial, ni siquiera un pedazo de papel. Sin embargo, halló un móvil en el bolsillo interior de la americana.

—¿Puedes mirar la lista de contactos mientras continúo con esto?

Blanche había puesto su voz más dulce y Cédric cogió el teléfono. Ella se detuvo en el rostro. El desconocido, que debía de tener más o menos la edad de Adrian, llevaba una barba entrecana bien recortada. Blanche estaba segura de no haberse cruzado nunca con ese hombre, pero un detalle le llamó la atención. Una pequeña peculiaridad que sí recordaba.

38

Blanche volvió a entrar en la casa y Cédric fue tras ella. No le había dicho nada. Necesitaba verificar una cosa antes de empezar a plantearse cualquier hipótesis. Desplegó la escalera, se encaramó en el primer peldaño y se contorsionó para alcanzar la caja de zapatos que había vuelto a dejar en lo alto del armario. Fue pasando las fotos una a una hasta dar con la que le interesaba. Cédric se había quedado en el umbral de la puerta y esperaba pacientemente a que se dignase a explicarse.

—No sé quién es ese hombre —le dijo ella a modo de introducción—, pero te aseguro que Adrian lo conocía desde hace mucho tiempo.

Le tendió la fotografía al tiempo que señalaba con el dedo al tipo de la izquierda.

—¿Ves el lunar al lado del ojo? El cadáver del jardín tiene uno exactamente igual. A juzgar por su edad en esta foto, y la de Adrian, podría tratarse de la misma persona.

—Pero ¡no lo sabes!

—Mi instinto me dice que es la misma persona. En aquella época no llevaba barba y tenía cuarenta años menos aproximadamente, pero estoy segura de que tengo razón.

El hombre se encontraba a la izquierda de Enzo y era el único que Blanche no había podido identificar. Estaba sentado a la mesa del capo, no como Adrian, que se mantenía de pie y detrás. Sus rasgos no se parecían en absoluto a los del padre y el hijo. Tenía que ser alguien importante.

El descubrimiento, en todo caso, no aportaba demasiadas respuestas. Desconocían la identidad de hombre y aún más por qué lo habían enterrado.

—¿Has averiguado algo en el móvil? —preguntó Blanche, todavía con la vista fija en la foto.

—No. El tío tenía contraseña. No he podido acceder.

—¿No hay manera de descifrarla?

—Cuantas veces tengo que repetirte que...

—Ya lo sé —lo cortó—, ¡no eres un hacker! Pero ¿qué hace la gente cuando se le olvida la contraseña?

—¿A la una de la madrugada? ¡Lo apagan y se van a dormir!

Blanche notaba su exasperación, pero no quería darle demasiada importancia. Ya se encararía con él en otro momento.

—Siempre podemos llamar a emergencias —añadió Cédric en un tono más conciliador.

Ella lo miró sin comprender.

—Aunque el móvil esté bloqueado, siempre se puede llamar a emergencias. Si nos camelamos a la operadora igual conseguimos que nos diga desde qué número la estamos llamando.

—Pero ni siquiera estamos seguros de poder rastrear el número, ¿no?

—No, no tenemos ninguna garantía.

—Entonces preferiría evitar decirle a quien sea que tenemos el teléfono de un hombre que acabamos de desenterrar en nuestro jardín.

—¡Tiene sentido! —dijo. La media sonrisa que se dibujaba en su rostro equivalía a una reconciliación.

Justo cuando se veían de nuevo en un callejón sin salida, el móvil emitió una débil vibración. Cédric estuvo a punto de dejarlo caer, le llevó unos segundos comprender que no era el cadáver quien los llamaba desde el más allá. Blanche volvió a acordarse de su película de serie B y no pudo evitar soltar una carcajada. El susto se convirtió en un ataque de risa al que, contra todo pronóstico, Cédric se sumó. Tardaron un par de minutos en calmarse para poder leer el mensaje que había aparecido.

El cadáver había recibido un correo electrónico. Solo se podía ver el inicio, y Cédric sabía que no podía abrirlo. En cuanto intentara hacerlo, el aparato le pediría la contraseña y la ventana emergente desaparecería definitivamente. Informó de ello a Blanche mientras le devolvía el móvil.

Blanche nunca había sentido tanta frustración. No poder leer la continuación del mensaje era una verdadera tortura. El inicio ofrecía multitud de interpretaciones: «Sigo esperando noticias suyas. ¿Adrian está...».

¿Adrian estaba qué? ¿Muerto? ¿Con usted? ¿De vuelta? El ataque de risa de Blanche se había disipado hacía rato.

—¡Concéntrate en la dirección! —intervino Cédric, que la observaba de cerca—. ¿La has visto antes?

Blanche hizo lo que le pedía, pero la combinación alfanumérica de la cuenta del remitente no le sonaba de nada. Para asegurarse, hizo una búsqueda rápida en su propia lista de contactos e incluso fue a buscar su ordenador, que estaba en la furgoneta. No encontró ninguna coincidencia en su base de datos.

Pensar que con solo abrir el mensaje podría saber lo que le había ocurrido a Adrian la empujó a profundizar la búsqueda. Consultó la página web del fabricante del móvil, echó un vistazo a los artículos especializados y se aventuró a entrar en algunos foros. Por una vez, todos estaban de acuerdo en una cosa: si quería descifrar la contraseña, la información que contenía el dispositivo era el precio a pagar. Si lo probaba, perdería el correo y cualquier dato que hubiera en el móvil. Apenas podía contener la rabia.

Blanche volvió una vez más a la fotografía. La respuesta al enigma debía de estar ahí. Lo sentía. Necesitaba concentrarse. Cerró los ojos e intentó recordar lo que le había contado Adrian. Hablaba poco de su pasado, pero a veces lo hacía. Había evocado esa parte de su vida en más de una ocasión. No esa fiesta en particular, pero sí los años en que había tenido que trabajar para aquellos hombres. Principalmente para su jefe, pero también para otros. Blanche no recordaba que Adrian hubiese mencionado nunca el nombre de su jefe. Ni una sola vez. Hablaba de él con respeto y cierto temor. Quizá por eso ella lo había bautizado instintivamente como el capo. Adrian guardaba un mal sabor de boca de aquellos años porque lo habían reclutado a la fuerza. Porque había querido ser libre y no lo había conseguido. Aun así, admitía que había sido un tiempo fastuoso en el que nunca faltaba dinero, champán ni mujeres. Y sobre todo reconocía que le había permitido descubrir una profesión que no dejó jamás.

¡Los comienzos de Adrian como limpiador! Una idea acababa de abrirse paso en la mente de Blanche. No tenía nada de descabellado. La época, la edad, el lugar. Todo encajaba. En cualquier caso, valía la pena probar. Abrió de nuevo el ordenador y redactó un correo escueto. No lo envió a la dirección del remitente que acababa de ver, sino a otra que conocía de memoria y a la que temía. El contenido del mensaje era inofensivo. Blanche necesitaba comprobar si su presentimiento era cierto. No obstante, tenía que cubrirse las espaldas. Si se equivocaba, ese correo no debía perjudicarla. Se conformó con escribir tres palabras y se abstuvo de firmar.

Cuando las tres palabras aparecieron en el móvil del desconocido, Blanche cerró los ojos y respiró profundamente.

39

«¿Dónde está usted?», se había limitado a escribir Blanche al Sabueso. La pregunta no carecía de sentido. Hacía veinticuatro horas que esperaba una respuesta suya. Ahora entendía su silencio.

Blanche no tenía idea de cómo había acabado el Sabueso a dos metros bajo tierra en el jardín de Adrian. Tendría que examinar el cuerpo más de cerca. Aunque no era forense, estaba orgullosa de haber adquirido cierta experiencia con la práctica, e internet le había proporcionado las nociones que le faltaban. Si conseguía determinar la hora de la muerte, tal vez podría establecer algo parecido a una cronología. ¿Habría llegado a recibir su mensaje el Sabueso?

Cédric tenía la respuesta a esa pregunta. En el móvil no figuraba ningún mensaje emergente la primera vez que lo examinó. Los dos últimos correos eran los primeros que había recibido el hombre tras su muerte. No lo habían llamado ni le habían enviado mensajes.

¿Lo había matado Adrian? En realidad, era lo único que le interesaba saber. Le costaba imaginarlo, pero no por ello debía descartar esa posibilidad. El cadáver del Sabueso estaba en su jardín. Los dos hombres se conocían. Blanche, en cambio, no había visto nunca al sicario. Siempre habían mantenido contacto virtualmente. Adrian le había propuesto en una ocasión organizar un encuentro, pero a ella no le pareció necesario. El Sabueso la fascinaba y le gustaba imaginárselo a su manera. Había fantaseado a menudo sobre su apariencia, le había atribuido una silueta, unos andares e incluso una vida. Adrian solía decir que era un tipo elegante, y ella se imaginaba una especie de Vittorio Gassman. Ahora no podía decir que el parecido fuese notable, pero habría que haberlos visto en igualdad de condiciones. Al fin y al cabo, el actor italiano contaba con la ventaja de la gran pantalla y el amparo de los focos.

Blanche no conocía a los clientes del Sabueso. Sabía que era autónomo y no tenía la menor idea de quién lo contrataba. Era posible que trabajase para una única persona. El nombre de Enzo Ortini le vino automáticamente a la mente. Si Adrian no había cortado lazos con su pasado, quizá el Sabueso tampoco. Blanche intentaba atar cabos de manera instintiva, dibujar un escenario a fuerza de suposiciones.

Buscó la aprobación de Cédric, pero estaba tan perdido como ella. No obstante, accedió a intentarlo.

—¿No crees que se tutearían después de tanto tiempo?

—¿Quiénes?

—Enzo y el Sabueso.

Cédric leyó la incomprensión en el rostro de Blanche y se explicó.

—El mensaje decía: «Sigo esperando noticias suyas». ¿No te parece que si fuese Enzo tutearía al Sabueso?

—Seguramente. Pero luego hablaba de Adrian. Quizá se dirigía a los dos.

—¿Tú crees? Tienes el móvil de tu padrastro desde hace veinticuatro horas y no ha recibido ningún mensaje. Si Enzo estuviese tan impaciente por recibir noticias, habría intentado contactar también con él, ¿no?

Blanche sabía que tenía razón, pero esa suposición los abocaba a una alternativa aún más rebuscada.

—¿Crees que el Sabueso vino hasta aquí para matar a Adrian?

—Yo no he dicho eso —contestó Cédric sorprendido por la precipitada conclusión a la que ella acababa de llegar.

—Pero ¡tendría lógica! Al cliente le preocupa saber si el encargo se ha cumplido.

—Si es así, ¡deberías estar contenta! Eso significa que Adrian sigue vivo.

—¿Por qué no me llama entonces?

—No lo sé. Tienes su móvil. A lo mejor no ha encontrado manera de comunicarse. Igual está huyendo e intenta ser discreto.

Blanche sabía que su padrastro era lo suficientemente inteligente para dejarle una señal, por cualquier vía.

—¡El anillo! —dijo chasqueando lo dedos—. ¡Fue Adrian quien lo puso en mi nevera!

—¿Para qué?

—¡Era un mensaje! Sabía que volvería aquí a buscarlo. ¡Por eso estaba manchado de tierra!

Blanche hablaba alterada. Vio la mirada que le dirigía Cédric.

—Tranquilo, ¡estoy bien! —dijo un poco molesta.

Cédric esperó a que se calmase antes de continuar.

—No me gusta hacer de abogado del diablo, pero he visto mensajes mejores. He de decir que lo del anillo no juega a su favor.

—Quizá fue la manera más discreta que se le ocurrió. Supongo que pensó que me explicaría la inscripción a su debido tiempo.

–¿Y fue él quien volvió a colocar el cuerpo de Quentin en tu salón?

Los centelleantes ojos de Blanche se apagaron de repente. Cédric tenía razón. Adrian nunca le haría eso. Aunque todavía quedaba una explicación posible.

–A menos que el cuerpo nunca se hubiera movido –dijo sin atreverse a mirarlo.

–No te entiendo.

–¡Llevaba veinticuatro horas sin dormir!

–¿Por qué gritas? ¿De qué estás hablando?

Blanche luchaba por contener las lágrimas. Era demasiado tarde para dar marcha atrás.

–No estoy segura de si moví el cuerpo de verdad o lo soñé.

Se esperaba un arrebato por parte de Cédric, pero este midió sus palabras.

–¿Ya te ha pasado antes?

–No lo creo. Es difícil saberlo. Pero últimamente Adrian estaba bastante preocupado por mi salud.

–Y ¿no habéis hablado de eso?

–Él lo ha intentado. A su manera.

Cédric asintió con la cabeza despacio. No tenía intención de profundizar en el tema.

–Bien, recapitulemos –dijo con calma–. Entonces Adrian huyó porque sintió que estaba en peligro. El pañuelo de tu madre, el mechón de pelo y los dedos del cadáver, todos esos mensajes iban destinados a él. Por algún motivo que desconocemos, prefiere no decirte nada. Lo deja todo tal cual y corre a esconderse. Y cuando tú indagas un poco te encuentras el cuerpo de Quentin... Te diré que de momento no sé qué pinta él en todo esto, pero sigamos. Adrian vuelve aquí y mata a la persona que ha venido a liquidarlo. Lo entierra, se ensucia el anillo de paso, y le corta los dedos al Sabueso. Deja las pistas en tu nevera con la esperanza de que te guíen hasta él. ¿Voy bien?

Blanche se había quedado boquiabierta. Cédric no solo había resumido todos sus pensamientos, sino que los había puesto en orden.

—Tienes razón en una cosa —se limitó a responder—. La muerte de Quentin no encaja. Nada de lo que tiene que ver con él, de hecho. Ese chico pensaba que estaba haciendo un encargo para mí.

—¿Y estás segura de que no es así? Quiero decir... —Cédric parecía buscar las palabras adecuadas.

—¿Quieres decir que igual lo he metido yo en el lío y no me acuerdo?

Cédric asintió avergonzado.

—Me encantaría decirte que es imposible, pero francamente no lo sé.

—Hay otra posibilidad. Reconozco que no es plato de buen gusto, pero podríamos considerarla.

—Te escucho.

—Puede que Adrian creyera que Quentin iba a por ti. Lo vio llegar a tu casa en plena noche y prefirió matarlo antes de que fuera demasiado tarde.

—Si Adrian hubiese estado en mi escalera, habría venido a verme —respondió Blanche con seguridad.

—A no ser que pensase que alguien estaba vigilando tu piso.

Entonces se acordó de la silueta que le había parecido distinguir debajo de su casa aquella noche.

40

Blanche no era tan ingenua como para creer que por fin había descubierto todos los entresijos. Era plenamente consciente de que estaba interpretando los hechos en función de sus deseos. Prefería que Adrian estuviese en peligro antes que atribuirle el papel de malhechor. Puede que la hipótesis que acababan de plantear Cédric y ella se aproximase a la realidad, pero todavía quedaban demasiados cabos sueltos para darse por satisfechos.

Quentin era el ejemplo perfecto. A diferencia del Sabueso, Adrian no era un asesino. Nunca habría degollado a un hombre por una suposición. Aquella noche, Blanche había pegado la oreja a la puerta. No había oído ninguna conversación. A Quentin no lo habían matado de forma improvisada. Lo habían ejecutado a sangre fría.

Tampoco podía ignorar la inscripción del anillo. Aun si su madre la había hecho grabar en medio de una de sus crisis, era extraño que Adrian no le hubiese hablado nunca de ello.

Y qué pensar del fular. ¿Qué mensaje implicaba? Si Adrian sabía que iba dirigido a él, ¿por qué le había hecho creer que estaba perdiendo la cabeza? ¿Qué había ocurrido para que decidiera irse deprisa y corriendo, dejándola sola en el cobertizo? En aquel momento todavía tenía su móvil. ¿Había recibido acaso algún mensaje que lo había obligado a huir?

Blanche buscaba respuestas que solo Adrian podía darle. Sin embargo, no conseguía parar.

Adrian había solicitado ver a Madame Claude, en principio con el propósito de desacreditar a la propia Blanche. Pero ya no estaba tan segura. ¿Quién le aseguraba que no quería encontrarse con Madame C para pedirle ayuda? Puede que el fular no fuera el primer mensaje que recibía. Adrian no conocía personalmente a la reina madre, pero estaba al tanto de su reputación. Por otra parte estaba el encuentro con Maître Barde, en el que su padrastro se había mostrado inequívoco.

—Quizá quería apartarte del asunto por un tiempo —intervino Cédric, que había insistido en que Blanche compartiese con él todo lo que pensaba—. Si te dejaba fuera de la ecuación, podía actuar a sus anchas sin preocuparse por ti.

Otra conjetura que era de su agrado. Blanche estaba cansada de oscilar entre dos extremos: Adrian el protector y Adrian el conspirador. Ya no dudaba de que le había ocultado numerosos secretos. Estaba en su derecho, pero lamentaba que no le hubiese hablado de la deuda que había contraído. Habría podido ayudarle. Por supuesto, esa era la razón por la que no lo había hecho.

Blanche deseaba que su mente se tomara un descanso, pero no le daba respiro. Y se conocía lo suficiente para saber que esa efervescencia tenía una razón de ser. Era un mecanismo de defensa. Una coraza que le ofrecía la distancia necesaria para inspeccionar el cuerpo del Sabueso.

El grado de rigidez era ya similar al de Quentin antes de meterlo en el congelador. Eso significaba que llevaba muerto más de seis horas. Para determinar con mayor precisión la hora del fallecimiento debería esperar a que el cuerpo recuperase su elasticidad. Y eso quedaba fuera de discusión. La oportunidad de un doble entierro no se presentaba a menudo.

Examinó rápidamente las heridas antes de cargar al Sabueso en la furgoneta. Tenía el abdomen perforado y le había sangrado la sien izquierda. Blanche trató de recrear la escena. Juntó las manos y asestó un golpe al aire. Adrian era diestro. Si había sido el autor de ese asesinato, tendría que haber agredido al sicario por detrás. La imagen se materializó en su cabeza. El Sabueso, al acecho, de pie en medio del salón. Adrian a su espalda con un tronco entre las manos, preparado para golpear a su adversario con su mejor revés.

—¿Por qué un tronco? —quiso saber Cédric.

—Es lo primero que se me ha ocurrido.

—Si se hubiesen peleado en el salón, habríamos encontrado restos de sangre.

Blanche sonrió con malicia.

—Vale, había olvidado la limpieza, ¡el sello de la casa! ¿Y la herida del estómago?

—Supongo que Adrian no consiguió derribarlo al primer golpe. Le duelen las manos, sobre todo en invierno. Iría a buscar un cuchillo a la cocina. Mientras tanto, el Sabueso se enderezó y Adrian lo embistió con el cuchillo.

—Chica, ¡pareces Pierre Bellemare contando historias de terror!

Blanche no supo qué contestar. No se le daban bien las respuestas mordaces, siempre se le ocurrían a destiempo.

—De todas maneras, saber cómo murió tampoco ayuda mucho —dijo encogiéndose de hombros—. Lo que hay que hacer ahora es deshacerse del cuerpo.

—Y ¿qué hacemos con su teléfono?

Quedárselo era arriesgado. El remitente del último mensaje trataría de ponerse en contacto con el Sabueso y no sabían a quién se enfrentaban. Existían formas de rastrear un móvil. Puede que Cédric fuera incapaz, pero con un equipo adecuado no hacía falta ser un genio.

—Lo enterramos con él —concluyó.

El trayecto transcurrió sin dificultades. Blanche evitó las carreteras principales, lo que supuso un añadido de unos veinte kilómetros al viaje. Pero era más seguro así: nadie se aventuraba por carreteras rurales a altas horas de la noche.

Una vez en el lugar, Cédric se inquietó al ver una cámara a la entrada del cementerio. Blanche estaba convencida de que la habían puesto con fines disuasorios. No podía imaginar ni por un momento que un vigilante montara guardia delante de una pequeña pantalla para observar un portón en directo las veinticuatro horas del día. En el peor de los casos, las imágenes quedarían registradas y solo las consultarían en caso de vandalismo. Pero Cédric y Blanche no habían ido a hacer pintadas en las lápidas. Su visita pasaría desapercibida. Por precaución, trepó el muro de dos metros de altura para desviar la trayectoria de la cámara durante su incursión. Cédric soltó un suave silbido de admiración ante su agilidad. Cuando puso los pies en el suelo, Blanche hizo una pequeña reverencia. Era la primera vez que trabajaba en pareja y empezaba a gustarle.

Lo más complicado fue pasar los cuerpos por encima del muro del recinto. La grúa para levantar personas les permitió mantenerlos en posición vertical, pero Cédric tuvo que sostenerlos a pulso mientras ella se aseguraba de que no cayeran. Blanche le propuso intercambiar papeles y le divirtió ver como se ofendía.

El resto de la operación se desarrolló sin complicaciones. Cédric actuó como un profesional y se guardó el porro que se había liado para la vuelta. Blanche estaba impresionada por su capacidad de adaptación. Ya no quedaba el menor rastro de desaprobación en su rostro.

El momento más delicado llegó cuando Blanche tuvo que cubrir de tierra la cara de Quentin. Había enterrado a su novia para que él pudiera vivir tranquilo en el futuro. Blanche no conocía ninguna oración, pero aun así le dedicó un pensamiento. Solo deseaba una cosa: no sentirse responsable de aquella muerte.

41

Tras una breve negociación, Blanche aceptó ir a casa de Cédric en lugar de volver a su apartamento. Aparte de los sesenta metros cuadrados de más, Blanche suponía que ya había tenido suficientes sorpresas por un día. Le gustaba la idea de llegar a un salón sin sentir aprensión, o de servirse algo de beber sin tener que reprimir una náusea.

Cédric le preguntó qué pensaba hacer después de todo lo ocurrido. Antes, en medio de la euforia, Blanche creía haber recopilado una gran cantidad de indicios. Ahora que había disminuido la adrenalina, cualquier pista era tan buena como la otra y cada una iba en una dirección opuesta. Dicho de otro modo, estaba desorientada.

Lo único que deseaba era dormir. Bastaban unas pocas horas, lo suficiente para poder afrontar un nuevo día. Aún tenía pastillas para dos o tres jornadas; confiaba en resistir con eso.

Era Adrian quien se ocupaba siempre del aprovisionamiento. Habían decidido de común acuerdo que las recetas irían a su nombre. Blanche evitaba a los médicos tanto como le era posible, y Adrian contaba así con la oportunidad de vigilarle el consumo. Si la situación actual se prolongaba, tendría que arreglárselas sola. Para conseguir pastillas y para todo lo demás.

Había accedido a pasar la noche en su casa, pero no quería que Cédric se hiciera una idea equivocada. Sintió una mezcla de alivio, frustración y humillación cuando él se encerró en su habitación tras darle un beso en la frente. «Él también necesita dormir —se dijo a sí misma mientras se desvestía—. ¡Por no hablar de toda la hierba que se ha fumado en el camino de vuelta!» Debía de estar muerto de cansancio. La expresión le arrancó una carcajada mientras se deslizaba en la cama de la habitación de invitados. Tumbada bocarriba, trató de imaginar el cuerpo desnudo de Cédric. No parecía muy musculado, pero tenía suficiente fuerza para levantar dos pesos muertos. Visualizó unos brazos torneados y un torso con abdominales marcados. Un poco. No demasiado. Estaba contenta, y a la vez perturbada por estar pensando en eso en un momento así. Hacía tiempo que no se dejaba llevar. Demasiado tiempo, sin duda. Trató de recordar su última relación, pero debió de suponer un gran esfuerzo porque se despertó ocho horas más tarde en la misma posición.

Encontró a Cédric sentado a la mesa, con un bol en la mano. Tenía delante una bolsa de cruasanes cuya mantequilla hacía brillar el papel. Blanche se lanzó a por ellos sin molestarse siquiera en saludar a su anfitrión. No recordaba la última vez que había comido y el olor del hojaldre le hizo más efecto que un café bien cargado. Dio unos cuantos bocados, aceptó el té que Cédric le ofrecía y se lo tragó todo sin pararse a respirar. Hasta que se sintió saciada no reparó en la corbata que él se había puesto.

—¿Vas a un funeral? —le preguntó quitándose las migas que se le habían quedado pegadas al mentón.

—Ojalá... Voy a comer con mi padre.

Blanche se estiró hasta la otra punta de la mesa para alcanzar su móvil y consultar la hora. Las doce pasadas. Había perdido la mitad del día.

—No me he atrevido a despertarte —dijo Cédric antes de que ella se lo reprochara—. Anoche tenías un aspecto horrible.

—¡Gracias!

—¡Espera a que te diga el que tienes cuando te levantas antes de darme las gracias!

Blanche se puso tensa enseguida, sin poder evitar alisarse el pelo con la mano.

—¡Es broma! —dijo Cédric con una sonrisa franca—. ¡Estás preciosa! Y ese modelito te sienta genial.

Tardó un segundo en darse cuenta de que seguía tomándole el pelo. Blanche se había puesto el jersey del revés, de manera que enarbolaba con orgullo una etiqueta sintética cerca del cuello.

—¿Y tú siempre te vistes así para ir a ver a tu padre? —dijo para cambiar de tema.

—Qué remedio. Una vez por semana tengo que comer con él en el Automobile Club de France. Es un sitio anticuado, rancio y muy pretencioso. En resumen, su estilo.

—Y ¿por qué aceptas?

—Porque es el precio a pagar por vivir en este piso. A papá Collin le gusta presumir de hijo. Me exhibe todos los viernes en su galería y me deja tranquilo el resto de la semana.

—¿Soy yo o percibo cierto cinismo?

—¡Para nada! Es que tengo el estómago vacío, eso es todo. En una hora no se notará nada.

Era la segunda vez que Cédric le confiaba algo personal. Le hubiera gustado que se explayara, pero intuía que no servía de nada insistir.

Él se puso en pie y le tendió un pedazo de papel. Había un nombre y una dirección escritos.

—¿Quién es? —preguntó Blanche.

—El remitente que escribió al Sabueso.

—¿Cómo lo has encontrado?

—Como la última vez. He buscado a quién pertenecía la dirección de correo.

—Pero la última vez era una cuenta falsa a mi nombre.

—Puede que esta también lo sea. He pensado que no cuesta nada asegurarse.

La tregua había llegado a su fin. Era hora de volver a la carga. Esa perspectiva la entristeció.

—Si te ves capaz de esperar, vuelvo en dos horas. Podemos hacerlo juntos, si quieres.

Blanche dobló el papel en dos y se levantó también. Se acercó a él sin decir nada y se acurrucó contra su pecho, rodeándole la cintura con los brazos. Cédric le devolvió el abrazo. Solo un instante.

—Tengo que irme —dijo apartándola con delicadeza—. Te he dejado un juego de llaves en la mesa por si tienes que salir.

Su tono era tan dulce que Blanche habría podido aferrarse a eso, pero un escalofrío le recorrió todo el cuerpo.

Algo había cambiado en el comportamiento de Cédric. Su actitud, sus gestos, todo parecía calculado. Incluso la mirada. La noche anterior reflejaba deseo. Ahora Cédric actuaba como un hermano mayor. Un hermano mayor protector pero distante. ¿Era la perspectiva de ver a su padre lo que lo tenía alterado? A menos que se hubiera cansado ya de ella. Y esa última búsqueda, ¿por qué la había hecho por su cuenta?

«¡No empieces! —se ordenó Blanche dándose una cachetada—. Te ha dejado dormir y punto. ¡Deberías darle las gracias!» Pero la duda estaba sembrada. Por mucho que intentase entrar en razón, sabía que no se calmaría hasta que Cédric volviera. Así funcionaba su paranoia, y lo sabía.

Hurgó en el bolso en busca de las pastillas. Sus gestos eran demasiado nerviosos para ser eficaces. Lo vació sobre la mesa y apartó todos los objetos inútiles con los que cargaba a diario. Le temblaban las manos y empezaba a ver borroso. Se obligó a sentarse y respirar con tranquilidad. No tenía ningún motivo para entrar en pánico. Era una leve crisis que pasaría enseguida. Solo necesitaba sus pastillas. Las había guardado en el bolso antes de acostarse. Tenían que estar allí. A la fuerza. Simplemente no había buscado bien. Seguro que era eso. Seguro.

42

Cédric encontró a Blanche sentada en el suelo, con las piernas encogidas. Había adoptado esa posición poco después de que él se fuera y no se había movido desde entonces. Se balanceaba de una nalga a la otra, con la mirada perdida. Cuando Cédric se arrodilló frente a ella, Blanche salió de su trance inmediatamente.

—¿Dónde las has puesto? —gritó agarrándole la corbata con una mano—. ¿Eh? ¡Dímelo!

—Cálmate —dijo él sin alterarse—. ¿Qué pasa?

—¿Dónde las has puesto? ¡Joder!

—Pero ¿de qué hablas?

Blanche no soltaba a su presa; a Cédric empezaba a costarle respirar.

—¡Mis pastillas! ¡¿Dónde has puesto las putas pastillas?!

Cédric la miró con un asomo de tristeza en los ojos.

—No las he tocado, Blanche. Están donde tú las dejaste.

Desconcertada por la respuesta, aflojó la mano ligeramente. Cédric se liberó por completo, pero permaneció agachado cerca de ella.

—¡Yo las dejé en mi bolso! —dijo, esta vez con menos seguridad.

—No, acuérdate. Me dijiste que las pondrías al lado del hervidor de agua, igual que en tu casa.

En efecto, Blanche las colocaba siempre en el mismo sitio para no olvidar su dosis matinal.

—No recuerdo haber dicho eso —dijo cada vez más incómoda.

—Estabas reventada. Es normal.

—No, debería acordarme.

Tenía un nudo en la garganta y le costaba articular las palabras.

—No pasa nada —dijo Cédric ayudándola a levantarse—. Nos pasa a todos.

Blanche se sentía avergonzada, pero sobre todo muy preocupada. Podía visualizar cada minuto de la noche anterior, desde que habían atravesado la puerta de entrada hasta el momento en que se había acostado. ¿Por qué se le había escapado ese detalle? Y ¿era el único?

Cédric la acompañó hasta la mesa y fue a buscar las pastillas. Blanche miró el bote como si no lo reconociera. Ya no necesitaba calmarse. Se había quedado sin energía. Solo deseaba una cosa: volver a la cama y meterse bajo las mantas.

Cédric le ofreció un vaso de agua.

—Toma, creo que lo necesitas. A menos que prefieras mi remedio, claro.

—Gracias —musitó—. Estoy bien.

Pero era mentira. Blanche estaba segura de que nada volvería nunca a estar bien.

Cédric la había enviado a la ducha mientras él preparaba algo de merienda. Permaneció más de veinte minutos bajo el chorro de agua, aumentando progresivamente la temperatura. Su cuerpo desprendía vapor. Con un gesto brusco, giró el grifo hacia la izquierda. Puso las manos en la pared de baldosines y se dejó azotar por el agua helada hasta que no pudo soportarlo más. Había resistido el frío hasta la letra N de los estados norteamericanos.

Adrian le habría dicho que no tenía nada que expiar, pero él no estaba allí, así que tenía que aprender a gestionar sus crisis sola. Los ejercicios no le servían de nada si no estaba él para supervisarlos. Por supuesto, flagelarse no era la solución, pero al menos la ayudaba a volver en sí.

Cédric le había preparado un sándwich y la esperaba en el salón. Se había cambiado de ropa. En lugar de camisa y corbata, ahora llevaba una sudadera descolorida. Blanche se preguntó si debía pedirle perdón de nuevo, pero él tenía los ojos clavados en su móvil.

—No me digas que eres adicto al Candy Crush —dijo para romper el silencio.

—¡No es lo mío! —soltó Cédric sin dejar de mirar la pantalla—. Solo estoy comprobando que nadie se haya quejado de que la tumba de los Clarton estuviese ocupada. Aparentemente, los viejitos se han adaptado bien a la presencia de sus nuevos inquilinos.

—¿Dudabas de mi plan? —preguntó Blanche con un tono que esperaba que sonase simpático.

—¡Digamos que no creo que vuelva a ver nunca un entierro con los mismos ojos! Por suerte no te conocía cuando nos dejó mi abuela. A lo mejor me daba un ataque de risa al imaginármela compartiendo lecho con un extraño.

Blanche consiguió sonreír al fin. No porque la broma le pareciese especialmente graciosa, sino porque se sentía agradecida. Cédric tenía la capacidad de suavizar las cosas. No se dedicaba a remachar lo que no iba bien.

—¿Vemos si podemos encontrar algo sobre el remitente del correo?

—¡Vale!

Si la dirección estaba bien escrita, el Sabueso había recibido un correo de un tal Alain Panais. Cédric le había preguntado dos veces a Blanche si estaba segura de no haber oído ese nombre en alguna parte. Ella había hecho un esfuerzo para no molestarse. No, no conocía a ningún Alain Panais y no tenía ningún Monsieur A en su agenda, por muy sorprendente que pareciera.

—¿Y Monsieur P?

—¡Siempre elijo la primera letra del nombre!

—Qué curioso, yo lo habría hecho al revés.

—Así mis clientes piensan que su apellido no me interesa...

—... y que se respetará su anonimato.

—¡Veo que lo entiendes rápido!

Cédric indagó en las redes sociales y a través de los buscadores, pero no encontró nada relevante.

—Está claro que...

—¿Qué? —preguntó Blanche mientras se acababa el sándwich y tecleaba con una sola mano en el ordenador.

—Dos personas en menos de veinticuatro horas que no figuran en ningún sitio..., no es normal. ¡El Gran Hermano ya tiene de qué preocuparse!

—¿Crees que es un nombre falso?

—Quentin tampoco tenía un historial en la red aunque sabemos a ciencia cierta que existía —respondió Cédric.

Un silencio sepulcral cayó sobre ellos. Blanche lo rompió apretando ruidosamente la tecla «intro» de su ordenador. Dio el último bocado antes de compartir los resultados de su búsqueda.

—En todo caso, ¡la dirección física que está registrada en la cuenta es real!

—Algo es algo.

—No te emociones. La dirección rue Baudin 101 de Levallois existe, pero me sorprendería que Alain Panais viviese allí. Como mucho estará enterrado. Es un cementerio municipal.

Blanche disimulaba su decepción lo mejor que podía. Se trataba de un nuevo callejón sin salida, la gota que colmaba el vaso. Cédric esperaba que le contara el próximo movimiento, pero ella se había quedado sin ideas. No le veía sentido a acercarse al cementerio de Levallois-Perret. El remitente del correo seguramente no esperaba que alguien descubriera esa dirección. Había creado la cuenta para comunicarse con el Sabueso, y no tenía motivos para pensar que otras personas tendrían el móvil. Lo que le había enviado no era ningún mensaje en clave, mucho menos una pista para emprender la búsqueda del tesoro. La realidad era que solo darían con Adrian si Madame C o Monsieur M aportaban nueva información. Quizá había llegado el momento de dejar el asunto en manos de los profesionales y esperar pacientemente. Después de todo, los últimos acontecimientos daban a entender que Adrian seguía con vida y había decidido esconderse. Continuar removiendo cielo y tierra para encontrarlo podía poner a Blanche en peligro.

—No estoy de acuerdo —intervino Cédric.

—¿No estás de acuerdo con qué?

—Tenemos que seguir buscándolo.

Blanche no sabía qué mosca le había picado. El día anterior, estaba dispuesto a abandonar. ¿A qué venía tanta implicación de repente? Algo se le escapaba.

—Creo que se lo debemos a Quentin —dijo entonces Cédric para justificar su arrebato.

—¿Qué pinta Quentin en todo esto?

—¡Precisamente, no tenemos ni idea! Lo único que sabemos es que ayer enterramos a un chaval como si fuera lo más normal del mundo. ¿Por qué ha muerto? ¡Vete tú a saber! ¿Alguien se preocupará si no vuelve a casa? No tenemos ni idea. Ni siquiera sabemos si el chico tenía novia. En cuanto a su padre, supongo que no tienes previsto avisarlo. Lo siento, pero ¡no me parece bien! El Sabueso, pase. Había escogido ese tipo de vida. Pero este tío, ¿me puedes decir qué ha hecho para merecer acabar en una tumba que no era para él?

Blanche no sabía qué decir. Esta vez se sentía profundamente avergonzada. Cédric tenía razón. Quentin merecía algo mejor. Le debía la verdad, por muy aterradora que fuera para ella.

43

Cédric había logrado convencer a Blanche para que fueran al cementerio de Levallois-Perret. Según él, siempre había referencias detrás de un nombre o una historia inventados. Nunca se partía de cero. Por más que el significado permaneciera oculto para los demás, la persona que creaba una identidad sabía de qué se trataba. El héroe de cómic preferido de la infancia, la unión de las primeras sílabas del nombre de los abuelos... La inspiración podía provenir de cualquier parte. En todo caso, nada era fortuito. Cédric sabía que la gente tardaba horas, incluso días, en hallar el seudónimo perfecto. No ocurría lo mismo con la dirección postal, que solo servía para rellenar una casilla; el único valor que tenía era el de validar un formulario. Además, a la hora de crear una cuenta esa información solía ser opcional. Si el remitente había añadido la dirección del cementerio, debía de ser porque aquel lugar tenía algún significado especial. Quizá lo veía todos los días desde la ventana, o era el encargado de mantenimiento. Blanche replicó que lo más probable era que aquella pista no les condujera a nada. Él se limitó a responder que al menos lo habrían intentado.

Esa visita era muy distinta a su última aventura nocturna. Se encontraban de nuevo en un cementerio, cierto, pero la analogía no pasaba de ahí. Fueron en transporte público, con las manos en los bolsillos, sin necesidad de estar en alerta. Esta vez no había razones para esconderse.

Blanche y Cédric empezaron a deambular por los senderos del camposanto como dos almas perdidas en busca de un ser querido. Cada uno iba leyendo por su lado la sucesión de nombres grabados en mármol o en granito. Se cruzaron con un jardinero que les deseó buena suerte cuando le dijeron que no recordaban dónde estaba la tumba que buscaban. El cementerio abarcaba cerca de setenta y cinco mil metros cuadrados, con más de cuarenta secciones. En dos horas se haría de noche y parecía difícil que les diera tiempo a inspeccionarlo todo. Cédric le dio las gracias al empleado y le dijo que volverían al día siguiente, si era necesario. Blanche no sabía si lo pensaba de verdad.

Algunas tumbas estaban más floreadas que otras. Algunas eran imponentes. Hombres y mujeres célebres yacían allí, rodeados de ilustres desconocidos. Las nociones de dinero y tiempo quedaban distorsionadas en aquel lugar. Gustave Eiffel se codeaba ahora con Louise Michel y Maurice Ravel. Incluso Léon Zitrone estaba cerca, y a Blanche le pareció oír su voz. No recordaba su entierro. ¿Lo había retransmitido un locutor a su altura?

El sol empezaba a ponerse y acrecentaba las sombras de las lápidas. Blanche se subió las solapas del abrigo. Cédric caminaba con paso seguro. De vez en cuando se detenía, cerraba los ojos unos segundos y volvía a andar con más ímpetu. Al final, Blanche comprendió que se fijaba en los años que aparecían grabados. Se paraba cuando las fechas eran muy próximas entre ellas. Una chica de quince años, un niño de cinco... Las defunciones más difíciles de aceptar. La empatía de Cédric era palpable, y Blanche se preguntó de pronto si realmente le daba pena o estaría reviviendo algún episodio de su vida. Puede que algún día se atreviera a preguntárselo.

Blanche había perdido la concentración. El frío le entumecía los dedos. Trataba de calentárselos soplando y solo leía una de cada dos inscripciones. Aun así, no quería irse. No por Quentin, debía admitir a su pesar, sino porque esa pausa le estaba sentando bien. Poco a poco desaparecía el estrés acumulado durante los últimos días. El silencio del lugar, los tonos grises que se extendían bajo el sol de invierno, todo invitaba a la contemplación.

Levantó la cabeza y vio que Cédric se había desviado del recorrido. Aceleró el paso para alcanzarlo, pero parecía absorto en sus pensamientos. Cuando le tocó el hombro, él se sobresaltó.

—¿Te dan miedo los fantasmas?

—Claro —respondió muy serio—. ¿A ti no?

Blanche buscó en sus ojos el brillo que los iluminaba cuando se burlaba de ella, pero no encontró nada. Ese lugar lo ensombrecía.

—Prefiero pensar que tienen cosas mejores que hacer que visitarme —dijo para distender el ambiente.

—¡No me creo que no pienses nunca en todas las personas de las que te has deshecho!

Blanche acusó el golpe. No se esperaba un ataque así. Dudó si defenderse, pero acabó admitiendo que Cédric solo estaba diciendo la verdad.

—Deberíamos irnos —dijo con indulgencia—. No encontraremos nada aquí.

—¿Ya quieres abandonar?

Sin ser agresivo, el tono de Cédric sonaba seco.

—Se va a hacer de noche.

—¡Como quieras!

Blanche no quería meterle prisa. Era evidente que Cédric quería estar solo. Lo adelantó y, con aire desenfadado, le dijo que lo esperaría al final del pasillo.

—¡De paso me encargo de la hilera de la derecha! —gritó sin darse la vuelta.

Lo que acababa de ocurrir le había hecho olvidar el frío. Revisó las tumbas de ese tramo con más atención. Los nombres se iban sucediendo y Blanche le atribuía una vida a cada uno. Germaine Lacourt, de soltera Beaujois, nacida en 1902 y muerta cuarenta años más tarde, en plena guerra. ¿Habría sucumbido a una neumonía o habría caído bajo fuego enemigo mientras intentaba unirse a la resistencia? Hubert Neuville, muerto el año en que Germaine Lacourt soltaba su primer llanto. ¿Se había ido para cederle sitio o habría considerado que el siglo venidero sería demasiado duro para él? Hubert había muerto a los diecinueve años. Muy joven. Tan joven que habría combatido en dos guerras antes de llegar a los sesenta.

Vio a lo lejos que la última tumba de esa hilera estaba cubierta de flores frescas. Magníficas flores blancas que hacían resaltar la piedra negra. El conjunto era a la vez gráfico y armonioso. Había cuatro jarrones dispuestos en los extremos que enmarcaban con elegancia una placa funeraria.

Blanche se acercó despacio. Un sepulcro tan bien cuidado imponía respeto. La persona que yacía allí no había caído en el olvido. Echó un vistazo a su espalda y comprobó que Cédric todavía estaba lejos. Por alguna razón que no alcanzaba a comprender, habría preferido que estuviese a su lado al acabar el recorrido.

Estaba casi delante de la tumba cuando una ráfaga de viento azotó el sendero. Blanche cerró los ojos para protegerse de la tierra que el aire había levantado. Cuando volvió a abrirlos pensó que la mente le estaba jugando una mala pasada.

Durante unos segundos que parecieron eternos, Blanche creyó que el mensaje que había en la lápida lo habían dejado para ella. No fue consciente de la realidad hasta que Cédric apareció a su lado.

Lo que estaba leyendo era un epitafio. Las últimas palabras de una mujer a su marido, muerto hacía dos años. Unos versos que no le habrían afectado tanto si no hubieran incluido un nombre. Un nombre que nunca había podido olvidar.

Aquí yace Stéphane Palain,
padre y marido afectuoso
que ha ido a reunirse con nuestra querida
Anaïs.

44

—Anaïs —leyó Cédric en voz alta cuando la alcanzó—. ¿No se llamaba así la novia de Quentin?

Blanche asintió con un movimiento de cabeza.

—¿Stéphane Palain era su padre?

—No tengo ni idea —confesó Blanche.

Blanche nunca había oído ese apellido e intentaba convencerse de que la inscripción no era más que una desafortunada coincidencia. Lo intentaba con todas sus fuerzas al tiempo que buscaba en su memoria el apellido de Anaïs.

—Creo que nunca lo supe —se resignó al fin con un hilo de voz.

—Nunca supiste ¿qué?

—El apellido de Anaïs. Nunca lo supe.

Darse cuenta de eso le pasaba factura. Había creído que el recuerdo del rostro de la joven era suficiente prueba de humanidad. Lo había conservado en su mente, convencida de que eso la redimiría de haberla enterrado. Ahora entendía que se había estado engañando todos esos años. Blanche había aceptado deshacerse del cuerpo de una chica sin preocuparse siquiera de conocer su nombre completo. Esa era la realidad.

—¿Vivía en Levallois? —continuó Cédric.

—¡No tuve ocasión de preguntárselo! —contestó enfadada Blanche, aunque se arrepintió al instante—. De todos modos, no hay nada que demuestre que se trata de mi Anaïs.

—¿Tu Anaïs?

—Ya me entiendes. Vámonos de aquí, por favor.

Cédric asintió, pero no se movió del sitio. Sus ojos seguían clavados en el epitafio. Al darle la mano para que se pusiera en marcha, Blanche notó su reticencia.

—No puede ser casualidad, Blanche.

—¿Cómo lo sabes?

—La solución está aquí, delante de nuestros ojos.

Blanche se puso a su lado y volvió a leer la inscripción. No entendía a qué se refería.

—Los enigmas no son lo tuyo, ¿verdad?

Ella prefirió esperar a que se explicase.

—Mira el apellido, míralo bien.

Blanche lo releyó por enésima vez, en vano.

—¡Yo no conozco a ningún Palain! —dijo irritada.

—No te mosquees, anda, y concéntrate.

A ella no le gustó el tono paternalista, pero obedeció para complacerlo.

—Vale, estoy mirando el apellido ¡y sigo sin ver nada!

—Quítale la primera letra.

Blanche apartó la vista de la lápida y miró a Cédric. Al principio pensó que le estaba tomando el pelo, pero nunca lo había visto tan serio.

—Quita la primera letra y añádesela al nombre de Anaïs —dijo sin mirarla.

Blanche le hizo caso a regañadientes. Intuía que no le iba a gustar el jueguecito. Desde el momento en que había visto esa tumba, sus sentidos se habían puesto en alerta. Tendría que haber hecho caso a su instinto y pasar de largo. Eso es lo que habría hecho si Cédric no la hubiera alcanzado. Pero Cédric estaba allí y no tenía ninguna intención de irse. Volvió a mirar la estela e hizo lo que le pedía.

—Alain Panais —murmuró—. El resultado es Alain Panais. ¡El nombre registrado en la dirección de correo!

Blanche no había querido estar ni un minuto más delante de la tumba del padre de Anaïs. Al contrario de lo que había supuesto, alguien le había enviado un mensaje en clave y le había dado de lleno.

No fue capaz de pronunciar una sola palabra en todo el trayecto de vuelta. Cédric también parecía sumido en sus pensamientos. Blanche temía que los compartiera en voz alta. Un solo juicio en su contra y se derrumbaría.

El piso de Cédric ya no le parecía tan acogedor. Se respiraba un ambiente pesado. Adiós a la sensación de paz que había sentido por un tiempo. A partir de ahora tendría que cargar con el peso de su conciencia allá donde fuera.

Cédric esperó a que Blanche se acabase el té para abrir la veda.

—Por lo menos sabemos que Quentin no ha sido una víctima al azar.

—Y que no lo ha matado Adrian —añadió Blanche.

—¡Eso no lo sabes!

—¡Adrian no tenía ninguna relación con ese trabajo! Ya se había jubilado. Yo me ocupé de Anaïs. Yo y solamente yo.

—No grites, ¿vale?

Blanche ni siquiera era consciente de que se estaba exaltando.

—¿Qué sabes exactamente sobre esa chica?

Era sin duda la pregunta que más temía. ¿Cómo podía explicarle a Cédric que en realidad no sabía nada de ella? Blanche le había hablado de Anaïs como de un recuerdo doloroso, una herida que había tardado años en cicatrizar. ¿Qué iba a pensar de ella ahora?

—Todo esto es muy extraño —continuó, eludiendo la pregunta torpemente—. Ese mensaje no era para mí.

—¿Cómo dices?

—Si no hubiésemos encontrado el cuerpo del Sabueso en el jardín ni recuperado su móvil, nunca habríamos descubierto esa dirección de correo. Tú no la habrías rastreado y nunca habríamos sabido que un tal Alain Panais estaba relacionado con toda esta historia, igual que no habríamos sabido que la solución se encontraba en el cementerio de Levallois. No tiene ningún sentido, ¿te das cuenta? El Sabueso, lo mismo que Adrian, ¡no tenía nada que ver con Anaïs! ¿Por qué le escribieron a él?

Mientras exponía su razonamiento, Blanche cayó en la cuenta de que había pasado por alto un detalle. El Sabueso era un asesino a sueldo. El remitente no había intentado contactar con él para arrastrarla a una búsqueda del tesoro. Recurría a él por sus cualidades. Por su capacidad para solucionar un problema sin dejar rastro.

—Creo que el Sabueso debía ejecutarme —dijo con voz débil—. Se supone que esa noche yo estaría en Mortcerf.

La expresión de Cédric daba a entender que había llegado a la misma conclusión que ella.

—Parece que alguien quiere vengarse por lo de Anaïs —dijo mientras se encendía un porro.

A Blanche no le hizo gracia que quisiera relajarse en un momento así. Alguien quería matarla y a él no parecía preocuparle.

—No sirve de nada entrar en pánico —dijo cuando ella le llamó la atención—. Al menos ahora sabes a quién te enfrentas.

—¿De veras? ¡¿Y cómo voy a saberlo?! No conozco nada del pasado de esa chica. Su padre está muerto.

—¡Queda su madre!

—¿Su madre? ¿Te imaginas a una viuda desconsolada orquestando semejante conspiración para vengarse? Olvidas que solo Quentin y su padre sabían que yo estaba implicada. ¿Por qué iba a saber la madre de Anaïs que yo hice desaparecer a su hija? Me sorprendería que el padre de Quentin decidiera confesar después de tantos años, y en cuanto a su hijo, te recuerdo que lo enterramos ayer mismo.

—Tienes demasiadas cosas en la cabeza para pensar con claridad.

—No uses ese tono condescendiente conmigo, ¿vale? —dijo apretando las mandíbulas—. Sé perfectamente lo que me digo.

—Entonces déjame darte mi punto de vista. Sí, creo que una mujer que ha perdido a su hija puede trazar un plan de lo más maquiavélico para vengarse. No, el padre de Quentin no tiene interés en confesar que te contrató, y no, no me olvido de que enterramos a su hijo anoche mismo. Pero ¿qué sabes exactamente de Quentin? No hemos conseguido saber nada de su vida después del accidente. ¿Cómo puedes estar segura de que la culpabilidad no lo ha carcomido por dentro todos estos años y ha decidido limpiar su conciencia hablando con los padres de Anaïs? ¿Qué quieres que te diga? Si me hubiese pasado a mí, ¡probablemente lo habría hecho!

Cédric recuperó el aliento y vio como las lágrimas corrían por las mejillas de Blanche.

45

Blanche no lloraba porque alguien la odiase hasta el punto de quererla muerta. Esa idea era más bien abstracta. Tampoco lloraba porque lo considerara una injusticia. Aunque no fuera responsable de la muerte de Anaïs, había participado en su desaparición. Había impedido que una madre y un padre se despidieran por última vez de su hija. La lápida indicaba que Stéphane Palain había muerto a los cincuenta y tres años, tres después de la muerte de su hija. ¿Cuánto tiempo habría esperado a Anaïs antes de rendirse?

«Toda acción conlleva una consecuencia —le repetía Adrian a menudo, y entonces añadía—: No serás adulta hasta que asumas tus decisiones.»

Blanche lloraba porque Adrian estaba pagando el precio de sus acciones. No ella. Se había convertido en un asesino por su culpa. Había tenido que huir por su culpa. Sentía una urgente necesidad de hablar con él. ¡Tenía tantas cosas que decirle!

Había muchas piezas del puzle que no encajaban, pero ya podían hacerse una idea general.

Quentin no era un simple peón en toda esa historia, sino el motor principal. El elemento que lo había desencadenado todo. Seguramente Cédric tenía razón. Lleno de remordimientos, Quentin había querido expiar su culpa confesando el crimen a los padres de Anaïs, o más concretamente a su madre. Blanche suponía que la muerte del padre también estaría relacionada. Después de todo, Quentin era el novio de Anaïs, y quizá los Palain habían seguido en contacto con él. Quentin había visto como el padre se iba apagando año tras año, hasta que exhaló el último suspiro. Puede que hasta asistiera al entierro y se derrumbase al descubrir la inscripción en la lápida. Ya no solo era responsable de la muerte por accidente de su novia; había destruido a toda la familia. Cuando ya no pudo soportarlo más, decidió abrir su alma a la única persona que aún podía salvarlo.

Marion Palain (Cédric había encontrado el nombre de la madre de Anaïs a la primera) había optado por vengarse en lugar de entregarlo a la policía. Una condena no debía de parecerle suficiente en comparación con lo que ella había sufrido. Esos dos últimos años los había dedicado a trazar un plan.

Hasta el momento Blanche había creído que Quentin le había estado enviando mensajes y que el joven pensaba que actuaba bajo sus órdenes. Ahora parecía evidente que era la madre de Anaïs quien había estado tirando de los hilos todo ese tiempo. Marion Palain debía de haber escrito los mensajes antes de darle el teléfono a Quentin. Peor aún, quizá lo había introducido en su bolsillo después de degollarlo. Lo único que había tenido que hacer era citarlo en casa de Blanche. Le había escrito la dirección en un trozo de papel. Faltaba por saber por qué había imitado la letra de Blanche. Era innecesario molestarse. Blanche apenas conocía, por así decirlo, a Quentin, y él nunca habría tratado de verificar ese tipo de detalles. Todo indicaba que la madre de Anaïs era una mujer meticulosa.

Quentin debió de creer que su confesión bastaría para que lo perdonara. ¿Habría comprendido el pobre chico, al notar la hoja del cuchillo en la garganta, que su muerte estaba programada desde hacía tiempo?

Con aquella muerte, Marion Palain podría haber saldado cuentas. Una vida por otra. Pero estaba claro que la mujer deseaba otro tipo de justicia. Todas las personas que hubieran tomado parte en la desaparición de su hija debían ser castigadas.

Quentin no había muerto en cualquier lugar ni en cualquier casa. Había muerto en el salón de una limpiadora. Alguien que conocía todos los trucos para deshacerse de un cuerpo. Blanche había hecho lo que se esperaba de ella.

—No del todo —intervino Cédric.

—¿En qué sentido?

—Dejaste el cuerpo de Quentin en los muelles para que alguien lo encontrase.

Cédric tenía razón. Por una cuestión de honor, Blanche había actuado de tal modo que el padre de Quentin pudiera enterrar a su hijo dignamente. Los padres de Anaïs, sin embargo, no habían gozado de ese derecho.

—¡Por eso me lo devolvió! —exclamó Blanche—. Para que no me quedase otra opción que hacerlo desaparecer.

A pesar de lo que esa teoría presagiaba, Blanche se sentía aliviada. No lo había soñado, y desde luego no había perdido la cabeza.

La ecuación estaba casi completa. Quentin estaba muerto y sus padres vivirían angustiados hasta el fin de sus días.

Solo quedaba una incógnita. ¿Qué planes tenía para ella Marion Palain?

—¡Matarme! —exclamó Blanche respondiendo a su propia pregunta.

—Y hacerte desaparecer —añadió Cédric.

—¡Salvo que el Sabueso no se ocupa de esa parte! Su trabajo consiste en eliminar a sus víctimas sin levantar sospechas. Para la limpieza recurre a mí.

—¡No serás la única en el mercado!

Cédric volvía a tener razón.

—Hay tantas cosas que se me escapan...

—¿Como qué?

—Como lo difícil que es que esa mujer llegase a conocer al Sabueso.

—Ha tenido dos años para prepararse. Puede haber estado observándote todo este tiempo. Estudiando tus métodos, averiguando quiénes son tus clientes.

—¡Ni yo misma había visto al Sabueso hasta esta noche!

—Supongo que consiguió piratearte el ordenador.

Era una respuesta aceptable pero insuficiente.

—¿Por qué me encargaría él una misión si su objetivo era matarme?

—Para tenderte una trampa. Has dicho que tenías la sensación de estar volviéndote loca precisamente a raíz de ese encargo. Quizá formaba parte del plan de Marion.

Blanche recordó la conversación con Monsieur M. Si se cuestionaba su estado mental, mucha gente se preocuparía hasta el punto de querer eliminarla. Al actuar así, Marion Palain se cubría las espaldas. Si el Sabueso no realizaba el encargo, otros lo harían, y además gratuitamente.

—Entonces, según tú, el Sabueso puso el fular en la bolsa, prendió fuego a la casa que acababa de limpiar yo y descuartizó a su víctima para enviarme mensajes, todo para hacerme creer que me estaba volviendo loca.

—No sé más que tú, Blanche, pero tiene sentido.

—¿Y Adrian? ¿Qué tiene que ver con todo esto?

—No lo sé. Un daño colateral. Un elemento más para herirte. No estoy dentro de la cabeza de esa mujer, pero al parecer matarte de un tiro en la nuca no era suficiente.

Blanche se obligó a respirar con normalidad. Tenía el bote de pastillas al alcance de la mano, pero se negaba a refugiarse en una química que le ralentizaría la mente. Intentó repasar los últimos cuatro días sin olvidarse de nada. Cualquier detalle podía arrojar un poco de luz a la situación.

El fular. ¿Cómo había sabido el Sabueso que esa pieza de seda le causaría tanta impresión? Adrian y él se conocían desde hacía una eternidad, pero no podía imaginar a su padrastro contándole semejantes cosas.

Y ¿por qué Adrian había huido de su propia casa? ¿Había sucedido algo que le había hecho creer que esos mensajes eran para él?

Quentin, o mejor dicho Marion, la había citado en la rue Watt especificando que debía ir sin su novio. ¿Cómo había sabido que estaba con Cédric? Alguien había tenido que seguirla, no cabía duda, pero ¿quién?, y, sobre todo, ¿desde cuándo?

Le iba a estallar la cabeza. Las imágenes se sucedían a la velocidad de un estroboscopio. El móvil de Adrian en el congelador. Un dedo cortado con su anillo. La amenaza apenas encubierta de su madre grabada en plata. La carta de Enzo Ortini acerca de una deuda. Todo lo concerniente a Adrian seguía sin explicación.

—Deberías decidir qué vas a hacer —dijo Cédric con calma.

—¿Hacer?

—Alguien intenta matarte, Blanche. Adrian ha eliminado al Sabueso, pero eso no significa que no haya otros que quieran darte caza. Tienes que encontrar la manera de salir de esto.

Blanche lo miró con tristeza. Por primera vez desde hacía un buen rato, Cédric no decía «tenemos» sino «tienes». Eso significaba que a partir de ese momento tendría que arreglárselas sola.

46

Blanche propuso con un hilo de voz que volvieran a su casa para preparar allí la estrategia que debían seguir. La respuesta de Cédric no hizo más que confirmar su presentimiento. La cooperación tocaba a su fin.

—Puedes quedarte esta noche si quieres.

Lo dijo con tan poco entusiasmo que Blanche se sintió ofendida.

—No quiero molestarte más.

—No me molestas. He quedado esta noche.

—¿Una cita? —intentó bromear Blanche.

—¡Ceno con mi madre!

—Entiendo. ¡O sea que el viernes es el día de los padres!

Cédric se mantuvo impasible ante el empeño de Blanche por mostrar un poco de humor. Ni ella misma estaba segura de encontrarle la gracia. Sus bromas sonaban falsas. Él debió de darse cuenta de lo duro que estaba siendo y se sentó frente a ella.

—No soy la persona que necesitas, Blanche. Lo he intentado. Te lo aseguro. Me habría gustado de verdad que funcionase, pero no puedo continuar. Desde que empezamos a vernos tengo la impresión de estar perdiendo el norte. Pensaba que sería divertido echarle un poco de emoción a mi vida, pero no estoy a la altura. Todo eso no es para mí. Espero que lo entiendas.

—Lo entiendo. —Blanche tenía un nudo en la garganta—. No te preocupes. Ya me has ayudado bastante. Me iré antes de que te despiertes.

Cédric bajó la mirada y a ella le pareció todavía más enternecedor.

—De todas maneras, deberías pensar en cambiar la cerradura. ¡La gente entra en tu apartamento como Pedro por su casa!

A Blanche le conmovió su esfuerzo. Le contestó solo para retenerlo un poco.

—Nunca sabremos con seguridad quién entró.

—¡La madre de Anaïs, sin duda!

—A no ser que mandase al Sabueso o a alguno de sus secuaces.

—También pudo ser Adrian.

—¿Sigues pensando que fue Adrian quien dejó el anillo?

—Fuiste tú quien lo dijo en primer lugar, y no me parece mala idea. Era su manera de decirte que seguía con vida.

—Y que tenía que ir a su casa para encontrar el cuerpo del Sabueso. Quiso señalarme una pista.

—Eso creo, sí.

Blanche sabía que esa conversación sería la última. Le habría gustado seguir compartiendo sus dudas con él. Si al principio había utilizado a Cédric como recurso para paliar la ausencia de Adrian, hacía tiempo que ya no se trataba de eso.

Se levantaron a la vez para despedirse. Blanche no sabía a qué atenerse. Le dijo adiós con la mano aunque apenas los separaba un metro de distancia. Cédric se acercó y la estrechó entre sus brazos. Se quedaron unos segundos inmóviles. Blanche inspiró profundamente su perfume.

—Te dejo un juego de llaves —dijo Cédric antes de apartarse—. Por si quieres airearte o lo que sea. Déjalas en la mesa cuando te vayas.

Blanche dio un respingo al oír el chasquido de la puerta. Volvía a estar sola con sus tormentos.

El puzle hecho de notitas seguía en su sitio. Blanche contempló aquella construcción obsoleta. Habían pasado demasiadas cosas desde la primera vez que pisó ese apartamento. Recogió los cuadraditos de papel y los tiró todos. Ya solo le interesaban tres hechos que se apresuró a apuntar: 1) Marion Palain quería matarla. 2) Adrian seguía vivo. Y 3) No estaba loca.

Se armó de valor y leyó en voz alta las dos últimas frases. Eso le proporcionó tal alivio que siguió repitiendo el ejercicio varias veces hasta que las palabras tuvieron el efecto de un mantra. Debía aferrarse a la idea de que Adrian estaba escondido en alguna parte esperando el momento oportuno para encontrarse con ella. Sabía que Blanche estaba en peligro. Nunca habría matado al Sabueso sin tener una buena razón para ello. A menos, claro, que el Sabueso le hubiera atacado y Adrian se hubiese dejado llevar por su instinto actuando en legítima defensa. Más dudas. Más incógnitas. Blanche estaba cansada. Deseaba dejar la mente en reposo. Las pastillas no eran la mejor solución, lo sabía. En ese momento necesitaba aguzar los sentidos. Mantenerse alerta. Si alguien iba a matarla, no la avisaría antes.

Marion Palain había sido menos discreta que Quentin en las redes sociales. Aunque parecía poco activa en los últimos tiempos, Blanche pudo localizar un blog que había creado tres meses después de la desaparición de su hija. La mujer describía allí su desazón, lo largos que se le hacían los días a causa del insomnio; la esperanza que sentía cuando alguien llamaba a la puerta para enseguida volver a sumergirse en el letargo. Se trataba de una especie de diario íntimo, salvo porque decenas de hombres y mujeres comentaban sus escritos a diario. Padres que, como ella, ansiaban el regreso del hijo pródigo o se negaban a aceptar su muerte. Todo aquel sufrimiento era insoportable. La lectura de aquellas conversaciones fue un tormento para Blanche.

Marion Palain tenía además una cuenta en una red social profesional. Blanche descubrió que la madre de Anaïs se había tomado un año sabático, pero que habitualmente trabajaba en una compañía de seguros. Era experta en estadística y cálculo de probabilidades. Blanche sonrió a su pesar. Un cerebro matemático. ¡Lo que le faltaba! No le sorprendía que esa mujer no se contentase con mandar que la mataran.

En la cuenta figuraba su dirección de correo. Blanche calculó el riesgo de ponerse en contacto con ella. Por el momento nada indicaba que la mujer supiera que la había descubierto. Era probable que la falta de respuesta por parte del Sabueso la hubiese preocupado, pero ¿cómo iba a saber que Blanche había encontrado el móvil del asesino a sueldo? Solo si había hecho que la siguieran hasta la casa de Adrian. Era una posibilidad. Hacía tiempo que vigilaban todos sus movimientos. Pero por otro lado no tenía nada que perder. Era mucho peor seguir enclaustrada en ese piso hasta que alguien le anunciara que estaba a salvo. Ese momento nunca llegaría. No se hacía ilusiones.

Se estrujó el cerebro en busca de algo con lo que presionarla. Tenía que haber alguna forma de parar en seco las intenciones de Marion Palain. Adrian le había enseñado a protegerse de sus clientes, pero nunca la había preparado para desconfiar de las víctimas. Puede que Anaïs hubiese cometido algún error inconfesable a pesar de tener solo diecisiete años.

Quizá había recurrido a algún procedimiento censurable que su madre prefería mantener en secreto. Pero era demasiado tarde. Si Anaïs tenía secretos, Blanche los había enterrado. Arremeter directamente contra su madre tampoco solucionaría nada. Marion Palain lo había perdido todo. Nada la haría tambalearse.

Solo le quedaba una carta por jugar, la de la sinceridad.

Blanche no tuvo que meditar mucho la redacción del correo. Las palabras le brotaban sin necesidad de buscarlas. Hacía cinco años que esperaban para salir. Blanche no imploró el perdón de Marion Palain. Habría sido indecente. Prefirió expresarle sus remordimientos, la culpabilidad que siempre había sentido. No buscaba ninguna excusa ni esperaba clemencia. Merecía vivir con el fantasma de Anaïs. Había tomado una decisión y debía asumirla. Por supuesto, ninguna de esas frases la incriminaban, solo las habría entendido alguien implicado en el asunto, y era obvio que Marion no quería tratos con la justicia. Quentin era la prueba. Aun así, Blanche no podía estar segura de que no interceptaran el correo, de modo que debía ser prudente. Concluyó su *mea culpa* con una oferta. Le proponía a Marion Palain que se encontraran y ella le diría dónde se hallaba el cuerpo de Anaïs. No podía indicarle el punto exacto, pero estaba dispuesta a acompañarla.

Releyó el correo una última vez, presintiendo que lo borraría todo. Pulsó la tecla «enviar» sin estar del todo decidida.

Sabía que esa confesión no cambiaría su destino, y ni siquiera estaba segura de querer que así fuera. Lo había escrito porque su conciencia se lo pedía, y porque era la única oportunidad de salvar a Adrian.

47

El sonido de un correo entrante la despertó. Solo eran las nueve de la noche, pero los recientes descubrimientos le habían hecho el mismo efecto que un potente narcótico. Saber que no estaba loca, al menos de momento, que no era responsable de la muerte de Quentin y que ese embrollo estaba llegando a su fin era un gran alivio. La deserción de Cédric empeoraba un poco la situación, pero lo superaría. Igual que superaría todas sus angustias. Tenía la sensación de haber ganado una batalla, aun cuando el desenlace de la guerra fuera incierto. Moriría pronto. Estaba escrito. No estaba hecha para escapar de asesinos a sueldo. Sorprendentemente, la idea no la asustaba. Incluso veía en ella cierta elegancia y una salida que no se hubiese atrevido a desear. Moriría en la flor de la vida, en plena posesión de sus facultades. Nunca sería una carga para Adrian.

Se sentó en el sofá para consultar el ordenador. Tenía el cuello adolorido, no le había dado tiempo a ponerse cómoda antes de quedarse dormida. Su mente todavía iba a cámara lenta. Se frotó la cara con energía con ambas manos para salir del estado de somnolencia. Sabía que en cuanto leyera la respuesta de Marion debería estar lista para actuar.

La dirección del remitente no era la misma a la que había enviado la confesión. Y el asunto del mensaje estaba en blanco.

Blanche tardó un instante en comprender que el mensaje no era de Marion Palain, y unos segundos más en darse cuenta de su importancia.

A primera vista se parecía mucho a un correo basura. Contenía los elementos típicos de la publicidad engañosa. American Airlines le anunciaba que acababa de ganar un viaje a Orlando. La oferta era al portador. Para recibir el premio bastaba con enviar un SMS con su fecha de nacimiento al número de teléfono que aparecía en el correo.

Cualquiera con un poco de sentido común habría eliminado el correo sin responder. Cualquiera menos Blanche. Ese mensaje iba destinado específicamente a ella.

Para los amantes de los juegos de cartas, sobre todo en el póquer, American Airlines era el sobrenombre que se daba a la pareja de ases. Blanche no lo habría sabido nunca si Adrian no se lo hubiese contado. «Dos A —había precisado, como si no fuera evidente, antes de sonreír como un niño y añadir—: ¡Como yo!» A partir de entonces había firmado sus correos con el nombre de la compañía aérea. American Airlines en lugar de Adrian Albertini.

Blanche no podía pasarlo por alto. Si necesitaba más pruebas, solo tenía que remitirse al destino que le proponían. Orlando era el nombre del padre de Adrian.

Se le llenaron los ojos de lágrimas al leer las primeras palabras. Adrian estaba vivo. Ya no era un deseo o una intuición. Tenía ganas de gritar de alegría. Intentó serenarse para releer el mensaje completo prestando el máximo de atención.

Adrian le estaba ofreciendo una manera de comunicarse con él. No obstante, ponía dos condiciones. Debía estar sola, y no llamar al número que figuraba en el mensaje, sino conversar por escrito. Esa última instrucción hizo que se le encogiera el estómago. A Blanche le habría encantado hablar con él, oír su voz. No sabía por qué tomaba tantas precauciones. Si temía que alguien le hubiese pinchado el teléfono, escribirse mensajes también era peligroso. Fuera como fuera, respetó su voluntad y envió su fecha de nacimiento.

Diez segundos después recibió el primer mensaje de Adrian. Esta vez ya no estaba en clave.

Estás sola?

          Tal como me has pedido! Estás bien?

Sigo vivo. Y tú?

          Ahora mejor, pero creo que alguien quiere

          matarme

Lo sé

A Blanche le sorprendía lo abrupto de sus respuestas, pero entonces recordó que a Adrian le resultaba muy incómodo escribir mensajes. Se quejaba de que las teclas de los móviles no estaban hechas para el grosor de sus dedos. Esperó un poco y le alivió comprobar que la respuesta estaba prevista en dos tiempos.

He intentado sacarte de ahí pero no lo he
conseguido. Lo siento

Blanche no estaba segura de haber entendido lo que quería decir.

          Te refieres al Sabueso?

El Sabueso está muerto

          Lo sé. Lo encontré y me deshice de él

Sabía que lo conseguirías

Blanche sonrió. Ese intercambio de mensajes era lo más agradable que le sucedía en mucho tiempo. A partir de ahora todo iría mejor. Lo sabía.

Necesito verte. Dónde estás?

No puedo decírtelo. Es demasiado peligroso

Más peligroso que un asesino a sueldo intentando matarme?

Lo digo en serio. Tenemos que ir con cuidado

Blanche tenía la sensación de ser una niña a la que le estaban negando un capricho, pero no tenía intención de abandonar tan fácilmente.

Yo también lo digo en serio. Tengo que verte

Primero hay que solucionar el problema

Tenía que demostrarle que sería más útil si estaba con él.

Creo que sé quién quiere hacerme daño

Marion Palain. Estoy al corriente

Blanche no daba crédito a sus ojos. ¿Cómo lo había descubierto? Ni siquiera había conocido a Anaïs.

Te lo dijo el Sabueso?

Es una larga historia. Ya te la explicaré.

Pero ahora debes esconderte

Estoy en casa de un amigo

Estás segura de que no te han seguido?

No tenía ni idea. En vista de lo ocurrido los últimos días, sin duda era una posibilidad. No quería alarmarlo sin una buena razón, pero puede que fuera su única oportunidad para convencerlo.

No creo. En todo caso, no estoy sola

Me has dicho que estabas sola!

Blanche odiaba las conversaciones por escrito. Unas cuantas palabras tecleadas a toda prisa no bastaban para explicarlo todo.

Estoy sola ahora mismo, pero él volverá
pronto

Quién es?

No lo conoces

Dame su dirección. En cuanto todo haya
acabado, iré a buscarte

Mientras escribía la dirección, Blanche tuvo un pálpito y se detuvo de golpe. Llevaba cinco minutos intercambiando mensajes sin contar con una prueba fehaciente de que se trataba de Adrian. El pánico se apoderó de ella. ¿Por qué se negaba a verla o a hablar? Borró la dirección de Cédric y, en su lugar, envió una pregunta.

Cuál es mi plato favorito?

La respuesta tardó y Blanche empezó a notar un sudor frío en la frente.

Ñoquis a la romana

Por qué has tardado tanto?

Porque de pequeña preferías los
espaguetis a la boloñesa

Blanche cerró los ojos y dejó salir el aire que le comprimía los pulmones. Apuntó la dirección y la envió sin más vacilaciones. Adrian tardó una eternidad en responder.

Dime en casa de quién estás

A Blanche le divertía verlo insistir. Le recordaba a los años que siguieron a la muerte de su madre, cuando ella le gritaba desde la puerta que iba a ver a sus amigos. Adrian la alcanzaba infatigablemente para preguntarle el nombre de cada uno de ellos. Esta vez lo que estaba en juego era distinto, así que le ahorró la negociación.

En casa de Cédric Collin. El sobrino de
Barde

Los tres puntos suspensivos que indicaban que estaba escribiendo desaparecieron varias veces antes de quedarse fijos. Blanche esperó pacientemente, a pesar de que tenía un montón de preguntas pendientes. Cuando el mensaje de su padrastro llegó por fin, Blanche tuvo la sensación de que las paredes de la habitación se le echaban encima. Adrian ya no hablaba. Gritaba.

SAL DE AHÍ, BLANCHE. ME OYES?
SAL DE AHÍ

48

«Michigan, Misisipi, Misuri, Montana...» Blanche tenía el teléfono en la mano y se balanceaba adelante y atrás con la vista fija en la pantalla, incapaz de leer una sola línea. Adrian había intuido que estaba teniendo un ataque de pánico y los pitidos resonaban sin parar por todo el apartamento.

«Nebraska, Nevada, Nuevo Hampshire...» Blanche intentaba por todos los medios volver a la realidad. La letanía acabaría por funcionar, a la fuerza. Recuperaría el control, debía confiar en sí misma. Solo necesitaba un poco de paciencia y no dejar que la crisis empeorase.

Las alertas de los mensajes entrantes se intensificaban. Blanche rezaba por que Adrian no parase. Eran como salvavidas en medio del mar. Al final se agarraría a alguno. El sonido de una llamada la sobresaltó. Soltó el móvil, que rebotó por el parquet sin romperse. No se atrevía a recogerlo. No soportaría una sola emoción más.

Blanche miró de lejos la pantalla y constató que Adrian por fin se había decidido a hablar con ella. Su padrastro había encontrado la solución. El antídoto para todos sus males. La opresión en su caja torácica disminuyó enseguida. Blanche cogió grandes bocanadas de aire.

—¿Blanche?

Blanche no estaba en condiciones de hablar. Adrian actuó como si la tuviera enfrente.

—Concéntrate en mi voz, Blanche. Respira. ¿Me oyes? Respira.

Blanche obedecía, aunque Adrian no tenía manera de comprobarlo.

—Ahora enderézate. Quiero que te pongas bien recta.

Una vez más, ella acató la orden.

—Quiero que inspires profundamente y contengas la respiración durante diez segundos.

Adrian empezó a contar.

—Ya. Suelta el aire poco a poco. Todo el aire. Quiero oírte toser al final. Vale, bien. Ahora háblame.

—...

—¿Blanche?

—Estoy aquí.

Blanche quería que la tranquilizase, que le dijera que el último mensaje no iba dirigido a ella. Deseaba escuchar que todo iría bien, que estaba fuera de peligro. Pero por encima de todo quería que estuviese allí, a su lado, y la abrazase.

—Tienes que salir de ahí enseguida, Blanche. No puedes quedarte.

Adrian hablaba pausadamente, pero su tono no admitía réplica. No había negociación posible.

—¿Por qué?

—Confía en mí. Tienes que marcharte de esa casa. Ve a tu apartamento. Encontraré la manera de llegar hasta allí.

—¡Dime qué está pasando!

—Es demasiado largo. Cédric está compinchado con Marion Palain. Es todo lo que necesitas saber por ahora.

Blanche no daba crédito a sus oídos. No quería ni considerarlo. Era ella quien había recurrido a Cédric. Ella, la que había decidido presentarse allí. Él se había limitado a seguirla y ayudarla en su búsqueda de la verdad.

—Creo que te equivocas con él —balbuceó.

—¡Ya me gustaría, Blanche! Pero es la verdad. Tienes que irte, y rápido. No pienso colgar hasta que hayas abandonado ese apartamento.

Adrian continuó hablando, pero Blanche apenas prestaba atención. Sabía que su padrastro solo trataba de tranquilizarla. Otras cuestiones acaparaban su mente. Intentaba recordar cada instante compartido con Cédric. Presa de una especie de fiebre, corrió a la habitación de invitados en busca de sus cosas. Se movía como un autómata mientras su mente reconstruía los sucesos de los últimos días.

Cédric la había ayudado a contactar con el secuestrador de Adrian. «¡No digas tonterías! —se dijo de pronto irritada—. ¡No hablabas con el secuestrador, sino con Marion!» Si Adrian tenía razón, Cédric debía de habérselo pasado en grande.

Salió de la habitación con la bolsa en la mano y se dirigió a la cocina. Las pastillas estaban al lado del hervidor. Una vocecita le susurró que probablemente no habían estado siempre allí. Blanche empezó a ser consciente de la magnitud del desastre. Cédric había jugado con ella. Le había mentido. Por supuesto que había dejado las pastillas en su bolso. La ira redobló su energía.

Volvió al salón e inspeccionó rápidamente la estancia. Tiró las últimas notitas de colores que había dejado allí y cogió el ordenador.

Cédric la había encontrado desmayada en su apartamento y la había ayudado a deshacerse del cuerpo de Quentin. «Piensa, Blanche, ¡piensa, joder! ¿Por qué llegó en aquel preciso momento? ¡Para asegurarse de tu reacción!»

Adrian seguía hablando. Blanche iba informándole de lo que hacía, pero las reflexiones se las guardaba para ella.

¿Sabía Cédric que el Sabueso recibiría un correo de Marion justo cuando tenía el móvil en la mano? Probablemente no. Había improvisado.

Blanche ya no intentaba excusarlo. Transformaba cada duda en una acusación.

Nunca habría ido al cementerio de Levallois-Perret si Cédric no hubiera insistido. Había dejado que fuera ella sola hacia la tumba de Stéphane Palain. «¿Estás segura? ¡Él escogió aquel camino! ¡Tú lo seguiste como un perro faldero!»

La cabeza empezaba a darle vueltas otra vez, así que se concentró en la voz de Adrian.

—No te oigo, Blanche. ¿Sigues ahí?

—Estoy aquí.

—Dime qué estás haciendo.

Blanche estaba plantada en medio del salón, con la bolsa a los pies. No era capaz de moverse.

—Tienes que irte ya.

—¿No sería mejor revisar las cosas de Cédric? —sugirió, de nuevo operativa.

—¿Para qué?

—¡Yo qué sé! Podría descubrir a quién han contratado para que me mate. O alguna otra pista. Lo que sea.

—No hay tiempo. Ya nos las apañaremos. ¡Tienes que salir de ahí!

La frase sonó como una sentencia. Blanche sujetó el móvil con el hombro y echó a andar hacia la puerta.

Empujó el tirador con los dos dedos que le quedaban libres, pero la puerta no se abrió. Dejó sus cosas y volvió a probar. Sin resultado. La puerta estaba cerrada con llave.

Llevaba ya el abrigo puesto y empezó a sudar.

—Estoy encerrada —dijo medio sollozando.

—¿Qué?

—Me ha encerrado, Adrian. No puedo salir.

—Cálmate. Piensa. ¿Sabes si hay otra salida?

Blanche respiró hondo y se concentró. Se maldijo por ser tan estúpida.

—¡Las llaves! —dijo de repente.

—¿Qué llaves?

—¡Me ha dejado unas llaves!

Corrió hacia el salón y cogió el juego de llaves que había sobre la mesita. Volvió junto a la puerta entre jadeos. Le temblaban tanto las manos que tuvo que hacer varios intentos hasta que consiguió introducir la llave.

—¡No funciona! —gritó.

—¿Cómo que no funciona?

—¡La llave está dentro, pero no gira!

—Respira, Blanche. ¿Estás segura de que ha entrado bien?

Blanche soltó aire despacio y volvió a intentarlo.

Pero no le quedó más remedio que rendirse a la evidencia. Ninguna llave servía. Cédric la había secuestrado.

49

Adrian le había ordenado mantener la calma, aunque no esperaba que surtiera tanto efecto. Blanche había conseguido contener el nerviosismo y respondía a todas sus preguntas mecánicamente. Sí, había otra puerta en la cocina que daba a una escalera de servicio, pero no, no podía abrirla. También estaba cerrada y ninguna llave encajaba. No, no podía salir por la ventana. Estaba en una quinta planta y no había cornisas donde esconderse ni tuberías a las que agarrarse. Tampoco había vecinos en el rellano, y de todos modos gritar socorro no era la decisión más inteligente. A nadie le interesaba que acudiera la policía.

Adrian se había quedado sin opciones.

—Voy a buscarte —dijo al fin—. Solo necesito que aguantes una hora. Dos, como mucho.

Blanche miró el reloj e inició mentalmente la cuenta atrás.

—¿Sigues sin querer decirme dónde estás?

—No tiene importancia. Iré lo más rápido posible, te lo prometo.

—Y ¿si llega Cédric?

—No te hará nada. No es un asesino.

—¿Cómo puedes estar seguro?

—Lo sé, ¡y punto!

Blanche estaba harta de sus respuestas enigmáticas.

—¿Me vas a contar lo que está pasando de una vez por todas?

—Te lo contaré cuando nos veamos.

Blanche sabía que no servía de nada insistir. Sin embargo, no podía resignarse a esperar dos horas de brazos cruzados.

—¿Y Barde? —dijo esperanzada.

—¿Qué pasa con Barde?

—Estoy segura de que no está compinchado con su sobrino. Creo que tiene una copia de las llaves.

—¿Cómo lo sabes?

Un año antes, Barde le había facilitado las llaves para que fuera a deshacerse de las plantas de marihuana. «¡Y un teléfono! —recordó al instante—. Barde me dio un móvil desechable que tenía que entregar a Cédric para que lo mantuviera informado.» El teléfono que había encontrado en el bolsillo de Quentin. Ahora no cabía duda. Recordaba haber puesto la tarjeta SIM ella misma.

—¿Blanche? ¿Sigues ahí?

—¡Estoy aquí! —dijo con más vigor que nunca—. Tengo que llamar a Barde.

—No creo que sea una buena idea —respondió Adrian incómodo.

—¿Por qué? Siempre he mantenido una buena relación con él.

Antes de acabar la frase supo cuál era el origen de la reticencia de Adrian.

—No me creerá, ¿verdad? Pensará que estoy loca. ¡Y todo gracias a ti!

—Lo siento, Blanche. Lo hice para protegerte.

—Pero eso también me lo explicarás más adelante...

—¡Te lo prometo!

—¡Aunque dentro de dos horas a lo mejor estoy muerta! —contestó ella con frialdad.

—Cédric no te hará daño. Confía en mí. En el peor de los casos, se dará cuenta de que sabes que está implicado y llamará a Marion para que le dé instrucciones. Ella decidirá si eliminarte o no, y para eso tendría que mandar a toda prisa a uno de sus asesinos. Le llevaría un tiempo. No mucho, pero más de lo que necesito para ir a buscarte.

—¿Qué hago mientras tanto?

—Vuelve a poner tus cosas en su lugar. Actúa como si yo no te hubiese llamado.

—¡Es muy fácil decirlo!

—¡Escúchame, Blanche! Tienes que hacerle creer que nada ha cambiado desde que se fue. Que todo sigue igual.

—Me ha dicho que podía quedarme hasta mañana, después debía irme.

—Lo ha hecho para ganarse tu confianza. Después de adivinar las intenciones de Marion Palain, estaba claro que no tardarías en desenmascararlo a él también.

—Pero fue él quien apuntó la solución.

—Eso significa que el plan de Marion está llegando a su fin.

—¿Lo dices para tranquilizarme?

—¿Qué estabas haciendo antes de recibir mi mensaje? —preguntó Adrian eludiendo la pregunta.

—Me había quedado dormida en el sofá.

—Pues vuelve a dormir y no te muevas hasta que él vuelva. Quién sabe, quizá sea yo quien te despierte.

Blanche comprendió que la conversación llegaba a su fin. No estaba preparada, pero sabía que nunca lo estaría. Le dijo adiós como si fuera la última vez. Adrian se conformó con un «hasta luego».

Volviendo sobre sus pasos, Blanche colocó de nuevo las pastillas junto al hervidor, deshizo la bolsa e incluso pegó en la mesa las tres notas adhesivas que Cédric todavía no había visto.

Aquella recreación le costó un gran esfuerzo. Tenía la impresión de que Adrian le pedía que se fuese apartando el pelo de la nuca para facilitarle el trabajo a su verdugo.

Se acomodó en el sofá, pero no quería dormir. Puede que solo le quedasen unas horas de vida y, al contrario que mucha gente, prefería morir despierta. Encendió el ordenador y buscó algo que la mantuviese ocupada. Fue todo un reto. Sin pensarlo demasiado, introdujo el nombre de Quentin en el buscador. Una vez más, su ingenuidad se hizo evidente. Quentin no era el chico reservado que le había descrito Cédric. Ella no se había ni molestado en comprobarlo, ¿por qué iba a hacerlo? Cédric había conseguido que creyera que estaba dispuesto a todo para ayudarla.

Quentin tenía un perfil público en Facebook. Al parecer no le faltaban amigos y tenía una vida plena. Trabajaba, se divertía, viajaba. Sus datos personales decían que era soltero, pero a juzgar por las fotos eso no era un problema, sino todo lo contrario. Había conseguido su título en el Instituto de Estudios Políticos de París y Blanche no sabía si debía alegrarse. Después de todo, si había aceptado deshacerse del cuerpo de su novia era justamente para que él pudiese vivir esa vida. No se mencionaba a Anaïs. Si en alguna ocasión pensaba en ella, se lo guardaba para sí.

«¡Algo no cuadra!», pensó Blanche. ¿Por qué se habría arriesgado Quentin a perderlo todo acudiendo a Marion? Parecía feliz. Es cierto que las redes sociales eran como un espejo distorsionador, una herramienta ideal para inventarse una vida, pero Blanche no percibía en esas fotos el menor rastro de tristeza. Y todavía menos de culpabilidad. Se dedicó a revisar su muro hasta dos años atrás. Quentin no hacía referencia en ningún momento a la muerte del que podría haber sido su suegro. Ninguna foto de una vela ni publicaciones sobre los valores esenciales de la vida. Sin embargo, tampoco parecía especialmente reservado con lo que publicaba. Si le hubiese ocurrido una desgracia, lo habría expresado de una manera u otra.

Estaba convencida de que Quentin había ido a ver a Marion para confesar el crimen, pero en realidad era Cédric quien le había metido esa idea en la cabeza. Blanche recordaba lo que había dicho palabra por palabra: «Si me hubiese pasado a mí, ¡probablemente lo habría hecho!». Si no había sido Quentin, ¿quién había guiado a Marion hasta ella?, ¿y cuántas veces Cédric la había conducido hasta una pista falsa? Tendría que empezar de cero. Separar lo verdadero de lo falso.

Cuando oyó el característico sonido de una llave abriendo la cerradura, se dijo con amargura que ya no tendría tiempo.

50

Blanche oyó los pasos de Cédric en el parquet de la entrada. Esbozó una sonrisa que esperaba que resultase creíble. Los latidos del corazón le retumbaban en los tímpanos. Se ajustó el jersey de cuello alto por miedo a que Cédric percibiera las pulsaciones erráticas de su corazón a través de las venas. Con las manos plantadas en los muslos, le dio la bienvenida más calurosa que pudo.

—¿Ya has vuelto? Pensaba que no te vería esta noche.

—Ya sabes cómo es esto...

—¿Cenar con tu madre? En realidad no. Bueno, hace tanto que no me acuerdo.

—Lo siento —dijo apoltronándose en la butaca que había frente a ella—. No quería decir eso.

—Ya lo sé, no te preocupes. ¡Estaba bromeando!

—Pareces animada, ¿no?

—No creas —mintió estirando los brazos y fingiendo un bostezo—. Justamente me iba a la cama.

—¿Ya? No son ni las diez.

—Mañana quiero salir temprano.

—En realidad, sobre lo que he dicho antes, lo he pensado mejor. Puedes quedarte todo el tiempo que quieras. Además, aquí estarás más segura.

«¡Mira tú por dónde!», se dijo Blanche sin desembarazarse de la sonrisa. De modo que esas eran las instrucciones de Marion Palain. Mantenerla encerrada con su carcelero. Debía disimular para no ponérselo en contra o despertar sospechas.

—Yo también he estado pensando, y creo que tienes razón. No tenía ningún derecho a meterte en este lío. Me arrepiento de haberlo hecho.

—No digas eso.

—Sí, sí, ¡es lo que pienso! No te lo mereces. Y quién sabe, a lo mejor cuando todo esto acabe podemos ir a cenar por fin.

Blanche esperaba que el brillo de sus ojos fuese lo bastante convincente. En todo caso, Cédric parecía estar creyéndose su discurso. Ella se preguntaba qué se inventaría ahora.

—¿Sabes qué? —dijo Cédric poniéndose en pie—. Voy a preparar un té y ya hablaremos de todo esto mañana cuando te levantes. ¿Qué te parece?

«¡Seguro que me pones algo en el té para que no me despierte antes de que hayas decidido qué hacer!», quería responder Blanche, pero se contuvo.

—¡Me parece una idea estupenda!

Tanto entusiasmo sonaba falso, pero a Blanche no le preocupó. Se suponía que era la última noche que pasaban juntos. Era lógico que faltara naturalidad.

Cédric dejó a Blanche sola en el salón, pero sin arriesgarse. Blanche había oído como cerraba la puerta con llave. Era poco probable que la hubiera dejado puesta, y si se aventuraba hasta la entrada para comprobarlo, él lo sabría al momento. La madera del suelo crujía en cuanto alguien ponía un pie encima. Sin necesidad de salir de la cocina, podía controlar todos sus movimientos. Una hora, dos como máximo. Solo tenía que aguantar.

Ya había anticipado los pasos que debía seguir. Cédric le llevaría una taza humeante que ella soplaría durante cinco minutos, hablando de cualquier cosa. Después diría que no se tenía en pie y se levantaría para ir a su habitación. Si no le temblaban la voz ni las manos, puede que Cédric la creyese. Una vez en la habitación de invitados, solo tendría que aguardar a que Adrian viniese a salvarla. Esa parte era de lejos la más difícil de imaginar. Adrian tenía setenta y seis años, artritis en los dedos y una vejiga que apenas le concedía cuatro horas de autonomía. Los jubilados solo podían hacerse los héroes en las películas.

De vez en cuando, Cédric le lanzaba alguna banalidad desde la cocina. Ella respondía con un tono indiferente. O al menos lo intentaba. Tras haberle preguntado qué tal le había ido la noche y explicarle cómo había sido la suya, le preguntó si había avanzado en la investigación.

—No mucho —gritó Blanche desde el salón—. Creo que estoy demasiado cansada para pensar con claridad. Mañana lo veré todo más claro.

—Seguro. ¿Tienes previsto ponerte en contacto con Marion Palain?

Esa pregunta era una trampa en la que Blanche no tenía intención de caer. Era evidente que Cédric estaba al tanto del correo que ella había enviado.

—He encontrado una dirección de correo en internet —dijo sin titubear.

—¿Piensas escribir?

—¡Ya lo he hecho!

—¿De verdad? ¿Y qué le has dicho?

«¡Como si no lo supieras!», gruñó Blanche para sus adentros.

—Le he propuesto que nos reunamos —respondió simplemente—. Ya veremos si le interesa.

–Podría ser peligroso.

«¡Menos que estar aquí!»

–A lo mejor ni siquiera consulta esa cuenta. Es su correo de trabajo, y en su perfil ponía que lo había dejado por un tiempo.

–¿Quieres que te ayude a encontrar otra?

–No te preocupes. A partir de ahora me las arreglaré sola.

Cédric reapareció con dos tazas. Se dirigía hacia ella cuando su mirada se quedó fija en la repisa de una de las ventanas. Algo no iba bien. La sonrisa falsa que había en su rostro había desaparecido. Blanche se asomó un poco por encima del sofá para ver qué lo había perturbado. Se quedó paralizada, aunque todo su ser le gritaba que saliera corriendo y se pusiera a salvo.

La copia de las llaves estaba a la vista junto a la ventana. Con las prisas, Blanche había olvidado volver a ponerlas donde las había dejado Cédric. Necesitaba encontrar cuanto antes una excusa que explicara ese desplazamiento, pero tenía que esperar a que Cédric hiciese algún comentario al respecto. No debía dar la impresión de estar justificándose. Le sorprendió que Cédric continuase caminando como si nada. Le tendió la taza y se sentó, de nuevo con una sonrisa en los labios.

–He visto que has cogido las pastillas –dijo con tono anodino.

Blanche no pudo ocultar su asombro.

–El bote –le aclaró él antes de soplar su té–. Lo has cambiado de lugar.

–Veo que eres muy observador –dijo ella fríamente.

Él soltó una carcajada que le heló la sangre.

–Lo había puesto a la izquierda del hervidor para que no me molestase.

–No sabía que eras tan maniático –respondió Blanche. No le gustaba el cariz que estaba tomando la conversación.

—No hemos vivido juntos lo suficiente para que lo sepas. ¿Entonces?

—Entonces, ¿qué?

—¿Te las has tomado?

—¿Tanto te importa?

—¡Para nada! Simplemente te iba a proponer que te fumases un porro conmigo en tu última noche. Pero si las has tomado no sería lo más recomendable.

Blanche no tenía la menor intención de fumar nada con él. Necesitaba la cabeza completamente despejada.

—Una pena —dijo encogiéndose de hombros—. Habría sido guay. Pero sí, ya me las he tomado.

Cédric se hundió en la butaca con cara de depredador.

—¿Te han dicho alguna vez que mientes muy mal?

51

Había contado el número de pastillas antes de irse. Blanche debería haberlo pensado. Se le humedecieron los ojos, pero se negaba a llorar delante de él. Cédric parecía disfrutar viéndola al borde de un ataque de pánico. Blanche sopló el té para fingir serenidad. No tenía intención de probarlo, pero sabía que todo lo que había preparado acababa de desmoronarse. Cédric ya no permitiría que se fuera a su habitación.

–¿Qué es? –preguntó para romper el silencio.

–Té verde. ¿Está bien?

Blanche asintió discretamente con la cabeza. Cédric cogió su taza con las dos manos y se puso cómodo.

–¿Cuándo te has dado cuenta?

Había llegado el momento. Cédric seguía sonriendo. Parecía a gusto con la situación. Blanche dudaba si seguir con la farsa y fingir incomprensión, pero temía que se enfadara.

–Quería salir a tomar el aire –dijo con toda la convicción de la fue capaz.

Por encima de todo, no quería que adivinara que había hablado con Adrian. No solo para evitar poner en peligro a su padrastro, sino también porque probablemente era su única oportunidad de salir de allí con vida.

—¿Y no pensaste que habría cerrado con llave sin querer y me habría equivocado dejándote otro juego de llaves?

—Sí, al principio.

—¿Pero?

—Pero ya sabes que soy un poco paranoica.

Blanche hizo una mueca a modo de disculpa.

—Y aun así no te has tomado la medicación —precisó Cédric—. Sorprendente. Esperaba encontrarte en plena crisis o inconsciente.

Tenía razón. Blanche había demostrado en varias ocasiones que era incapaz de controlarse sola.

—He necesitado todos los estados norteamericanos, pero he conseguido superarlo —dijo con una sonrisa forzada.

—¡Me alegro mucho!

Su intercambio de palabras sonaba cada vez más falso. Blanche sabía que se estaban volviendo las tornas y tenía que retomar las riendas. Necesitaba hacerse con el control de la conversación.

—¿Desde cuándo conoces a Marion? —preguntó mirándolo a los ojos.

—Hace veinte años más o menos. Daba clases de estadística en mi facultad.

—Pensaba que habías dejado los estudios.

—Y no he mentido. Solo hice los dos primeros cursos. Suficiente para conocerla. ¡Es una mujer increíble! Te caería bien, creo.

—No te lo tomes a mal, pero lo dudo.

—En otras circunstancias, quiero decir. Nos entendimos enseguida. Cuando supo que abandonaba los estudios, fue la única que no quiso hacerme cambiar de opinión. Me dijo que si necesitaba cualquier cosa estaría encantada de ayudarme. Vivía tranquilo hasta que un día mi padre me amenazó con cerrarme el grifo si no me ganaba mínimamente la vida. Yo había mantenido el contacto con Marion y me propuso un trabajo. Su hija necesitaba clases particulares.

—Anaïs —susurró Blanche.

—Sí, Anaïs. Cuando la conocí, tenía siete u ocho años. ¡Tendrías que haberla visto a esa edad! Era adorable. Se suponía que me ocuparía de ella durante un trimestre, pero acabé ayudándola casi todos los años de escolaridad. Anaïs tenía problemas de concentración. No era tonta, ni mucho menos, pero le costaba retener las nociones. Cuando empezó a utilizar internet, Marion me pidió que le enseñase lo básico, y se le daba muy bien. También continuaba ayudándola con otras materias. Más tarde llegó a comprarme algunos gramos.

—¿Le vendiste droga a una menor?

—¡No eres quién para ir dando lecciones de moral! —soltó enfadado.

Blanche bajó la mirada esperando que lo viera como un signo de arrepentimiento.

—Los últimos meses de su vida, Anaïs no era feliz —dijo con tono grave—. Necesitaba evadirse.

—¿Qué le pasaba?

Blanche estaba genuinamente interesada. Intuía que los problemas de Anaïs eran un punto crucial en la historia.

—Estaba enamorada —contestó Cédric con una sonrisa amarga.

—¡Qué hermoso sufrimiento! —respondió Blanche con dulzura.

—No cuando el amante se comporta como un patán de la peor calaña.

Blanche temía lo que venía a continuación. Hizo acopio de valor.

—¿Quentin?

—¿Quién si no? —espetó.

—Solo lo vi una vez, vivo quiero decir, y me pareció un buen chico.

Blanche no podía creer que acabase de decir semejante estupidez. Cuando conoció a Quentin, acababa de matar a su novia.

—¡Sabía cómo caerle bien a la gente! Anaïs te lo habría confirmado.

—¿Qué estás intentando decir exactamente?

Cédric bebió un sorbo de té antes de contarle el lento descenso a los infiernos de Anaïs. Las primeras semanas transcurrieron sin tropiezos. Anaïs vivía un idilio adolescente. Tenía dieciséis años y decía que se sentía como en una nube. Cuando las notas del instituto revelaron que había encontrado mejores cosas que hacer que estudiar, Marion le pidió a Cédric que se ocupase un poco más de su hija, pero Anaïs ya no era una niña y le costó mucho convencerla de que lo hacía por su bien. Ella lo veía como un obstáculo a su felicidad. Para persuadirla, Cédric le propuso que dieran las clases en su casa, y empezó a fumar delante de ella esperando que lo considerara un amigo y no solo el profesor que su madre le pagaba. El truco funcionó tan bien que Anaïs acabó haciéndolo su confidente. Le hablaba de Quentin sin parar, de lo guapo e inteligente que era, de lo lejos que llegaría en la vida. Quentin sabía darle lo que quería. Estaba convencida de que no había nadie tan atento como él. Iba a buscarla todos los días a la salida del instituto para llevarla al cine o simplemente pasear. Le hacía regalos sin motivo, solo para verla sonreír. En definitiva, eran dos tortolitos. Hasta el día en que Cédric descubrió un moratón que rodeaba por completo la muñeca de Anaïs. Le pidió explicaciones y enseguida desarmó la mentira que la chica había preparado cuidadosamente.

—Esa vez lo dejé pasar —dijo Cédric con la voz teñida de arrepentimiento.

Lo que sucedió después era de esperar. La mirada de Anaïs se iba apagando a medida que pasaban los días, llevaba manga larga fuera invierno o verano. Ya no reía. Nunca. A lo sumo, esbozaba una sonrisa. Cédric advirtió a Marion, pero los padres de Anaïs se sentían impotentes. En plena adolescencia, su hija se negaba a hablarles y los amenazaba con fugarse si le prohibían ver a Quentin.

—No hay nada más difícil que convencer a una mujer, tenga la edad que tenga, de que el hombre al que ama la está destruyendo.

Blanche suponía que Cédric lo había intentado. Continuó el relato con la mirada perdida.

Anaïs siempre encontraba excusas. Quentin era un año mayor que ella y se estaba preparando para entrar en el Instituto de Estudios Políticos de París. «No es malo —decía ella—. Es el estrés lo que le hace reaccionar de manera violenta.» Cédric pensó en hacerle una visita, pero cometió el error de decírselo a Anaïs. Ella lo amenazó con suicidarse si lo hacía. No eran más que palabras huecas, pero Cédric no estaba dispuesto a correr ese riesgo. Así que la ayudó como pudo. La escuchó, le curó las heridas y, sí, de vez en cuando le ofrecía un poco de hierba para que se relajase.

Blanche ya no podía contener las lágrimas. Sentía una profunda tristeza, pero también mucha rabia. Anaïs no era la única que había caído en la trampa de Quentin. Blanche había creído que su dolor era sincero. «Ha sido un accidente», le dijo. Un absurdo accidente que lamentaría toda su vida. No fue su padre quien convenció a Blanche para que hiciera desaparecer el cuerpo. Aceptó el encargo porque pensaba que estaba siendo justa con Quentin.

52

—¿No te bebes el té? —le preguntó Cédric.

—Está demasiado caliente.

Blanche sabía que no podría soplarlo indefinidamente. Tendría que probarlo antes de que pasase una hora. Confiaba en que la droga que hubiese usado Cédric no estuviese demasiado concentrada. Necesitaba mantenerse despierta a toda costa. La mejor distracción era conversar. Cédric se mostraba menos atento a sus gestos en cuanto se ponía a hablar del pasado. Y ella tenía muchos temas sobre los que preguntar.

—¿Cuándo supisteis que Anaïs estaba muerta?

—¿Quieres saber cuándo dejamos de esperar? ¿El momento en que Stéphane y Marion comprendieron que ya no servía de nada buscar a su hija? ¿Es eso lo que me estás preguntando?

Blanche le sostuvo la mirada con dificultad.

—¿Tienes idea de lo que es para unos padres esperar el regreso de un hijo?

Cédric continuó sin esperar respuesta. El padre de Anaïs nunca perdió la esperanza de verla regresar. Marion, en cambio, era más pragmática. Ella lo sentía en sus propias carnes, en sus entrañas. La ausencia. Sabía que su hija no volvería porque la conocía y porque las estadísticas no mienten. Anaïs era incapaz de arreglárselas sola. Aunque tuviera diecisiete años, necesitaba ayuda para todo. Era tan distraída que apenas se orientaba en el barrio en el que había crecido. Una fuga era inconcebible. No habría aguantado ni cuarenta y ocho horas. Habría terminado llamando a sus padres entre sollozos, igual que de pequeña. Partiendo de esa premisa solo quedaban dos opciones. O la chica había muerto el día de su desaparición o se había topado con alguien peligroso al día siguiente. Tanto en un caso como en el otro, de poco servía esperar. La policía no compartía ese punto de vista. Interrogaron a Quentin a petición de los Palain, pero el chico se echó a llorar, culpándose de la marcha precipitada de Anaïs. Muy a su pesar, había roto con ella la víspera de su desaparición porque ya no soportaba sus escenas de celos. La policía no necesitó más pruebas. Anaïs se había fugado y volvería cuando se calmara.

Por su parte Marion, al ver que nadie hacía nada para encontrar a su hija, o al menos su cuerpo, decidió tomar cartas en el asunto.

—Se gastó mucho dinero en el empeño —precisó Cédric.

Mientras el padre de Anaïs se hundía progresivamente en la depresión, Marion removió cielo y tierra para descubrir la verdad. Contrató a detectives privados, pero estos no consiguieron más que sacarle dinero.

—¿Cómo supo lo que había pasado aquella noche? —preguntó Blanche impaciente.

Cédric sonrió. Estaba esperando esa pregunta.

—¡Veo que ya no te crees la teoría de que Quentin confesó!

—Me hubiera gustado creerla, la verdad.

—¿Por qué? ¿Porque así te habrías sentido menos culpable? —Su tono era despiadado—. ¿Porque eso significaría que no te equivocaste con él? Claro, eso te confirmaría..., ¿cómo lo has dicho antes? ¡Ah, sí, que Quentin era un buen chico!

—Yo no podía saberlo —se defendió Blanche.

—No, no podías. Porque preferías esa versión a cualquier otra. Porque te gusta tener la conciencia tranquila. ¡Y lo digo por Quentin y por el resto de tus clientes! ¡Debe de sentar bien mentirse con tanta facilidad!

Blanche no tenía nada que objetar. No podía decirle: «Solo hacía mi trabajo». No podía escudarse en eso porque era ella quien había escogido ese trabajo. Nadie la había obligado. Cédric tenía razón en todo. Había decidido creer que Quentin merecía ese servicio porque necesitaba creer que ella era una buena persona.

—Pero ya que quieres saber los detalles —continuó Cédric—, ¡fue tu querida Madame C quien se lo sopló todo! Bueno, no te ofendas, pero yo siempre la he llamado Madame Claude.

Esa revelación la dejó tan paralizada que hasta Cédric se preocupó.

—¿Sigues aquí?

Blanche respiró hondo y le hizo un gesto para que continuase.

—Marion se dio cuenta de que no conseguiría nada por la vía clásica. Los detectives se sucedían, contentos de desplumar a una madre angustiada. Uno de ellos se creyó más astuto que los demás y le habló de los ambientes delictivos. Estaba dispuesto a ensuciarse un poco las manos si ella pagaba. ¡No había entendido que Marion ya no tenía nada que perder!

Marion Palain sonsacó toda la información posible al detective. Supuestamente, para tomar una decisión. Se quedó con un nombre en particular. El de Madame Claude. Marion adoptó un nuevo estilo de vida. Por las noches deambulaba por los bares y discotecas que había mencionado el detective. Empezó a frecuentar una fauna que nunca habría sospechado que existiera. Acabó conociendo a gente que la llevó a fiestas privadas. Así fue como aterrizó en una velada organizada en honor a Madame Claude y, contra todo pronóstico, consiguió una cita con la reina madre. Marion no se hacía ilusiones. La desdicha de una madre en busca del cuerpo de su hija no iba a conmoverla. Había aprovechado sus salidas nocturnas para informarse. Madame Claude era, ante todo, una mujer de negocios. Así que Marion le ofreció sus servicios y le demostró que podía sacar un gran provecho de sus conocimientos profesionales. Calcular la rentabilidad de un nuevo sector o los riesgos que entrañaban ciertas actividades le resultaría beneficioso. Madame Claude aprovechó la oportunidad para ampliar su poder y eliminar a algunos competidores. Cerraron un acuerdo. Lo que Marion no sabía en aquel entonces era que le estaba ofreciendo a Madame Claude toda una revancha.

—¿Una revancha?

—La jefa puso a trabajar duro a Marion durante meses antes de confesarle que sabía lo que había ocurrido. Y ¿tienes idea de cómo lo supo? —preguntó Cédric con un destello en los ojos.

Blanche no estaba segura de querer saber la respuesta.

—¡Veo que lo has adivinado! —exclamó divertido Cédric dando una palmada—. Sí, mi querida Blanche, ¡tú se lo dijiste!

—¡Yo no voy por ahí hablando de mis encargos con cualquiera! —respondió ella fríamente.

—Por supuesto que no, ya lo sé. Te gusta ser ambigua. Vas esparciendo migajas aquí y allá.

—¡Yo no le he dicho nada a Madame C! Me acordaría.

—Me parece que confías demasiado en ti misma.

Blanche ya no se atrevía a hablar. Temía derrumbarse.

—No hablo de la última vez que fuiste a verla. Confieso que me admira esa mujer. ¿Cómo sería capaz de contener la risa aquel día? Te lo digo en serio, ¡merece todo mi respeto! No, me refiero a la vez que intentó contratarte ¡y tú la quisiste mandar a paseo amablemente!

—¡Yo nunca hice eso!

—Llámalo como quieras. En todo caso, ella se lo tomó así.

Blanche no quería prolongar esa maldita charla. Cédric estaba disfrutando de lo lindo.

—¿No te acuerdas? —dijo simulando decepción en la voz—. Deja que te refresque un poco la memoria. Le dijiste, y perdona si altero un poco tus palabras, pero yo no estaba allí, a ver, le dijiste algo así como: «Prefiero escoger mis propios encargos. Tengo un código de honor». Un código de honor —repitió abriendo comillas con los dedos—. ¡Esa sí que es buena!

—Lo creas o no, es verdad.

—Déjalo ya, haz el favor. Pensaba que habíamos superado esa fase.

Blanche no tenía intenciones de dejarse humillar.

—Aunque así fuera, no veo de qué se me puede acusar.

—¡Es que no te limitaste a eso! Llegaste a decirle que justo el día anterior habías evitado que un chico arruinase su vida por un simple accidente. Que Monsieur Q, y ahora cito textualmente, «merecía una segunda oportunidad» y que por eso ejercías ese oficio. ¡Blanche, la benefactora! Blanche, el ángel de la guarda, ¡dispuesta a ensuciarse para salvar un alma pura!

Blanche sentía las lágrimas aflorar de nuevo. Ahora recordaba aquella conversación. En aquel contexto y en su opinión, aquellas palabras tenían un significado distinto, pero era cierto que las había pronunciado. No había pretendido jactarse de hacer el bien, tan solo había buscado una excusa para declinar la oferta de trabajo de la reina madre. Supuso que si le mostraba su lado sensible, la mujer de negocios perdería el interés. Lo peor era que durante todos esos años había creído que había funcionado.

—A juzgar por tu expresión, ¡empiezas a pillarlo! Y sí, eres responsable de la muerte de Quentin, tú que creías estar salvándolo. ¿Te das cuenta de la ironía?

—Imagino que Adrian también tenía que morir —dijo Blanche para cambiar de tema.

—Así es. Aunque no esperaba que Madame Claude enviase al Sabueso.

Blanche frunció el ceño.

—¿Qué pasa? —preguntó Cédric inquieto.

—¡Madame Claude no conoce al Sabueso! —protestó ella.

—¡Resulta que sí! Por otro lado, me sabe mal decirlo, pero tengo la impresión de que habéis sobrestimado a ese hombre. Tu padrastro lo hizo picadillo.

—No parece que te moleste.

—Porque es solo una cuestión de tiempo. Estoy seguro de que Madame Claude acabará encontrándolo. Después de todo, es lo que le has pedido que haga, ¿no?

Blanche contenía la bilis que le subía hasta la garganta. La cabeza le daba vueltas. Necesitaba tumbarse, cerrar los ojos. Tenía ganas de taparse los oídos con las manos. No quería escuchar ni una palabra más. Miró el reloj por primera vez. Solo hacía media hora que había llegado Cédric.

—¿Esperas a alguien? —dijo él suspicaz.

Blanche trató de disimular el miedo. No podía desmoronarse. Todavía no. Era demasiado temprano. Tenía que encontrar otro tema de conversación cuanto antes.

53

Para acallar las dudas de Cédric, se llevó la taza a los labios. Dio un sorbo y lo escupió discretamente.

—¿Qué tal está?

—Delicioso, como siempre.

Cédric la escudriñó un buen rato. Blanche fue la primera en apartar la mirada.

—Me sorprende verte tan calmada —dijo de repente.

—Si te consuela, estoy recitando estados mentalmente.

—Aun así... Por lo general se te ve más frágil.

Cédric le estaba ofreciendo en bandeja una oportunidad que aprovechó de inmediato.

—¿Por qué me hiciste creer que estaba loca?

—¡Porque lo estás, Blanche! —exclamó—. ¡Estás completamente chalada!

Blanche contuvo las ganas de arrojarle el té a la cara.

—¡No es cierto! Vosotros habéis hecho de todo para que lo creyera.

—¡Deja de hacerte la mártir! Incluso tu padrastro lo piensa. Tú misma lo has dicho por activa y por pasiva.

Blanche estaba segura de que le ocultaba algo.

—¡Ya teníais previsto matarme antes de que te lo contara! Dímelo, ¿por qué?

Cédric pareció dudar antes de responder. Blanche se preguntaba por qué. Hasta el momento lo había soltado todo sin hacerse de rogar. Chasqueó la lengua antes de empezar.

—Para Marion no era suficiente matarte. Quería que sufrieras, igual que ella tras la desaparición de Anaïs. Lo pasó muy mal aquellos días. Sabía que Quentin había matado a su hija, pero no podía probarlo. No logró convencer a la policía a falta del cuerpo. Ni siquiera su marido escuchaba su versión. Marion quería que tú sintieras también esa frustración. Que nadie te creyese nunca.

—Una especie de Casandra...

—Sí, ¡os gustan las mismas lecturas! Ya te he dicho que os llevaríais bien.

Blanche guardó silencio. Tenía la impresión de que Cédric no compartía el deseo de Marion Palain.

—Y tú ¿qué pensabas?

—No tiene ninguna importancia lo que yo piense.

—Para mí sí.

—Es mejor que lo dejes, Blanche. Si crees que sentía compasión por ti, o alguna otra cosa, te equivocas por completo. Lo que te pase me da absolutamente igual.

Blanche sintió una punzada en el corazón y se arrepintió enseguida.

—Entonces, ¿por qué? —Pronunciaba las palabras con dificultad.

—Porque se suponía que esta historia iba a durar más.

Cédric se concentró en su té y Blanche pensó que había terminado, pero él continuó su relato. Cuando Marion se dio cuenta de que había trabajado casi un año para Madame Claude sin que esta le contara lo que sabía, se ofendió mucho y le pidió explicaciones. Si se hubiera tratado de otra persona, la poco compasiva Madame Claude la habría despachado sin miramientos, pero Marion le había hecho ganar una fortuna y ayudado a asentar su poder. Quería mantener esa baza. A cambio de los servicios de Marion, le prometió llevar a cabo una investigación minuciosa sobre los protagonistas del caso. Y no escatimó en medios.

—Durante dos años te estuvieron siguiendo. Te pincharon el teléfono, igual que a Adrian. Vuestra vida no tenía ningún secreto para nosotros. He escuchado cientos de cintas. Marion quería que lo supiera todo de ti. ¡Dios mío, ni te imaginas lo aburrida que es tu vida!

Las ofensas de Cédric ya no afectaban a Blanche. La rabia prevalecía por encima de los demás sentimientos.

—Hay una cosa que no entiendo —dijo fríamente.

—¿Solo una?

—¿Por qué habéis esperado tanto tiempo?

Cédric hizo una mueca.

—¡Por mi culpa, lo admito! Tuve mala suerte.

Marion Palain había esperado pacientemente los resultados de la investigación para ejecutar su venganza. Cuanto más tiempo pasaba, menos prisa se daba. Quería que todo saliese perfecto. Ya hacía tres años de la muerte de Anaïs. Era el momento ideal. Nadie lo relacionaría nunca. Cuando estuvo lista para poner en marcha su plan, un primer imprevisto se lo impidió. Su marido, cansado de esperar el regreso de su hija, prefirió acabar con su vida tomándose una sobredosis de somníferos. Marion sabía que ocurriría y se había mentalizado, pero no le quedó más remedio que guardar unos meses de luto. Cuando creyó que volvía a ser el momento, otro incidente torció sus planes.

—Sabía que trabajabas para mi tío, pero nunca creí que te llamaría para que te deshicieras de mis plantas. Ni siquiera Marion lo vio venir. Estadísticamente, era casi imposible.

—¿Y qué? No veo la relación. ¿Qué cambiaba eso?

—¡Todo! ¡Lo cambiaba todo! Me habías visto.

—Lo siento, pero sigo sin comprender.

—Según el plan inicial, mi papel era seguirte. Durante mucho tiempo, pero sobre todo sin ser demasiado discreto. Tenía que alimentar tu paranoia, ¿entiendes?

—Entonces yo te habría reconocido y habría acabado por hablar contigo.

—Eres un poco lenta, pero sí, exacto. Marion tuvo que replantearse la estrategia por completo.

—¡Eso debió de hacerla enfadar!

—No te creas.

Cédric había adoptado una voz más grave. Cada vez que se refería al plan de Marion, Blanche percibía su malestar. Un punto débil al que debía aferrarse.

—¿Y tanto tiempo le llevó elaborar otro plan? Perdóname, pero ¡tu Marion no es muy espabilada!

—¡Te prohíbo que hables de ella así! —gritó Cédric.

Blanche se sobresaltó y se vertió un poco de té en los vaqueros. Lo secó con la manga mientras murmuraba unas palabras de disculpa.

—¡Si Marion está así es por tu culpa! ¡Tuya y de nadie más!

—Yo no maté a Anaïs —respondió Blanche con suavidad.

—¡Deja de decir eso! Puede que no la golpearas, pero te aseguraste de que no pudiera descansar en paz. Quizá no seas responsable directa de su muerte, pero sí lo eres de la de su padre. Stéphane nunca pudo decirle adiós, ¡y eso lo mató!

Blanche no podía rebatirlo. Lo mejor sería volver al tema que le interesaba.

—¿A qué te refieres con «así»?

—¿De qué hablas?

—Has dicho: «Si Marion está así».

Cédric hundió su nariz en la taza.

—Creo que merezco saberlo, ¿no?

—Y ¿eso por qué?

—Porque moriré dentro de poco —dijo Blanche con calma—. Esta noche o en los próximos días. Ambos sabemos que es cuestión de tiempo. Creo que merezco saber toda la verdad.

Cédric la miró detenidamente antes de acceder a su petición.

—Ese plan se convirtió en una obsesión para Marion. No pensaba en otra cosa. Se levantaba en mitad de la noche para pulir cada detalle, incluso dejó el trabajo para dedicarse a ello a tiempo completo. Cuanto más tardaba en prepararlo, más la absorbía.

—Más la perdías, querrás decir.

Blanche sabía que lo que acababa de sugerir era arriesgado. Cédric podía enfadarse de nuevo y poner fin a sus confidencias. Pero era la primera debilidad que mostraba y tenía que explotarla. Creyó que había ido demasiado lejos cuando lo vio levantarse. Cédric se dirigió a la entrada y desapareció más de un minuto de su campo de visión. Blanche aprovechó para verter la mitad del té en el macetero de un ficus que tenía al lado. Cédric volvió con un porro en la mano.

—¿Quieres? —dijo sentándose pesadamente.

—No, gracias.

—No bromeaba cuando te decía que deberías probarlo. Te aseguro que es mejor que tus pastillas.

—Tengo intención de dejarlas —dijo sin pensar.

Al ver la sonrisa de Cédric comprendió hasta qué punto era ingenuo su comentario. «¡Claro que lo dejarás! ¡Estarás muerta antes de que acabe la noche!»

—¿Me estabas hablando de Marion? —dijo Cédric, como retomando el asunto después de una pausa.

—No era yo quien hablaba de ella.

Él encajó la respuesta con deportividad. Blanche se dio cuenta de pronto de que seguramente llevaba tiempo esperando desahogarse.

—Marion es la mujer más extraordinaria que conozco.

—¿Hace cuánto que estáis juntos?

Cédric sonrió, y su mirada volvió a perderse en el vacío.

—Desde siempre, por así decirlo. Hemos roto varias veces, bueno, ella me ha dejado varias veces, pero siempre acababa volviendo.

—¿A pesar de la diferencia de edad?

—¡Eres tan cerrada de mente! —dijo soltando el humo—. No me sorprende que sigas soltera.

Blanche encajó el golpe sin protestar.

—¡Hablas de edad cuando yo estoy hablando de pasión!

—De pasión, así, ¡directamente!

Cédric la fusiló con la mirada, pero no parecía dispuesto a callar.

—Seguiría a Marion al fin del mundo si ella me lo pidiera.

—¿Y si te pidiera que mataras por ella?

—Lo haría. Sin dudarlo un segundo.

Ahora Blanche sabía a lo que se enfrentaba. Adrian estaba equivocado. Sería Cédric el que acabaría con ella.

54

Hacía menos de una hora que Blanche había hablado con Adrian. Todavía necesitaba ganar tiempo. Temía que Cédric se diera cuenta de que esa charla no era más que una distracción, aunque ansiaba conocer la verdad. Tenía que inventarse algo. Lo que fuera.

—¿Te importa si pico algo? No he comido nada.

Cédric la miró de arriba abajo y dejó la taza en la mesita.

—¿Qué me estás escondiendo?

—¡Nada! ¿Por qué?

—¿Crees soy estúpido? Te conozco. Me estás ocultando algo y quiero saber de qué se trata.

—¿Qué quieres que te oculte? ¡Te has encargado de que no pueda moverme de aquí!

Cédric dio una última calada al porro antes de apagarlo en el cenicero. Seguía observándola, como si tuviese miedo de que se levantara del sofá. Blanche vio como se llevaba un brazo a la espalda. No decía nada y ese silencio la asfixiaba. Cuando volvió a sacar el brazo, a Blanche se le aceleró el corazón. Tenía un revólver en la mano. Se sorprendió a sí misma al oírse hablar con voz tranquila.

—¡O sea que es a ti a quien ha escogido para matarme!

—No me ha obligado. Yo me ofrecí.

—Supongo que debería sentirme halagada. A menos que no sea tu primera vez.

Cédric sonrió de nuevo, pero no se molestó en responder.

—¿Ya has decidido lo que vas a hacer con mi cuerpo?

—Tengo algunas ideas... Gracias a ti. ¡He aprendido muchas cosas estos tres días!

—Encantada de ayudarte...

—¡Dime qué está pasando, Blanche! —dijo apretando las mandíbulas.

Blanche veía que se le estaba agotando la paciencia, y eso no era bueno ahora que la apuntaba con un arma. Decirle la verdad solo empeoraría la situación.

—No entiendo por qué te enfadas. Deberías estar contento. He aceptado mi destino y no tengo ninguna intención de complicarte la vida. ¿Qué más quieres?

—Que vuelva la Blanche que conozco. La neurótica sin pizca de humor.

—¿Qué te he hecho para que me odies tanto? —preguntó Blanche con más sinceridad de la que se había imaginado.

—¡Me has quitado a Marion! —le espetó por respuesta.

—¿Qué?

—¡Ya me has oído! Sin ti, habríamos podido vivir felices, ella y yo.

—Te olvidas de su marido...

—¡Ya no se querían! Desde hacía tiempo. Habría acabado dejándolo. Pero ¡tuviste que meterte en nuestras vidas! Marion no podía irse de casa con su hija desaparecida. Se quedó con él para no causarle más dolor.

—Hace dos años que murió. ¡Habéis tenido tiempo de sobra!

—Puede que no creas en los fantasmas, pero te aseguro que existen. Marion lleva el peso de la muerte de su marido. Nunca habla de ello, pero lo sé. Cuando desapareció Anaïs, parte de sí misma se fue con ella, ahora ya ni siquiera sé quién es. Y no puedo hacer nada. ¿Sabes por qué? Porque no se puede luchar contra los muertos.

—¡Y yo tengo la culpa de todo eso! —exclamó Blanche indignada por primera vez.

—Dedica más tiempo a pensar en ti que a estar conmigo. Me he convertido en un ser invisible para ella. ¡Tú eres su única obsesión!

—¡Es muy fácil culparme! Si tienes que reprocharle algo a alguien, ¡es a ella! Si vuestro amor fuese tan fuerte como dices, no estaríais en esta situación.

—¡Qué sabrás tú del amor! —se mofó.

A Cédric le temblaba la mano, pero Blanche ya no tenía ganas de buscar palabras tranquilizadoras. Estaba agotada, y sobre todo furiosa. El odio de Marion podía entenderlo, pero lo de Cédric era demasiado.

—¡Pues venga! —dijo—. ¿A qué esperas? ¡Mátame!

Cédric ya no intentaba disimular la repulsión que sentía hacia Blanche. Su rostro solo expresaba aversión. ¿Cómo podía haber estado tan ciega? Sintió náuseas al pensar en los besos que le había dado en la frente, en cómo la había acariciado en cada una de sus crisis. Justo la noche anterior había soñado con él, con su cuerpo.

—¡Estoy esperando! —insistió—. ¿Por qué no me matas ya y acabamos con todo esto?

—Pronto —respondió él poniéndose en pie—. Primero tienes que hacer algo por mí.

—Y ¿crees que te voy a obedecer?

—¡Tú verás! Marion no me ha dado ninguna instrucción precisa sobre cómo matarte. Puedo prometerte una muerte dulce y rápida, o puedo divertirme un poco antes de meterte una bala en la frente. ¿Qué prefieres?

Blanche no se imaginaba a Cédric en el papel de torturador, pero hacía un instante tampoco habría pensado que era un asesino. A lo mejor ya no debía fiarse de su instinto.

—¿Qué quieres que haga?

—Que escribas una carta. Una bonita carta de despedida que conmueva a todo el mundo. Y a mano, ¡para que sea más creíble!

—No entiendo para qué.

—Marion quiere cubrirse las espaldas. Si alguien se inquieta por tu desaparición, eso descartará una investigación en la que ella pueda salir a la luz. En mi opinión no es necesario, puesto que no tienes amigos. Ya le dije a Marion que me llamarías a mí al primer problema que tuvieras.

—¡Pensaba que eras ingeniero informático! —se defendió Blanche.

—Lo sé. Mi tío siempre lo dice. Y tengo que admitir que, por una vez, me vino muy bien para mis planes.

—¿Tus planes? Tenía entendido que la artífice de todo había sido Marion.

Cédric pareció ofendido. Blanche se regocijó.

—Te has olvidado de Adrian —dijo desafiante.

—¿Qué pasa con Adrian? Ya te he dicho que Madame Claude lo encontrará. Y esta vez no se saldrá con la suya.

—¿Y si no lo encuentra? ¡Estoy convencida de que Marion también ha pensado en eso!

—Adrian no será un problema. Cree que el Sabueso ha intentado liquidarlo. Ahora que lo pienso, fue un movimiento muy inteligente por parte de la reina madre. Le envió a un viejo conocido. ¡Vete a saber qué le ha parecido a Adrian todo eso! Con su pasado, seguro que dejó más de un asunto pendiente antes de jubilarse.

—¡Adrian no es tonto! Nunca se creerá que me he suicidado.

—¿Estás segura? Si mal no recuerdo, fue él quien encontró muerta a tu madre hace veinte años, ¿no?

Blanche no quería seguir escuchándolo. Apenas había pasado una hora y sabía que no resistiría mucho más tiempo. La redacción de esa carta era su último recurso.

—Supongo que habrás preparado lo que tengo que escribir.

—Tengo unas cuantas frases para que las copies, pero puedes añadirle un toque personal. Eso sí, vas a tener que instalarte en mi escritorio.

—¿Por qué?

—No me apetece sentarme a tu lado, pero aun así debo vigilarte. ¡Muévete!

Cédric le señaló la dirección con el arma. El escritorio estaba bajo una de las ventanas, a dos metros del sofá. Cédric le bloqueaba el paso hacia la salida. No tenía alternativa. Recorrió la distancia como un condenado camino del cadalso.

Blanche estaba sentada, Cédric de pie a su espalda. Se entretenía ejerciendo una leve presión entre sus omóplatos con el cañón del revólver. Blanche veía su reflejo en la ventana, su sonrisa perversa. Empezó a escribir algunas palabras, pero las tachó enseguida. Sintió la necesidad de dirigírselas a alguien en particular. Cogió una hoja limpia y empezó de nuevo.

Adrian:
Creo que nunca te he dado las gracias. Puede que ya sea hora de hacerlo. Cuando leas esto...

55

Blanche se quedó inmóvil, con el bolígrafo en el aire. Estaba tan tensa que el ruido del cristal roto bastó para paralizarla. Menos de un segundo después oyó otro sonido, más sordo. Ya no se atrevió a moverse. Su móvil empezó a sonar y eso no hizo más que aumentar su ritmo cardiaco. El aparato estaba sobre la mesita y cada toque le perforaba los tímpanos.

Entonces se dio cuenta de que ya no sentía ninguna molestia entre los omóplatos. Su cerebro había descifrado lo que ocurría hacía rato, pero ella no acababa de creérselo. Se volvió lentamente haciendo girar la silla.

La cabeza de Cédric yacía sobre un charco de sangre. Tenía la vista clavada en el techo, con la mirada apagada y un agujero de apenas un centímetro en medio de la frente. El móvil se había quedado mudo unos segundos antes de volver a sonar. Blanche pasó angustiada por encima del cuerpo y se abalanzó sobre el teléfono.

—¿Blanche?

Rompió a llorar en cuanto oyó la voz de Adrian.

—Blanche, tranquila. Todo ha terminado.

—¿Dónde estás? —consiguió balbucear entre sollozos.

—En el ascensor. Intenta encontrar las llaves y abre la puerta, ¿de acuerdo? ¿Puedes hacer eso por mí?

Blanche sabía lo que suponía. Había visto como Cédric se guardaba las llaves en el bolsillo del pantalón.

—No puedo —dijo con un hilo de voz.

—¡Claro que puedes! Lo has hecho cientos de veces. ¡Por el amor de Dios, eres limpiadora!

Blanche gritó al oír los golpes en la puerta.

—¡Cálmate, soy yo! Estoy aquí. Tienes que abrirme. ¿Me oyes?

Exhausta, Blanche se quedó a un lado mientras su padrastro limpiaba la escena del crimen. Le sorprendió ver que dejaba el cuerpo envuelto en medio del salón. Adrian le explicó que otros se ocuparían de ello.

De camino a Mortcerf, Adrian le contó cómo había logrado que Madame Claude cambiara de opinión.

—La llamé justo después de hablar contigo —dijo—. Y le ofrecí una buena suma de dinero.

—¿Así de fácil? —preguntó sorprendida Blanche—. ¿Ha aceptado cambiar de bando solo por dinero?

—Por encima de todo, es una mujer de negocios.

—¿Cómo sabías que aceptaría?

—Tenía claro que estaba detrás de todo el asunto. Era imposible que Marion Palain contase con tantos medios. Llamé a uno de sus esbirros, un viejo conocido que me debía un favor. Me confirmó lo que me temía, pero no podía ayudarme. Solo me reveló que la reina madre estaba furiosa desde esta mañana. Marion la había llamado para decirle que ya no trabajaría más para ella.

—¿Y?

—No he sabido qué hacer con esa información hasta esta noche. Sabía que Madame Claude estaría encantada de ponérselo difícil a Marion.

—¿No le extrañó que te pusieras en contacto con ella? ¿Justo esta noche?

Adrian se encogió de hombros, con la mirada fija en la carretera.

—Lo importante es que accedió —se limitó a responder—. Ha enviado a su mejor francotirador. Te estábamos viendo desde el tejado de enfrente.

—¿Quieres decir que me estabas observando todo el tiempo y no has hecho nada?

—¡No llevábamos allí ni cinco minutos! —contestó disgustado—. Charles disparó en cuanto pudo.

—¿Charles?

—Tu salvador. Ya le darás las gracias más adelante.

Blanche estaba tan cansada que iba registrando la información sin poder procesarla. Algo la atormentaba, pero no conseguía saber qué.

—¿Cuánto le has pagado a Madame Claude?

—¿Qué importancia tiene eso?

—Ninguna, solo quiero saberlo.

—No tanto, ¡teniendo en cuenta el servicio que nos ha hecho!

—¿Y dices que ha aceptado sin condiciones?

—Ya te lo he dicho, Marion me lo ha puesto fácil.

—Qué raro.

—¿El qué?

—Marion sabía sin duda que a Madame Claude no le iba a gustar que la dejara plantada. Yo en su lugar habría esperado veinticuatro horas.

—¿Qué quieres que te diga? Por suerte para nosotros, ¡tú no estás en su lugar!

El silencio se apoderó del habitáculo. Blanche no pudo contener un bostezo.

—Estás hecha polvo —dijo Adrian mirándola por el rabillo del ojo—. Duerme un rato. Te despertaré cuando lleguemos.

A Blanche le habría gustado seguir preguntándole. Quería saber cómo lo había solucionado todo tan rápido. Cómo había sabido que Marion Palain era la instigadora de todo el asunto. Además, estaba el anillo...

Pero el cansancio la venció.

56

Tenía miedo de abrir los ojos y descubrir que las últimas horas solo habían sido un sueño, que Cédric no estaba muerto y ella no estaba en su habitación, segura, en casa de Adrian. El olor del café disipó sus miedos. Sonrió, todavía con los ojos cerrados.

Adrian había preparado un desayuno digno de un hotel de cinco estrellas. Apenas quedaba sitio en la mesa para un bol y un plato. Blanche podía escoger entre tostadas o creps. Había huevos pasados por agua, macedonia de frutas y pastas. Pensó que Adrian no debía de haber dormido en toda la noche, hasta que vio en el reloj de pared que ya eran las doce del mediodía. Había dormido más de doce horas seguidas sin que la acosara ninguna pesadilla.

Adrian no estaba en casa. Lo llamó varias veces, pero no obtuvo respuesta. Cuando al fin apareció, cargado de leña, Blanche se precipitó hacia la puerta. Él le sonrió y ella rompió a llorar.

—¿Tan mala cara tengo? —bromeó él mientras le daba un beso en la frente.

Ella soltó una carcajada, con lágrimas en los ojos.

Blanche tenía un apetito insaciable. Devoraba todo lo que tenía delante sin poder parar. A Adrian le divertía. Le aconsejó que respirase entre bocado y bocado, pero ella no estaba dispuesta a perder el tiempo. No quería que una pausa, por pequeña que fuese, perturbase ese momento.

Tenían que hablar, pero sabía que Adrian no iba a iniciar la conversación. Le tocaba a ella. La noche anterior, las preguntas se le arremolinaban en la cabeza. Ahora no estaba segura de necesitar respuestas. Todo había acabado. Ambos estaban fuera de peligro. Adrian se lo había dicho antes de que se acostase. En otras palabras, el destino de Marion Palain estaba sentenciado. Había privado de sus servicios a Madame Claude, una traición que la reina madre no dejaría sin castigo. Blanche se preguntaba si la condena sería a muerte y si a ella le importaba, aunque nadie había considerado necesario preguntarle su opinión. Ese ajuste de cuentas no era de su incumbencia.

Seguía sin entender por qué Marion había saboteado su propio plan cuando estaba tan cerca de cumplirlo. Conocía a Madame Claude. Trabajaba para ella desde hacía cinco años. Sabía que reaccionaría de manera violenta. ¿Acaso no había previsto una respuesta tan rápida? A menos que Cédric se hubiese retrasado a la hora de ejecutar la misión. Quizá tenía que haberla matado durante el día. Esa idea hizo que dejase la cuchara. La magia del momento había desaparecido.

—Marion sabía que estaba poniendo en riesgo su vida rechazando a Madame Claude —dijo sin preámbulos.

—Seguramente —respondió Adrian.

—Entonces, ¿por qué lo hizo?

—Me pregunto lo mismo.

—¿Y?

—Plantéatelo a la inversa. ¿Qué crees que habría hecho Marion una vez cumplida su venganza?

—¡Yo qué sé!

—Piensa. Hace cinco años que esperaba este momento.

—No lo sé. ¡Irse lejos y vivir su idilio amoroso con Cédric!

Blanche pronunció esas palabras con repugnancia.

—¿Tú crees?, ¿de verdad?

—No —admitió gravemente—. Creo que Marion ya no es capaz de amar.

—Yo pienso lo mismo. ¿Qué le quedaba entonces?

Blanche adivinó adónde quería ir a parar Adrian. Marion había previsto un desenlace para su plan. Nunca tuvo intención de disfrutar de su venganza. Madame Claude debía matarla. Así es como tenía que acabar todo. Blanche suponía que Cédric no estaba al corriente.

—Tienes más dudas, supongo.

Adrian esperaba con los brazos cruzados.

—Tengo tantas que no sé por dónde empezar —respondió Blanche.

Él se levantó para servirse un café. Cuando volvió a sentarse, su rostro parecía más envejecido.

—Te ayudaré. Quieres saber por qué tu madre grabó esa inscripción.

—Me parece un buen comienzo, sí.

Adrian cerró los ojos y espiró profundamente. Blanche no trató de apremiarlo.

—Los episodios de enajenación de tu madre eran cada vez más frecuentes. Ella se negaba a darle importancia o a tomar medicación. Tampoco se podía hacer gran cosa. Su estado era irreversible e iría a peor. Pero eso ya lo sabes.

Blanche asintió. Evitaba intervenir por miedo a que su padrastro perdiese el hilo.

—Tuvo una crisis especialmente violenta —dijo con la mirada baja—. Yo estaba tan poco preparado que no supe cómo reaccionar.

Se rascó la cabeza, señal de que algo le preocupaba.

—Necesito saber —dijo Blanche con dulzura.

—Tu madre me tiró un cenicero a la cabeza. Un cenicero de vidrio.

—¿Y tú? ¿Qué hiciste tú?

—En un primer momento, nada. Había fallado y estaba tan desconcertado que no me moví. Eso la hizo enfadar todavía más. Se abalanzó sobre mí y empezó a golpearme. No conseguía sujetarle los brazos y al final le di una bofetada. Fuerte. Tan fuerte que cayó al suelo.

Blanche encajó cada palabra de su padrastro sin pestañear. Pensó en lo que le había dicho Cédric.

—¿Por eso le pediste que se casara contigo? ¿Para que te perdonase?

—Supongo que sí. Nunca había pegado a una mujer. Me sentía fatal. Pero tu madre también sabía que se había excedido. Con ese anillo quiso decir que me perdonaba pero no olvidaba.

—Y ¿yo qué tengo que ver con eso?

Adrian la miró perplejo.

—«No la toques nunca» —le recordó Blanche.

—¡Ah!, eso no tiene importancia.

—¿Que no tiene importancia? —dijo Blanche con voz ronca.

—No te enfades. No es lo que crees.

—¡Precisamente no sé qué creer!

Adrian se frotó la cara con las dos manos antes de rendirse.

—Tú eras el motivo de la discusión.

Blanche no se lo esperaba. Le daba miedo lo que vendría a continuación.

—Yo pensaba que nuestra relación estaba estancada —continuó Adrian—. Pero cada vez que hablaba de ello, tu madre respondía que era mejor así. Que tú no entenderías que me instalase con vosotras.

Blanche no habría sabido decir si su madre tenía razón. Nunca se lo había planteado.

—Tú tenías casi diecinueve años. Le sugerí que te fueras de casa y te ayudásemos a encontrar piso.

Blanche no reaccionó.

—¡No tenía nada en tu contra! —se justificó Adrian—. Simplemente quería que Catherine le diese una oportunidad a lo nuestro. O que admitiese de una vez por todas que tú eras su excusa.

—Y ¿qué respondió?

—El cenicero fue su respuesta.

Blanche no pudo reprimir una sonrisa al imaginarse la escena.

—¿Por qué nunca me lo contaste?

—¿El qué? ¿Que quise deshacerme de ti o que pegué a tu madre?

Blanche captó el mensaje y no insistió. Esa historia pertenecía al pasado.

57

Los dos se instalaron en el salón para continuar la charla. Blanche empezaba a notar los estragos que le habían causado los últimos días. Sabía que todavía le faltaban muchas respuestas para sentirse totalmente tranquila. Adrian no esperó a que preguntase. Le narró con todo detalle lo que había sucedido desde que se habían separado cuatro días antes en el cobertizo.

Como había imaginado Blanche antes de ponerse a elucubrar sobre lo ocurrido, Adrian había sentido la necesidad de estar solo unas horas. El fular, la tarjeta de visita, los dedos cortados, todos esos hallazgos lo habían perturbado profundamente. Por el camino se detuvo a comprar un nuevo generador, antes de perderse a propósito por carreteras rurales en busca de respuestas. Cuando por fin decidió volver, Blanche ya no estaba, ni tampoco el cadáver de la víctima del Sabueso.

—Te envié un mensaje —dijo para fundamentar su relato.

—«¿Qué has hecho con el cuerpo?» —confirmó Blanche—. ¿De verdad creíste que me había deshecho de él?

—Pensaba que habías querido solucionar el problema sola. Me preocupé.

La respuesta era tan simple que Blanche se sintió fatal. Se acordaba perfectamente de su reacción al ver el mensaje. Había creído leer agresividad. Un claro reproche. Ahora comprendía que solo era una pregunta.

—Entonces, ¿por qué no respondiste a mis llamadas?

—Un hombre me telefoneó justo después. Dijo que estaba contigo y que no podías llamarme porque estabas ocupada deshaciéndote del cuerpo, pero que temías haber dejado algún rastro en el congelador. Debía limpiarlo todo y reunirme contigo en tu apartamento.

—¿No le preguntaste quién era? —preguntó con extrañeza Blanche.

—Me dijo su nombre, y que no nos conocíamos. Quería hacerle más preguntas, pero colgó antes de que tuviese tiempo. Parecía angustiado.

—Y ¿recuerdas cómo se llamaba?

—Alain Panais.

El seudónimo que había utilizado Marion para crear la cuenta de correo. Seguramente le había encargado a alguien que hiciera esa llamada. No podía tratarse de Cédric porque en ese momento estaba con ella. Quizá Quentin. A menos que Marion contase con la ayuda de algún secuaz de Madame Claude. Pero a esas alturas ya no tenía ninguna importancia.

Una vez frente al edificio de Blanche, Adrian se dio cuenta de que no tenía el móvil. Creía habérselo dejado en casa hasta que Blanche le contó dónde lo había encontrado.

—Eso confirma que he hecho bien en jubilarme —dijo con tristeza—. Si yo mismo empiezo a dejar evidencias de mi paso en las escenas del crimen que limpio...

—Te he visto en acción en casa de Cédric, ¡estás en plena forma!

Adrian se lo agradeció con una sonrisa antes de ponerse serio.

—Me di cuenta de que estabas en un aprieto cuando llegué a tu casa. Sabes que tengo la costumbre de mirar tu ventana antes de entrar en el portal.

—Lo sé.

—Solo vi un haz de luz. El de una linterna bastante potente. No quise sacar conclusiones antes de tiempo, y decidí subir. Al llegar al rellano pegué la oreja a la puerta. Alguien estaba registrando tu casa, no cabía ninguna duda. Entonces recordé la llamada. No era propio de ti. Nunca habrías confiado en nadie para que me transmitiera ese tipo de mensaje.

Adrian volvió a bajar las escaleras de puntillas. Se instaló en el asiento del conductor y esperó pacientemente. Al cabo de quince minutos, un hombre vestido de negro salió del inmueble con una bolsa de deporte en la mano. Para quedarse tranquilo, Adrian echó un vistazo a la ventana. La luz había desaparecido. Lo siguió con el coche, pero lo perdió en el centro de Beaugrenelle, en el distrito XV.

—¡Allí vive Madame Claude! —lo interrumpió Blanche.

—En ese momento no lo sabía, pero investigué un poco.

—¡Así fue como descubriste que ella estaba detrás de todo!

Adrian asintió con la cabeza, sin explayarse en los detalles. El caso era que sus indagaciones habían acabado llegando a oídos de Madame Claude. Tuvo que esconderse y no quiso poner a Blanche en más peligro del que estaba. Después se aventuró a volver a casa para recoger algunas cosas, y allí lo esperaba el Sabueso. Tenía órdenes de eliminarlo. Adrian intentó hacerlo cambiar de opinión, por los viejos tiempos, pero no tuvo éxito.

—En ese momento supe que tu serías la siguiente —dijo con voz temblorosa—. ¡No podía permitirlo!

—Entonces lo dejaste inconsciente de un golpe y lo remataste con un cuchillo, ¿no?

—Exacto.

Blanche no pudo evitar sentir cierto orgullo. Había imaginado la escena tal y como había ocurrido.

—Y pusiste el anillo en mi nevera para que viniese aquí y encontrase al Sabueso.

—Sabía que lo entenderías.

Blanche esbozó una sonrisa, pero enseguida sintió una presión en el pecho. Algo le impedía respirar, un dolor que no conseguía identificar y probablemente era psicosomático. Su instinto la estaba alertando. La satisfacción de haber sabido interpretar los pasos de su padrastro acababa de desaparecer. En realidad, Adrian le estaba dando muy poca información. Se limitaba a corroborar lo que ella proponía.

Cuando lo miró de nuevo, comprendió de pronto a qué se debía su malestar. Desde el principio del relato, Adrian no había parado de rascarse la cabeza. ¿Qué le preocupaba?

Blanche cerró los ojos y analizó sus explicaciones una a una. Ahora que lo pensaba, el discurso de Adrian incluía muchas incoherencias, por no decir inverosimilitudes.

¿Cómo había podido creer, ni por un momento, que Blanche le encargaría a alguien advertirle que estaba desembarazándose de un cuerpo? Adrian jamás habría confiado en la llamada de un desconocido en esas circunstancias. Además, recordaba haber intentado contactar con él poco después, y varias veces. Tenía que haber pasado un tiempo antes de que se le cayera el móvil en el congelador. ¿Por qué no había respondido a sus llamadas?

Y había otros elementos oscuros en el relato.

De acuerdo, había descubierto que era Madame Claude quien movía los hilos tras seguir al hombre que había entrado en casa de Blanche, pero ¿qué había hecho los días siguientes? ¿Por qué Adrian había decidido obviar esa parte?

Se suponía que Madame C no conocía al Sabueso. El asesino a sueldo pertenecía a un círculo distinto. ¿No había llamado la atención de Adrian ese detalle?

Tampoco le había explicado cómo había sabido que Marion Palain estaba implicada. Había pronunciado su nombre por primera vez mientras ella estaba encerrada en el apartamento de Cédric. Le había dicho que se lo aclararía más tarde, pero no parecía dispuesto a hacerlo.

Y por último estaba el fular de su madre, un accesorio que nada tenía que ver con la historia, un elemento que él no había podido olvidar.

—Y ¿el pañuelo? —preguntó con frialdad.

—¿Qué pasa con el pañuelo?

—¿Cómo que qué pasa con el pañuelo? ¿No te preguntas qué hacía en la bolsa? Y, sobre todo, ¿cómo sabía el Sabueso que pertenecía a mamá?

—Lo creas o no, ¡he tenido otras cosas en mente estos últimos días!

Adrian había adoptado un tono seco, pero, por encima de todo, Blanche había percibido su mirada esquiva.

—Y ¿no te supone ningún problema no saberlo? —insistió.

Adrian se levantó y le respondió mientras atizaba el fuego, dándole la espalda.

—Qué quieres que te diga. ¡Tendremos que conformarnos con tu versión! Supongo que el Sabueso rebuscó en el cobertizo y se fijó en la única caja que no estaba etiquetada. Debió de imaginar que ese objeto tenía algún significado especial para nosotros.

—Pero ¿por qué se lo llevó? ¿Con qué objetivo?

—¡Cómo quieres que lo sepa! —respondió enfadado volviéndose hacia ella—. No se lo pregunté antes de matarlo, ¿es eso lo que quieres oír? Querría enviarnos un mensaje, una advertencia.

Blanche alzó las cejas evidenciando sus dudas. Adrian le plantaba cara, pero notaba que le estaba costando. Tendría que acostumbrarse porque todavía no había acabado.

—Y ¿el dinero que le diste a Madame C?, ¿de dónde lo sacaste?

—Tenía algo ahorrado —respondió Adrian encogiéndose de hombros.

—¿Cuánto le ofreciste?

—¿Qué importancia tiene eso?

—¡Para mí la tiene!

—Todo lo que necesitas saber es que Madame Claude te dejará tranquila.

—Entonces debió de ser una suma importante —respondió Blanche—, porque yo ya había aceptado estar en deuda con ella.

—¡Pues ahora estás en deuda conmigo! —contestó Adrian con un tono pretendidamente ligero.

—¡Entonces dime cuánto te debo!

—No seas tonta —dijo irritado su padrastro—. Y deja de preguntar tanto, por favor. Estoy cansado.

Blanche se irguió y se aseguró de que esta vez la mirara a los ojos.

—¡Pararé cuando me digas la verdad!

58

Adrian observaba a Blanche como midiendo sus fuerzas, pero ella no flaqueó. Le sostuvo la mirada hasta que claudicó.

—¡Me agotas, Blanche! —dijo cogiendo dos vasos y una botella de whisky que había en la mesita—. ¿Qué más quieres que te diga? No conozco los pormenores de la historia. Tendrás que conformarte con lo que te he contado. Dentro de poco, Marion Palain ya no estará en este mundo y podrás pedirle cuentas a Madame Claude. En cuanto al Sabueso, no hace falta que te diga que es demasiado tarde para saber lo que le pasaba por la cabeza.

—¿De dónde sacaste el dinero? —insistió Blanche.

—Ya te lo he dicho. Había ahorrado.

—¿Por qué mientes?

Parecía una afirmación.

—¡No estoy mintiendo! —Adrian estaba cada vez más enfadado—. ¿Desde cuándo desconfías de mí?

Blanche no entendía por qué se obstinaba tanto. ¿Era demasiado orgulloso para decir la verdad?

—¡He visto el pagaré! —le confesó.

Adrian encajó el golpe. Tenía el gesto desencajado y las mandíbulas en tensión. Blanche esperaba que reaccionase, que le respondiera con otra pregunta. Nunca antes había husmeado entre sus cosas, él tenía todo el derecho a pedirle una explicación. Si no lo hacía era porque sabía que era perder el tiempo.

—Ya que quieres saberlo todo, sí, ¡tuve que endeudarme para reparar tus errores!

Hablaba en un tono glacial y la miraba con reprobación. Blanche no se dejó impresionar.

—¿Mis errores?

—Sí, ¡tus errores, tu falta de juicio! Nunca debiste hacer desaparecer el cuerpo de esa niña. Tendrías que haberlo disfrazado de muerte por accidente. Sus padres habrían podido llorarla y nada de esto hubiera ocurrido.

—¿Me estás diciendo que pediste prestado ese dinero para negociar que no me matasen?

—¿Para qué si no?

Blanche sintió escalofríos. Adrian no le había mentido por omisión o por pudor. Resultaba evidente que le estaba escondiendo a conciencia una parte de la verdad.

—Deja de tratarme como si fuera gilipollas —se oyó decir a sí misma con la sensación de que iba a perder el sentido.

—¡Cuidado con esa lengua!

—¡BASTA! —gritó—. Basta ya, ¿me oyes? Esa deuda la contrajiste el año pasado. ¡Así que explícame qué pinto yo en todo esto!

Adrian se quedó en silencio. La miraba como a una extraña sentada en su sofá.

—¿Sabes qué? —continuó Blanche—. Quizá tengas razón, al fin y al cabo. ¡Será mejor que llame a Madame C si quiero conocer la versión completa de la historia!

—¡No seas estúpida! —intervino Adrian—. Sabes tan bien como yo que tratar con esa mujer es peligroso.

—Puede ser. Pero ¡no me dejas elección!

Blanche alargó el brazo para alcanzar el móvil de la mesa, pero Adrian fue más rápido que ella. Cogió el aparato y lo dejó a su lado. Blanche iba a intentar cogerlo de nuevo cuando vio que su padrastro estaba dispuesto a hablar.

—Tienes que entender que todo lo he hecho para protegerte, Blanche.

Pero Blanche ya no tenía ganas de escuchar excusas. Eran tantas las preguntas pendientes que no sabía ni por dónde empezar. Pensó en los últimos días y decidió agarrarse al primer acontecimiento que la había desestabilizado. El desencadenante de todo aquel caos.

—¿Cómo supo el Sabueso que el pañuelo pertenecía a mamá? Si es que fue el Sabueso quien lo puso en la bolsa.

—Claro que fue él —respondió Adrian tras beberse el whisky de un trago—. Pero, si quieres saberlo todo, tendremos que remontarnos a bastante tiempo atrás.

Blanche no se esperaba esa respuesta. Se sirvió un vaso y aguardó a que se explicase.

—Me enteré de que alguien iba detrás de ti hace poco más de un año.

Blanche se mordió el labio. Intuía que lo que iba a contarle no le gustaría, pero necesitaba escucharlo.

—No sabía de quién se trataba, pero sabía que Madame Claude había aceptado intervenir.

—¿Por qué no me lo contaste?

—Porque cada vez tomabas más pastillas. Tus reacciones eran demasiado... imprevisibles.

—¡Lo habría sabido gestionar!

—Permíteme que lo dude. En cualquier caso, decidí que iba a arreglarlo yo solo. Investigué y llegué hasta Marion Palain.

—¿Cómo exactamente?

—Todavía tengo algunos contactos en el hampa. Moví todos los hilos que pude.

—Entonces, ¿todo este tiempo sabías que era ella? ¡Y aun así creíste que era mejor no decirme nada!

—Déjame acabar, por favor. Quedé con esa mujer e intenté que entrase en razón. Por eso pedí prestado tanto dinero. Esperaba que aceptase una compensación.

—¿El dinero de Enzo Ortini?

Adrian asintió con la cabeza.

—Pensaba que ya no querías tener nada que ver con esa familia.

—Aunque te cueste creerlo, no conozco a mucha gente que acepte prestarme esa cantidad de dinero en tan poco tiempo. Además, Enzo no es como su padre. O al menos eso creía yo.

A medida que se desvelaba el misterio, Blanche temblaba de impaciencia. Quería saberlo todo, enseguida. No obstante, hizo un esfuerzo para mantener la calma y dejar que Adrian continuase.

—Así que le ofrecí el dinero a Marion, pero ella no quiso saber nada. Debías pagar por el dolor que le habías causado. Entonces negocié. Le ofrecí mi vida a cambio de la tuya. La idea le gustó, pero temió que lo superases con demasiada facilidad. Únicamente aceptó perdonarte si la ayudaba a volverte loca.

—¿Si tú la ayudabas? —dijo Blanche con voz ronca.

—Sí —respondió Adrian impasible—. No era muy difícil, ¡tú ya lo estabas esperando! Llevas desde los diecinueve años acechando el menor síntoma, casi como si lo desearas. Esa enfermedad es lo único que te mantiene unida a tu madre, la prueba de que todavía existe un vínculo entre las dos. No has hecho planes de vida porque prefieres esperar a que llegue ese día.

—¡Disculpa si mi salud mental deja mucho que desear! —soltó Blanche con sarcasmo.

—En fin —continuó Adrian con el mismo tono—, a Marion le entusiasmó la idea y elaboramos un plan juntos. Nunca he visto a nadie tan meticuloso. Esa mujer no deja nada al azar. Le pedimos al Sabueso que te propusiese un encargo. El Sabueso no trabajaba gratis, Marion se comprometió a pagarle. En aquel momento no sabía que ya tenía previsto engañarme. Le di el pañuelo de tu madre al Sabueso para que lo metiese en la bolsa. La tarjeta, los dedos cortados..., de eso me ocupé yo.

—¿Quién se encargó de Quentin?

—Fue un trabajo en equipo, por así decir. Marion lo citó en tu casa. Le dijo que necesitaba hablar con él, que quería enterrar el hacha de guerra. Le prometió dejarlo en paz para siempre. El Sabueso lo esperaba en las escaleras. Yo me encargué de trasladar el cuerpo.

Blanche iba uniendo los puntos uno por uno. Era consciente de que había estado en el centro de una compleja maquinación, de que todas las personas a las que había acudido solo la habían hundido más.

—Pero, entonces, ¿por qué quiso matarte el Sabueso? ¡No tiene sentido!

—Ya te lo he dicho. Marion lo tenía todo calculado. Le había asegurado al Sabueso que cobraría en el acto, tanto por el montaje como por el asesinato de Quentin. Cuando el Sabueso reclamó el dinero, entendí que ella se había comprometido en mi nombre. Era yo quien tenía que pagarle. Pero se me había acabado el tiempo para saldar la deuda. O sea que si le pagaba a Ortini me ponía al Sabueso en contra, y viceversa.

—Y ¿qué decidiste?

—¡No había nada que decidir! Marion me había advertido de que si no pagaba al Sabueso se rompería nuestro acuerdo y tu vida volvería a estar en peligro. Así que prefería ser el blanco de Ortini. Lo único que temía es que no me diese tiempo. Por eso quise ver a Madame Claude. Quería pedirle un préstamo para pagar a Enzo. Sabía que esa burbuja acabaría estallando, pero necesitaba conseguir unas semanas de margen. El plan llegaba a su fin. Cuando Marion se hubiese vengado, te dejaría en paz, y lo que pudiera pasarme a mí después me daba igual.

—¿En paz? En un manicomio, querrás decir.

—¡Era eso o un tiro en la cabeza! Valoré todas las opciones, y créeme que era la mejor. ¡Estaba convencido de que saldrías de esta! A la primera revisión, un médico declararía que no estabas loca. Sin duda te impondrían una buena terapia, pero, entre nosotros, no te vendría mal.

—¿Así es como consigues dormir por las noches? ¿Pensando que una hospitalización me iría bien?

—No duermo desde que tu madre nos dejó —dijo con gravedad.

—¡Perdona que no me emocione!

El silencio se cernió sobre ellos hasta que Blanche se puso nerviosa de nuevo.

—¡No me has contado por qué el Sabueso quiso matarte!

—Por obligación —respondió Adrian con una sonrisa—. Escogí pagarle, pero la familia Ortini lo contrató a él para asesinarme. Irónico, ¿eh? Cuando lo vi llegar, enseguida entendí por qué estaba aquí. Parecía entristecerle tener que matarme, casi era conmovedor. La familia Ortini siempre había sido uno de sus grandes clientes. No podía eludir el encargo. Le propuse tomar algo. Una última copa por los viejos tiempos. Aceptó. Habíamos pasado casi medio siglo juntos. Nos sentamos en el salón y bebimos este mismo whisky. No sentía miedo, y mucho menos resentimiento. Charlamos y acabé ofreciéndole el poco dinero que me quedaba para que te protegiese. Lo rechazó cortésmente y me dijo que, de todas maneras, en veinticuatro horas correrías la misma suerte. Entonces comprendí que al final Marion había decidido matarte. Me hirvió la sangre. Esperé a que se levantase y me diese la espalda para dejarlo inconsciente, luego lo acuchillé. Después de eso tenía que encontrar el modo de frenar los planes de Marion. Te dejé los dedos y el anillo para que supieras que seguía vivo y te esperaba aquí.

—Pero ¡no estabas aquí!

—No imaginaba que vendrías con el amante de Marion. No tuve más opción que irme.

—¿Y Madame Claude?, ¿cómo la convenciste para que me ayudara?

—En eso no te he mentido. Me aproveché del error que cometió Marion. Si no hubiese mandado a paseo a la reina madre, no habría tenido la más mínima posibilidad.

Todavía no quedaba claro por qué Marion Palain había decidido ponerse en contra a una adversaria de esa envergadura, cuando estaba tan cerca de conseguir lo que quería. Algo se le escapaba, pero estaba dispuesta a creer que Adrian no sabía nada más de ello.

Su padrastro dio un salto al oír el sonido del móvil. Descolgó, pero se quedó en silencio. Cuando la llamada terminó, sonreía amargamente.

—Era Madame Claude. Quería informarnos. Marion ya no es una amenaza. Acaban de encontrarla en su casa con un tiro en la cabeza y el arma todavía humeante.

Adrian había dado en el clavo. Marion nunca había tenido intención de disfrutar de su venganza. ¿Sabría siquiera que Blanche se había salvado?

Agotada, Blanche apenas podía sostenerle la mirada a su padrastro. Muy serio, sin duda esperaba que le reconfortara. Que le dedicase una palabra o una sonrisa para demostrarle que lo perdonaba. Pero era pedir demasiado. No esa noche, no en ese momento. Quizá mañana. Se levantó sin mediar palabra y dejó a Adrian solo con su whisky.

59

Tras muchas vacilaciones, Blanche decidió tomarse cuatro pastillas. Era el doble de su dosis habitual, pero solo deseaba una cosa: dormir. Sumirse en un sueño lo más profundo posible. No quería pensar en lo que ocurriría a partir de ahora. No alcanzaba ni a imaginar cómo sería su despertar. El momento de bajar las escaleras y cruzar su mirada con la de Adrian. Debería haber vuelto a su pequeño apartamento, pero no lo había hecho. No quería huir. Habría sido la manera de no volver nunca, pero esperaba sinceramente poder perdonar a su padrastro. Sabía que había actuado con las mejores intenciones y que todo lo había hecho para protegerla.

Las sustancias químicas le permitieron dormir, pero no descansar. Blanche fluctuaba entre pesadillas y recuerdos, ambos inextricablemente entrelazados. Quentin yaciendo junto a una mujer mayor en su tumba, el Sabueso sentado a la mesa al lado de Enzo, exhibiendo orgulloso su muñón. El fular de su madre atado al cuello de Adrian, que limpiaba una mancha de sangre, y Marion Palain con un agujero humeante en la sien, riendo a carcajadas. Blanche intentaba escapar de esos sueños, pero las pastillas le impedían despertarse. Algunas ideas lograban abrirse camino a través de ese laberinto onírico. ¿Por qué Marion había saboteado el plan? Solo tenía que esperar veinticuatro horas, hasta que Cédric finalizase su misión. Veinticuatro horas no era nada comparado con los años que le había llevado forjar su venganza.

Revivía igualmente la discusión con Adrian. Le había mentido repetidas veces mirándola a los ojos. Nunca lo hubiese creído capaz. Había estado más de un año conspirando a sus espaldas sin que ella lo sospechase. ¿Podía volver a confiar en él? Desde los diecinueve años había estado bajo su hechizo. Adrian había sido su única referencia en el mundo de los adultos. ¿Iba a ponerlo todo en duda? Y qué decir del anillo que le había regalado su madre. ¿Le había contado siquiera la verdad?

Eran las cuatro de la mañana cuando Blanche consiguió por fin abrir los ojos. Prefería pasar el resto de la noche dándole vueltas a esa batalla entre la verdad y la fantasía.

Se puso una bata y bajó al salón. Necesitaba un café. Una semana antes se habría preparado un té, pero ahora necesitaba tiempo para dejar de asociar esa bebida con la persona que había querido matarla.

La casa estaba en silencio. Normalmente a Blanche no le gustaba esa ausencia de vida, y en otra época hubiese hecho todo lo posible por huir. Ahora, sin embargo, agradecía estar a solas con sus pensamientos.

El ordenador seguía en la mesita. De manera automática, lo cogió y lo encendió. Antes incluso de que se iniciase el sistema ya sabía lo que tenía que hacer. Marion Palain la obsesionaba, y si quería olvidarla necesitaba saber más de ella en vez de fantasear con esa mujer. Blanche no esperaba leer nada sobre su muerte. Con toda seguridad, se habrían deshecho de su cuerpo discretamente, pero confiaba en encontrar más información sobre su vida.

En el buzón había varios correos sin leer, pero solo uno le llamó la atención.

Cualquier persona sensata lo habría tomado por una farsa, pero Blanche sabía que ese mensaje llegaría. Hacía veinticuatro horas que lo esperaba. Marion Palain no había terminado.

Asunto: Pobre palomita blanca
De: Alain Panais
Para: Blanche Barjac

Querida Blanche:

¿De verdad pensabas que iba a abandonar estando tan cerca de mi objetivo?

Si es así, eres todavía más ingenua de lo que creía.

Sabía que mi muerte sería un alivio para ti, que volverías a creerte a salvo cerca de la persona que siempre te ha protegido. Y esperaba el momento en que te sintieras así.

Nunca quise matarte. Habría sido demasiado fácil. Demasiado rápido. Demasiado poco. Cédric no compartía esta opinión, pero él no sabía que su arma era de fogueo. Como te gusta decir tan a menudo, después de todo tú no mataste a nuestra Anaïs. Así que no mereces ese castigo.

No, tú te conformaste con destrozar una familia, con volvernos locos, hasta el punto de que uno de nosotros no pudo soportarlo más.

Ahora te toca vivirlo a ti. Ver como tus referencias se rompen en pedazos. Como tu familia se desintegra.

Supongo que Cédric te contó que durante tres años te escuché, día tras día. El primer año pensé que era una batalla perdida. Tu vida era tan monótona que casi abandono. No encontraba ningún ángulo de ataque para desestabilizarte.

Pero entonces tu padrastro vino a verme.

Si aún no lo sabes es que te quedan muchas cosas por descubrir. Dentro de poco recibirás un correo mío. He recopilado una carpeta con documentos que te gustarán. Te demostrará que tu padrastro no solo sabía lo que estaba pasando, sino que participó activamente.

No me alargaré más sobre este tema. Tendrás todas las pruebas a tu disposición, aunque no dudo de que tu mentor sepa encontrar las palabras para que creas que lo hizo con la intención de ayudarte. ¿No es lo que siempre te ha dicho?

Cuando tu padrastro me habló de tu salud mental y de la de tu madre, por fin supe que podría hacerte sufrir. Esa idea me encantaba. No obstante, sus explicaciones me parecieron inconsistentes. Qué quieres, al contrario que a ti, me cuesta confiar ciegamente en alguien.

Creo que a estas alturas habrás comprendido que me gusta tenerlo todo bajo control. Quise saberlo todo sobre tu enfermedad. Pero Adrian respondía con evasivas. Sus respuestas no me aportaban nada.

Así que decidí investigar por mi cuenta. Me documenté. Leí todos los estudios y visité a más de una eminencia en la materia. En resumen, hice mis deberes, algo que tú nunca has hecho, salta a la vista.

Sorprendentemente, cuanto más aprendía del tema, más me perdía. Tenía la sensación de ir en la dirección equivocada. Algo se me estaba escapando. Así que profundicé en mis investigaciones. Me llevó un tiempo. Y dinero. Pero ahora puedo asegurarte que valió la pena.

Entre lo que descubrí y lo que escuché de tus conversaciones con tu padrastro, entendí muchas cosas. La primera, Adrian es un sofista sin parangón. ¡Ya le dirás de mi parte que le tengo un profundo respeto! Ese hombre ha conseguido moldear tu mente. Y cuanto más firmes son sus palabras, más lo escuchas. Cuanto más falaz es el argumento, más te lo crees. Tiene tanta influencia en ti que ni siquiera intentas saber la verdad. Tú le sugieres algo y él solo tiene que darle forma. ¡Estoy realmente impresionada!

No te veo, pero imagino tu confusión. Y para serte sincera, ¡me alegro!

Pero también sé que no eres idiota. Que todo lo que te digo resuena en alguna parte dentro de ti. Después de tres años, domino tu intimidad y sé que toda tu vida es una gran duda.

Así que te ofrezco la «oportunidad» de entender. Para que sufras.

En este correo encontrarás un archivo que responderá a buena parte de tus preguntas, y espero de todo corazón que nunca te recuperes.

Bueno, creo que ya está todo dicho. Sé que pensabas que hacías lo correcto confesando dónde estaba mi hija, pero hace bastante tiempo que ya no lo necesito. Prefiero decirme que voy a reencontrarme con ella.

Espero que tengas una larga vida. Una larga vida sin nadie con quien contar.

Con todo mi odio,

Marion Palain

60

Blanche no quería abrir el archivo adjunto. No quería, pero sabía que no tenía elección. Marion Palain estaba en lo cierto. Toda su vida era una gran duda. Estaba profundamente convencida de que algo le impedía ser feliz. Un obstáculo que no dependía de su voluntad. Ya era hora de que afrontase la verdad.

Cuando entendió lo que estaba leyendo, su entorno se fue transformando progresivamente. El salón ya no tenía nada de acogedor. Hacía frío y el silencio era ensordecedor. A pesar de que ya no distinguía nada a su alrededor, se le aguzaron los sentidos. Ya no se trataba de sensaciones o percepciones. Lo que estaba leyendo era algo concreto y sus deseos ya no podían cambiar las cosas.

No sabía cómo Marion había logrado tal proeza, pero Blanche tenía delante de sus ojos el informe de la autopsia de su madre. Nunca había podido leerlo. Cuando Catherine Barjac murió, Adrian se negó a que lo viera al considerarla demasiado joven. Más adelante le dijo que el documento ya no estaba disponible. Y ella se lo creyó.

Blanche se obligó a tomar cierta distancia mientras leía. No debía visualizar a su madre. No era el momento. Tenía que limitarse a descifrar la sucesión de tecnicismos. Pensaba que iba a necesitar buscar la mayoría de las definiciones, pero no hizo falta. El primer párrafo era claro y bastante informativo.

Blanche no había visto el cuerpo de su madre. Tras la autopsia, lo habitual era dejar el ataúd cerrado. Ahora descubría que Catherine se había pegado un tiro en la sien derecha.

Cualquiera que hubiera conocido a Catherine Barjac superficialmente, habría pensado que era diestra. Siempre escribía con la derecha. Pero habría bastado compartir el día a día con ella para saber que Catherine Barjac era una zurda contrariada, como la mayoría de los zurdos en aquella época. Catherine utilizaba la derecha solo para escribir. Para todo lo demás, la naturaleza se imponía.

El forense no podía estar al tanto de esa particularidad. Ni tampoco los agentes que hicieron las primeras diligencias. Tendría que haberlos advertido alguien cercano a Catherine. La persona que encontró el cuerpo, por ejemplo.

Blanche contenía las lágrimas porque no sabía qué significaban. Incomprensión, odio, alivio. Adrian le había mentido, y también a las autoridades. No tenía ninguna duda al respecto. Ese descubrimiento significaba que su madre no se había suicidado. No la había abandonado deliberadamente.

No se volvió al oír crujidos en los peldaños de la escalera. Al igual que ella, Adrian no conseguía conciliar el sueño. Blanche sintió cierta satisfacción. No tendría que esperar a que fuese de día para enfrentarse a él.

Adrian se sirvió una taza de café y se sentó al otro lado de la mesa. Tenía el rostro demacrado. Blanche tenía delante a un hombre viejo que apenas se atrevía a mirarla. No sintió ninguna pena.

Musitó unas palabras que Blanche no entendió. Tampoco le apetecía intercambiar banalidades.

Le dio la vuelta al ordenador y puso la pantalla frente a él.

—¿Qué es eso?

—¡Deberías saberlo! Ya tuviste este documento entre las manos.

Adrian se puso las gafas y se acercó a la pantalla. Blanche lo observó con atención y captó el momento preciso en que él lo había identificado. Creyó distinguir lágrimas en sus ojos y se contuvo para no gritarle. No tenía ningún derecho a expresar dolor. Le debía la verdad.

—Todo lo que he hecho ¡lo he hecho por ti! Para protegerte.

—¡Otra vez no! —protestó Blanche.

Adrian se quitó las gafas y se pinzó el puente de la nariz con los dedos. Parecía abatido, pero Blanche permaneció impasible. Esperó.

—No podía decirte la verdad.

—¡Eso tendría que haberlo decidido yo! ¿La mataste?

—¿Cómo puedes pensar eso? —dijo Adrian con voz ahogada—. ¡Yo quería a tu madre!

Blanche tenía los brazos cruzados, un gesto que demostraba claramente que ese argumento no le bastaría. Adrian bajó la mirada y empezó a hablar.

—Cuando conocí a tu madre, ella trabajaba en el sector inmobiliario. No todos los días eran fáciles. De vez en cuando cerraba un buen negocio, pero no bastaba para mantener vuestro estilo de vida. Me ofrecí a ayudarla, por supuesto, pero lo rechazó. Era demasiado orgullosa.

»Le había dicho que era representante en una empresa de productos de limpieza. Así podía ausentarme varios días sin que desconfiara. Estaba muy enamorado de ella, ¿sabes? Una vez, mientras atravesaba un periodo económicamente difícil, me preguntó si podía encontrarle un empleo a tiempo parcial. Un trabajo extra que le permitiese mantener su otra actividad. No me lo esperaba y no supe improvisar. Le di una excusa tan pobre que pensó que no quería que trabajase en mi empresa. Se enfadó mucho. Suponía que se le pasaría, pero nuestra relación empezó a deteriorarse. Tu madre me evitaba. Siempre encontraba algún motivo para aplazar nuestras cenas. Estaba seguro de que acabaría dejándome. Entonces decidí correr el riesgo. El mayor riesgo de mi vida. Le conté cómo me ganaba la vida en realidad.

»Tu madre pensó que me estaba burlando de ella. No tuve otra opción que llevármela conmigo a una escena del crimen. Vio como limpiaba un sofá empapado de sangre. Me sentí avergonzado, hasta que se puso de rodillas y empezó a limpiar ella también. Aquel día supe que Catherine era la mujer de mi vida.

»No volvimos a hablar de mi profesión, pero aceptó que la ayudase económicamente. Cada vez tenía menos ingresos y el hecho de que le hubiera confiado mi secreto hizo que cediese.

»Lo que no le conté, ni a ti tampoco, fue que la limpieza no era mi única labor. A veces aceptaba encargos más delicados de la familia Ortini.

—¿Qué tipo de encargos?

—Asesinatos.

Blanche lo sorprendió al interesarse más por la forma que por el fondo.

—Creía que habías cortado toda relación con el hampa.

—No en esa época. Eso fue más tarde.

Blanche encajó esa nueva información y le hizo señas para que continuase.

—Unas semanas antes de la muerte de tu madre, Ortini padre me encomendó una misión. Debía eliminar a un hombre que poseía documentos comprometedores. El encargo era bastante simple. El hombre en cuestión vivía en un chalet en las afueras. La casa no tenía alarma y vivía solo. Como ves, nada complicado. Fui hasta allí, esperé a que se hiciera de noche y subí a la planta de arriba. La luna iluminaba tanto la habitación que no necesité encender la luz. Disparé dos veces y después verifiqué si estaba muerto. Pero no era él quien dormía en esa cama. Más tarde descubrí que se trataba de su hija: había ido de visita durante las vacaciones. Tenía tu edad. Él había salido. Imagino que le habría ofrecido gentilmente su habitación y él dormía en el sofá cama. Esperé toda la noche, pero nunca volvió. Más adelante supe que me había visto entrar en la casa. Había huido sin intentar siquiera salvar a su hija. Me deshice del cuerpo, pero el mal ya estaba hecho. Había matado a una inocente y había desatado la ira de Ortini. Tenía las horas contadas. No quedaba otra alternativa que huir. Pero no podía. No sin tu madre. Entonces se lo conté todo. Lo que había hecho y las consecuencias que eso tendría.

—¿Cómo reaccionó?

—No dijo nada. Cuando le anuncié que debíamos irnos solo respondió que se lo pensaría. Una semana después me regaló el anillo. Al principio no lo entendí, así que me lo explicó. Me perdonaba, pero solo si dejaba ese trabajo. Tú eras y serías siempre su prioridad. Huir significaba arruinarte la vida. No era una opción. La inscripción me recordaría siempre que había matado a una niña que podrías haber sido tú.

—Y ¿entonces?

—Y entonces nada. Tu madre no quería marcharse, así que me quedé. No podía dejarla. Prefería morir antes que vivir sin ella.

Blanche alzó la mirada al cielo.

—Espero que algún día conozcas esa clase de amor —añadió Adrian mansamente.

—¡Continúa!

—Temía que Ortini me hiciera pagar mis errores, pero nunca imaginé lo que tenía en mente. Debería haber sabido que castigarme no bastaría para aplacar su ira. Tu madre y yo íbamos a pasar la noche de fin de año juntos. Cuando llegué a vuestro piso, la puerta estaba abierta.

A Adrian se le quebró la voz, pero Blanche ya no necesitaba que continuase. Había adivinado lo que seguiría.

—¿Quién la mató?

—¿Quién disparó, quieres decir? No lo sé, pero no fue el Sabueso.

—¿Cómo puedes estar seguro?

—Porque me lo dijo, y yo confiaba en él. El Sabueso tenía un código de honor. Nunca mentía.

—Y ¿no buscaste venganza?

—¿Venganza? ¿Con quién?, ¿con Ortini? ¡Era yo el responsable! La muerte de tu madre es solo culpa mía, ¿entiendes? Toda acción conlleva una consecuencia. ¿Cuántas veces tendré que decírtelo?

Adrian había perdido los nervios, pero Blanche se mantenía imperturbable. Continuó más calmado.

—Lo único que podía hacer para compensarlo era cuidar de ti. Encargarme de que tuvieras la vida que tu madre deseaba para ti.

—¿Fuiste tú quien lo hizo pasar por un suicidio? —le preguntó.

—Solo podía hacer eso si no quería deshacerme del cuerpo. No habrías podido enterrarla y te habrías pasado la vida esperando a que volviera.

Blanche pensó entonces en el correo de Marion Palain.

—Mamá nunca estuvo loca, ¿verdad?

Adrian negó con la cabeza. No era capaz de mirarla a los ojos.

—¿Por qué me hiciste creer eso? ¿Por qué me hiciste creer que yo también lo estaba?

—No sabía qué decirte. Improvisé. Cuando volviste a casa, estabas tan conmocionada que tuve que inventar algo que pudieras soportar. Pensé que lo aceptarías más fácilmente si te decía que estaba perdiendo la cabeza y que su estado era irreversible. En aquel momento no reflexioné a conciencia. Cuando vi que empezabas a interesarte por la enfermedad, entré en pánico. Te dije que los médicos no habían podido diagnosticarla correctamente. Cada vez que me hacías una pregunta sobre los síntomas tenía que despistarte aún más. Cuantas más respuestas te daba, más te obsesionabas. Cuando te enteraste de que era hereditario ya era demasiado tarde. No podía dar marcha atrás. Solo me tenías a mí y no quería decepcionarte.

—¿Decepcionarme? —repitió Blanche con frialdad.

—Eras todo lo que me quedaba de ella —dijo Adrian con voz temblorosa—. No quería perderte.

—Y ¿las pastillas?

—Al principio servían para calmarte. Un médico me aseguró que te tranquilizarían. Que te ayudarían con los cambios de humor. No eras una adolescente fácil, ¿sabes?

—A lo mejor porque creía que mi madre se había suicidado de un tiro en la cabeza...

—Claro —admitió Adrian—. Era yo quien no estaba seguro de poder gestionarlo. Así que...

—¿Me lobotomizaste?

—Intenté que te calmases. Pero enseguida te volviste adicta. Estabas tan convencida de que llevabas dentro los genes de tu madre que empezaste a tener ataques de pánico. Las crisis eran cada vez más intensas. Y solo las pastillas conseguían serenarte.

—¿No estarás reprochándome que lo somatizase?

—¡Claro que no! Te estoy explicando que la situación se me fue de las manos.

A pesar de la hora, Blanche cogió la botella de whisky de la mesa y bebió a morro. El alcohol se le subió enseguida a la cabeza, pero sabía que ninguna droga en el mundo le permitiría olvidar.

Epílogo

Blanche disfrutaba de los rayos del sol ese primer día de primavera. El aire todavía era fresco, pero respiraba a pleno pulmón y se dejaba embriagar. Aún no había decidido lo que haría las próximas semanas. La casa que alquilaba al borde del mar estaba demasiado aislada para quedarse allí todo el año. Le había servido de refugio durante los últimos cuatro meses, pero Blanche empezaba a tener ganas de volver a la vida. No tenía ningún proyecto en particular. Había suspendido su actividad en RécureNet & Associés y pensaba concederse hasta finales de verano para encontrar una nueva profesión. Su currículum no era muy brillante, pero por primera vez en su vida confiaba en el futuro.

Había aprovechado su exilio para desintoxicarse de las sustancias químicas. Algunos días habían sido más duros que otros, pero el aislamiento le había permitido superar la transición en la intimidad. Nadie la había visto vomitar o temblar. Nada de sermones ni discursos de apoyo vacíos. Blanche sabía por qué lo hacía y no había nadie mejor que ella para motivarse.

La siguiente etapa requería hacer terapia. Esa decisión le costaba, pero estaba dispuesta a hacer cuanto estuviese en su mano para lograrlo. A finales de año cumpliría los cuarenta, y se negaba a creer que su vida estuviera acabada. Marion no ganaría la partida. Todavía tenía mucho tiempo por delante y disfrutarlo solo dependía de ella, y de una buena salud mental.

Al dejar París se deshizo de todos los dispositivos electrónicos. Ni móvil ni ordenador. Ni siquiera televisión. Se había desconectado del mundo deliberadamente. Tenía que aprender a conocerse antes de volver a integrarse.

No sabía qué había sido de Adrian. Blanche no le había dado la oportunidad de redimirse. El precio a pagar estaba fuera de su alcance. Puede que hubiera intentado contactar con ella. O que hubiese recorrido toda Francia para encontrarla. Al principio contempló esa posibilidad, pero luego dejó de darle importancia. Adrian ya no era problema suyo. Ni siquiera estaba segura de que siguiese con vida. Al no recibir noticias del Sabueso, Enzo Ortini habría enviado a otros para que se ocupasen de él. Toda acción conlleva una consecuencia.

Pensaba a menudo en su madre. En la rabia que había acumulado contra ella durante todos esos años. Se arrepentía, pero ese sentimiento también acabaría por desvanecerse.

Iba a ser un largo camino para Blanche. Caótico, sin duda. A Madame B todavía le quedaba mucho por limpiar.

Agradecimientos

A los míos, que siempre me han apoyado. Sois mi fuerza y mi fuente de inspiración. Y no me refiero a los horrores que intercalo en mis historias, obviamente.

A todo el equipo de Hugo Thriller, que trabaja en la sombra y me permite continuar con esta magnífica aventura: Arthur, Bertrand, Sophie, Célia, Marie, Francesca, Franck, Simon, Cécile..., ¡gracias!

Quiero hacer una mención especial para Sophie Le Flour y Bertrand Pirel, que me acompañan paso a paso sin perder nunca la paciencia. ¡Todo mi respeto!

Por último, mil gracias a vosotros, lectores, por vuestros entusiastas comentarios, por compartir vuestras emociones... ¡Sois la mejor de las motivaciones!

Papel certificado por el Forest Stewardship Council®

MIXTO
Papel procedente de
fuentes responsables
FSC® C117695

Penguin
Random House
Grupo Editorial

Título original: *Madame B*

Primera edición: febrero de 2021

© 2020, HugoThriller, departamento de Hugo Publishing.
Esta edición ha sido publicada por acuerdo con Hugo Publishing en conjunción
con sus debidamente designados agentes Books And More (BAM) Agency, París, Francia,
y The Ella Sher Literary Agency, Barcelona, España.
Reservados todos los derechos.

© 2021, Penguin Random House Grupo Editorial, S.A.U.
Travessera de Gràcia, 47-49. 08021 Barcelona
© 2021, Julia Calzada García, por la traducción

Printed in Spain – Impreso en España

ISBN: 978-84-17910-98-3
Depósito legal: B-20.656-2020

Compuesto en M. I. Maquetación, S. L.
Impreso en Egedsa (Sabadell, Barcelona)

RK10983